LA BOÎTE À MUSIQUE

D'abord secrétaire puis hôtesse de l'air, ce n'est qu'au décès de son mari que Mary Higgins Clark se lance dans la rédaction de scripts pour la radio. Son premier ouvrage est une biographie de George Washington. Elle décide ensuite d'écrire un roman à suspense, *La Maison du guet*, son premier best-seller. Encouragée par ce succès, elle continue à écrire tout en s'occupant de ses enfants. En 1980, elle reçoit le Grand prix de littérature policière pour *La Nuit du renard*. Mary Higgins Clark écrit alors un roman par an, toujours accueilli avec le même succès par le public. Elle est traduite dans le monde entier et plusieurs de ses romans ont été adaptés pour la télévision.

MARY HIGGINS CLARK

La Boîte à musique

ROMAN TRADUIT DE L'ANGLAIS (ÉTATS-UNIS)
PAR ANNE DAMOUR

ALBIN MICHEL

Titre original :
THE MELODY LINGERS ON
Publié en accord avec l'éditeur original
Simon & Schuster, Inc., New York.

*En souvenir de June Crabtree,
ma chère amie de l'époque
de la Villa Maria Academy
avec tendresse*

1

Elaine Marsha Harmon, trente ans, parcourait d'un pas vif les quinze blocs qui séparaient son appartement de la 32ᵉ Rue Est du Flatiron Building, à l'angle de la 23ᵉ Rue et de la Cinquième Avenue, qui abritait les bureaux où elle travaillait comme assistante décoratrice. Elle portait un manteau chaud et confortable mais pas de gants, en dépit du froid piquant de ce matin de novembre.

Elle avait entortillé et épinglé sur sa nuque ses longs cheveux auburn dont quelques mèches voletaient autour de son visage. Grande comme son père, mince et svelte comme sa mère, elle avait dû admettre en sortant de l'université que l'enseignement n'était certainement pas sa voie. Elle avait préféré s'inscrire au Fashion Institute of Technology et, une fois diplômée, avait été engagée par Glady Harper, la célèbre décoratrice d'intérieur dont la réputation était sans égale dans les milieux fortunés.

Elaine disait toujours en riant qu'elle tenait son prénom de sa grand-tante paternelle, une veuve sans enfant que l'on croyait richissime. Le problème était que la tante Elaine Marsha aimait beaucoup nos amies les bêtes et avait légué la plus grande partie de ses biens à différentes sociétés protectrices des animaux, et très peu à sa famille.

Comme la jeune femme l'expliquait volontiers : « Elaine est un très joli nom, et Marsha aussi, mais m'appeler Elaine Marsha ne m'a jamais emballée. » Enfant, elle avait involontairement résolu ce problème en prononçant son prénom « Lane », et ça lui était resté.

C'était cette pensée qui lui traversait curieusement l'esprit tandis qu'elle marchait de la Deuxième à la Cinquième Avenue pour rejoindre la 23e Rue. Je suis heureuse, songeait-elle. Je me sens bien ici, en ce moment, dans cette ville. J'adore New York. Je crois que je ne pourrais pas vivre ailleurs. En tout cas pas si j'ai le choix.

Elle se disait pourtant qu'elle finirait peut-être un jour par prendre la décision d'aller s'installer en banlieue avec Katie. Les écoles privées de Manhattan étaient beaucoup trop onéreuses pour son budget.

Cette idée réveilla un pincement au cœur familier. Oh ! Ken, soupira-t-elle. Si seulement tu étais là. Refoulant ce souvenir elle ouvrit la porte d'entrée du Flatiron Building et prit l'ascenseur jusqu'au quatrième étage.

Il n'était que neuf heures moins vingt, mais comme elle s'y attendait, Glady Harper était déjà là.

Les autres employés, la réceptionniste et la comptable, arrivaient en général à neuf heures moins deux. La décoratrice ne tolérait pas le moindre retard. Elle avait soixante ans, était divorcée depuis vingt ans, et ses amis et ses employés l'appelaient Glady. Un de ses fournisseurs de tissus avait dit en riant que le surnom de Glaçon aurait été plus indiqué, remarque qui lui avait coûté un contrat juteux.

Lane s'arrêta devant la porte de son bureau.

« Bonjour, Glady. »

Glady Harper leva la tête. Ses cheveux gris étaient coiffés à la diable, comme si elle ne prenait jamais la peine de leur donner un coup de brosse. Un pull et un pantalon noirs soulignaient sa silhouette nerveuse. Lane savait que Glady possédait une penderie complète de tenues identiques et que sa passion pour les couleurs, les matières et la décoration était strictement réservée à la rénovation des appartements et des bureaux.

Glady ne perdit pas son temps à la saluer.

« Entrez, Lane, dit-elle. J'ai quelque chose à vous dire. »

Allons bon, qu'ai-je fait de travers ? se demanda Lane en obtempérant et en prenant place dans un des fauteuils Windsor qui faisaient face au bureau de Glady.

« J'ai reçu une commande d'un nouveau client, ou devrais-je dire d'un ancien client, et je ne suis pas sûre de vouloir m'en charger. »

Lane haussa les sourcils.

« Glady, vous dites toujours que si vous avez l'intuition qu'un client va se montrer difficile, le job n'en vaut pas la chandelle. »

Bien que vous-même ne soyez pas particulièrement facile, pensa-t-elle. Le premier geste de Glady avec un nouveau client était de visiter son appartement et de faire jeter impitoyablement à la poubelle tout ce qu'elle considérait comme de la camelote.

« Celui-ci c'est autre chose, dit Glady, visiblement troublée. Il y a dix ans, j'ai redécoré une propriété à Greenwich, dans le Connecticut, que Parker Bennett venait d'acheter.

— Parker Bennett ! »

Lane se rappela les gros titres des médias concernant le roi des fonds d'investissement qui avait fait perdre à ses clients des milliards de dollars. Il avait disparu à bord de son voilier juste avant que le scandale éclate. On disait qu'il s'était suicidé, bien que l'on n'ait jamais retrouvé son corps.

« En fait, il ne s'agit pas vraiment de lui, continua Glady. Le fils Bennett, Eric, m'a téléphoné. Le gouvernement a récupéré jusqu'au moindre cent de ce qui subsistait de la fortune de Parker Bennett. La maison va être vendue. Ce qui reste à l'intérieur n'a pas de réelle valeur et on laissera l'épouse de Bennett, Anne, prendre ce qu'il lui faut pour meubler une maison qu'elle vient d'acquérir dans un lotissement. Eric dit que sa mère ne s'intéresse plus à rien et qu'il aimerait que je m'en occupe.

— Il a de quoi vous payer ?

— Il a été très clair. Il a appris que j'avais reçu une énorme commission de la part de son père qui m'avait donné carte blanche pour les travaux. Il me demande de le faire gratuitement.

— Et vous allez accepter ?

— Que feriez-vous si vous étiez à ma place, Lane ? »

Lane hésita, puis décida de parler franchement.

« J'ai vu des photos de cette pauvre femme, Anne Bennett. Elle a l'air d'avoir vingt ans de plus que sur les photos des magazines prises avant que n'éclate le scandale. À votre place, je dirais oui. »

Glady Harper pinça les lèvres et leva les yeux au plafond. Une habitude quand elle se concentrait, qu'il s'agisse de choisir la teinte exacte de la frange d'un rideau ou de toute autre décision de ce genre.

« Vous avez sans doute raison, dit-elle, et rassembler de quoi meubler sa nouvelle maison ne sera pas bien long. J'ai compris qu'elle était située dans un lotissement à Montclair, dans le New Jersey. Ce n'est pas loin du pont George-Washington, le trajet prend peut-être quarante minutes en tout. Au moins nous ne perdrons pas trop de temps en déplacement. »

Elle déchira une page du bloc posé sur son bureau et la tendit à Lane.

« Voici le téléphone d'Eric Bennett. Je crois qu'un petit cabinet de gestion de fortune l'a discrètement embauché. Il avait fait une belle carrière chez Morgan Stanley, mais il a démissionné après que son très cher père eut confessé ses malversations. Prenez rendez-vous avec lui. »

Lane alla dans son bureau et composa le numéro en question. Une voix ferme et bien timbrée lui répondit aussitôt.

« Eric Bennett. »

2

Une semaine plus tard, Glady et Lane prenaient le Merritt Parkway jusqu'à la sortie marquée Round Hill Road, un des quartiers les plus huppés du très chic Greenwich, dans le Connecticut. Il aurait été plus rapide d'emprunter la Route 95, mais Glady aimait profiter du paysage. Lane conduisait la Mercedes de Glady. Cette dernière avait jugé que la Mini Cooper de son assistante ferait trop pâle figure devant la propriété des Bennett.

Elle était restée silencieuse durant la plus grande partie du trajet, un silence habituel que Lane avait appris à apprécier. Quand sa patronne voulait parler, c'était elle qui entamait la conversation. Lane, grande admiratrice de la reine Élisabeth, comparait ce comportement à l'étiquette royale. On n'adresse jamais la parole à la reine avant qu'elle ait ouvert la bouche.

Au moment où elles sortaient de l'autoroute, Glady Harper dit :

« Je me souviens de ma première visite. Parker Bennett venait d'acheter cette gigantesque demeure.

L'homme qui l'avait fait construire s'était ruiné avant de pouvoir s'y installer. La décoration était la quintessence du mauvais goût. J'ai fait appel à un architecte et ensemble nous avons remodelé l'intérieur. Il y avait un comptoir en forme de sarcophage dans la cuisine, vous imaginez ? Quant à la salle à manger, c'était devenu leur version personnelle de la chapelle Sixtine. Une insulte à Michel-Ange.

— Si vous avez fait des modifications architecturales en plus de la décoration intérieure, ça a dû coûter les yeux de la tête.

— Une fortune, mais Bennett s'en fichait. Pourquoi s'en serait-il soucié ? Il dépensait de l'argent qui ne lui appartenait pas. »

La propriété des Bennett était située sur l'estuaire du Long Island Sound. La construction massive en briques rouges soulignées de blanc était visible depuis la route. Comme elles s'engageaient dans l'allée, Lane remarqua que les massifs n'avaient pas été taillés et que la pelouse était jonchée de feuilles mortes.

Sa patronne se faisait visiblement la même réflexion.

« J'imagine que le paysagiste a été parmi les premiers remerciés », fit-elle remarquer d'un air détaché.

Lane arrêta la voiture dans l'allée circulaire. Les deux femmes se dirigèrent vers la demeure et gravirent les quelques marches qui conduisaient à l'imposante porte de chêne. Elle s'ouvrit immédiatement après que Lane eut effleuré la sonnette.

« Merci d'être venues », dit Eric Bennett.

Laissant Glady répondre à ces paroles aimables, Lane observa le fils Bennett. L'homme dont la voix l'avait favorablement impressionnée était de taille et de corpulence moyennes. Avec ses talons de dix centimètres, elle était presque aussi grande que lui. Il avait d'épais cheveux blonds grisonnants, des yeux noisette. Elle avait cherché sur le Net toutes les informations disponibles concernant l'affaire Bennett. Il était clair que le fils était en plus jeune le portrait craché de son père, l'homme séduisant, raffiné qui avait délesté tant de gens de la totalité de leurs économies.

Glady fit les présentations :

« Mon assistante, Lane Harmon.

— Eric Bennett, mais vous l'avez sans doute deviné. »

Le ton était ironique, le sourire bref.

Comme à son habitude, Glady abrégea les préliminaires.

« Est-ce que votre mère est là, Eric ?

— Oui. Elle va descendre dans un instant. Elle est avec son coiffeur. »

Lane se rappela qu'Anne Bennett était devenue persona non grata dans le salon de coiffure qu'elle avait longtemps fréquenté. Un grand nombre des clientes avaient été victimes de la cupidité de son mari.

Le hall d'entrée avait un aspect désolé. L'escalier à double révolution menait à une galerie qui aurait pu contenir un orchestre entier. Des trous étaient visibles sur les murs.

« Les tapisseries ont été ôtées, apparemment, fit observer Glady.

— C'est exact, et leur prix a grimpé de vingt pour cent depuis que nous les avons achetées. L'expert s'est également réjoui de la valeur des tableaux que mon père avait acquis grâce à vous. Vous avez l'œil, Glady.

— Certes. J'ai regardé une vidéo de la maison que vous avez achetée pour votre mère dans le New Jersey. Elle n'est pas mal du tout. On peut en faire quelque chose de charmant. »

Il était évident pour Lane que Glady s'était liée d'amitié avec Eric Bennett pendant l'année où elle avait redécoré la maison. Sans attendre, la décoratrice entreprit de parcourir le rez-de-chaussée de son pas vif.

La grande salle haute de plafond sur la gauche avait certainement été ce que la plupart des gens appellent la salle de séjour, mais que Glady qualifiait de « grand salon ». D'élégantes fenêtres en arc donnaient sur les vastes pelouses à l'arrière de la propriété. Au loin on distinguait une pool-house, reproduction en miniature de la maison principale, et une piscine couverte. Je parie que c'est un bassin olympique, pensa Lane. Et qu'elle est alimentée en eau salée.

« Je vois qu'ils ont emporté tous les meubles anciens ou fabriqués sur mesure, dit Glady d'un ton acerbe.

— Autre preuve de votre goût, ma chère. »

Cette fois Lane crut percevoir une note d'amertume dans la voix d'Eric Bennett.

Glady ne réagit pas au compliment.

« Quoi qu'il en soit, le mobilier de la salle du personnel sera beaucoup mieux adapté à la nouvelle maison. Allons voir », fit-elle.

Ils passèrent devant l'imposante salle à manger. Comme le salon, elle était dépourvue de meubles. Se dirigeant vers l'arrière de la maison, Lane jeta un regard sur ce qui avait visiblement été la bibliothèque. Les rayonnages d'acajou étaient vides, tous les ouvrages avaient disparu.

« Je me souviens de la collection de livres rares de votre père, fit remarquer Glady.

— Oui, il avait commencé à s'y intéresser bien avant de créer son fonds d'investissement, mais l'administration n'en a pas tenu compte. » Le ton d'Eric était devenu évasif. « Mais franchement, quand je lis un livre je veux pouvoir le tenir entre mes mains sans m'inquiéter d'endommager la dorure des tranches ou les illustrations. »

Il jeta un coup d'œil à Lane.

« Vous n'êtes pas d'accord ?

— Si, bien sûr », dit-elle avec conviction.

Glady lui avait montré sur des photos le rendu de chacune des pièces après rénovation. Toutes avaient été meublées avec raffinement dans une même palette de couleurs, et l'effet général était à la fois élégant et chaleureux.

Mais l'endroit avait perdu tout son charme. Une impression d'abandon, de désolation s'en dégageait. Les rayonnages étaient recouverts d'une fine couche de poussière.

Ils poursuivirent leur visite. Sur la gauche se trouvait une petite pièce meublée d'un canapé et de fauteuils confortables, d'une table basse ronde au plateau de verre et de tables pliantes d'appoint en acajou. Des rideaux à fleurs étaient assortis à la garniture des sièges. Des reproductions de tableaux de Monet et un tapis vert clair parachevaient l'ensemble et contribuaient à rendre l'atmosphère accueillante.

« C'était une pièce réservée au personnel, dit Eric Bennett. Elle donne directement dans la cuisine. Jusqu'à l'année dernière nous avions six employés à demeure.

— Ce sont ces meubles que nous allons transporter dans la nouvelle maison de votre mère, dit Glady Harper. Ils sont encore plus charmants que dans mon souvenir. Ils iront parfaitement dans le bureau du rez-de-chaussée. Et j'ai déjà décidé que le mobilier du boudoir de votre mère à l'étage conviendra très bien à son futur salon. Nous emporterons un lit d'une des chambres d'invités. Celui de la chambre principale est trop grand pour la nouvelle maison. Nous ferons de même pour les deux autres chambres. D'après mes notes, la table, les chaises et le buffet de la salle du petit déjeuner trouveront leur place dans la salle à manger. Maintenant, votre mère va-t-elle descendre ou pouvons-nous monter ? »

S'il est une chose qui caractérise Glady, c'est son esprit de décision, pensa Lane. Je serais heureuse de visiter le premier étage, je commençais à craindre de devoir travailler d'après photos. J'aimerais jeter un coup d'œil sur les autres pièces.

« Je crois l'entendre dans l'escalier », dit Bennett.

Il fit brusquement demi-tour. Glady et Lane regagnèrent à sa suite l'avant de la maison.

Comme elle l'avait dit à sa patronne, Lane avait trouvé sur le Net des photos d'Anne Nelson Bennett au cours de ses recherches. Mais la ravissante femme du monde aux cheveux blonds que l'on voyait le plus souvent habillée par Oscar de la Renta était aujourd'hui méconnaissable. Terriblement amaigrie, la main agitée de tremblements, elle s'adressa à Glady d'une voix hésitante :

« Madame Harper, comme c'est aimable à vous d'être venue. Tout a un peu changé depuis votre dernière visite, n'est-ce pas ?

— Madame Bennett, je sais à quel point les choses ont été difficiles pour vous.

— Merci. Et qui est cette charmante jeune femme ?

— Mon assistante, Lane Harmon. »

La jeune femme prit la main tendue. Les doigts qui serrèrent les siens lui semblèrent n'avoir aucune force.

« Madame Bennett, dit Glady, je ferai tout ce que je peux pour vous créer un cadre de vie attrayant et confortable. Pouvons-nous monter à l'étage ? Je voudrais noter les meubles que je choisirai pour votre nouvelle demeure.

— Oui, bien sûr. Ceux qu'ils ont daigné me laisser ne vaudraient que quelques dollars dans une vente. N'est-ce pas généreux de leur part ! Tu sais bien, Eric, que ce n'est pas lui qui a volé cet argent.

— Nous prouverons son innocence, maman, dit Eric Bennett avec force. Montons, à présent. »

Quarante minutes plus tard, Glady et Lane regagnaient Manhattan.

« Il y a presque deux ans que le scandale a éclaté, fit remarquer Glady après un long silence. Cette pauvre femme semble encore sous le choc. Qu'avez-vous pensé du portrait de cet escroc notoire adressant au monde un sourire bienveillant ? Je crois que la peinture était à peine sèche au moment où l'homme a disparu.

— C'est un très beau tableau.

— Pas étonnant. Stuart Cannon en est l'auteur et croyez-moi il n'est pas bon marché. Mais lors de la vente des œuvres d'art personne n'a enchéri et ils ont permis à Anne Bennett de le garder.

— Vous croyez que Parker Bennett a été victime d'un coup monté ?

— C'est absurde.

— Mais les cinq milliards de dollars se sont volatilisés !

— Oui. Dieu seul sait où Bennett a pu les cacher. En tout cas il ne risque pas d'en profiter. Encore moins s'il est mort.

— S'il est en vie, croyez-vous que sa femme ou son fils sachent où il se trouve ?

— Je n'en ai aucune idée. Mais vous pouvez être sûre que même s'ils ont accès à cet argent, ça leur fera une belle jambe, ils ne pourront jamais en profiter. Chaque cent dépensé par les Bennett durant le reste de leur vie sera soumis à l'œil de lynx de l'administration. »

Lane ne répondit pas. La circulation sur le Merritt Parkway devenait plus dense. Elle voulait que Glady la pense concentrée sur la conduite.

Elle savait que Glady avait été trop occupée à dire au revoir à Anne Bennett pour remarquer qu'Eric lui avait glissé qu'il aimerait bien dîner avec elle un jour.

3

Le lendemain de leur visite, avant l'ouverture officielle des bureaux, Glady exposa comme à son habitude ce qu'elle avait décidé. Après avoir déclaré quels étaient les meubles à sélectionner dans la propriété, elle laissa à Lane le soin de se charger des détails.

« Nous avons regardé les vidéos de l'intérieur de la maison du New Jersey, dit-elle, mais je voudrais que vous alliez sur place pour avoir une connaissance réelle des lieux. Comme je vous l'ai raconté, le jour où j'ai fini la décoration de leur propriété, Anne Bennett m'a confié que la salle du personnel était sa pièce préférée. Retrouver ces meubles dans son nouveau salon sera donc un réconfort pour elle. J'ai choisi des échantillons de peinture pour toutes les pièces, vous me direz ce que vous en pensez. On aura peut-être besoin de faire quelques mélanges pour obtenir la nuance que je désire. »

Amusée, Lane constata que sa patronne avait accepté de se déplacer jusqu'à la propriété des Bennett mais qu'elle n'avait pas l'intention de perdre davantage de son précieux temps sur un projet qu'elle réalisait à titre gracieux.

Elle s'avoua aussi que s'occuper des détails de cet aménagement lui plaisait particulièrement. Comme tout le monde, elle avait suivi avec attention l'affaire Parker Bennett dans la presse, qui s'étendait à longueur de colonnes sur les cinq milliards de dollars disparus du célèbre fonds d'investissement. En plus de ses clients fortunés, Bennett avait trompé des investisseurs appartenant principalement à la classe moyenne, des petits entrepreneurs qui avaient travaillé dur. Son crime en était encore plus détestable. Des clients âgés avaient été forcés de vendre leur maison, ou leur appartement dans des maisons de retraite privées. D'autres, dont les revenus du fonds étaient la seule ressource, avaient dû aller vivre chez leurs enfants, provoquant des frictions qui avaient fini par faire éclater des familles jusque-là unies. Ce désastre financier avait entraîné quatre suicides.

« Qu'attendez-vous ? demanda Glady. Il faut que vous soyez de retour à midi. La comtesse Sylvie de la Marco m'a téléphoné hier soir. Du temps où elle était encore Sally Chico de Staten Island, elle a réussi à se faire épouser par ce pauvre vieux comte. Il est mort il y a trois ans environ. La période de deuil doit être achevée, si tant est qu'il y en ait eu une. À présent elle veut faire rénover de fond en comble son appartement. Nous avons rendez-vous chez elle à midi et demi. La réunion va être longue. J'espère l'inciter à modifier sa conception du bon goût. Elle m'a rappelé qu'elle devait déjeuner tôt, ce qui signifie qu'elle n'a aucune intention de nous nourrir. En rentrant du New Jersey, je vous conseille donc d'acheter un hamburger dans un McDonald's sur la route et de le manger dans la voiture. »

Glady Harper se mit à examiner les papiers posés sur son bureau, signe que Lane pouvait disposer.

Allez tout droit en prison. Ne passez pas par la case départ et ne recevez pas deux cents dollars, pensa Lane en quittant le bureau de sa patronne, se remémorant les instructions de son jeu préféré lorsqu'elle était enfant. D'un pas rapide, elle traversa la réception encore plongée dans l'obscurité et longea le couloir. Elle était seule dans l'ascenseur mais en sortant au rez-de-chaussée, elle vit l'affluence dans le hall ; à cette heure-ci les employés qui arrivaient faisaient la queue devant l'ascenseur.

Leur réceptionniste, Vivian Hall, était la première de la file d'attente. La soixantaine, elle était employée chez Glady depuis dix ans, un record. Les cheveux châtain clair coiffés en casque, la silhouette harmonieuse malgré un bon quarante-quatre, elle se promettait toujours de perdre du poids.

Elle fit un pas de côté pour s'adresser à Lane.

« Quelle est l'humeur du dragon ce matin ?

— Comme d'habitude, répondit Lane en souriant. Je pars tout de suite dans le New Jersey visiter la nouvelle maison de Mme Bennett. Il faut que je sois revenue à temps pour aller avec elle inspecter le duplex de la comtesse de la Marco.

— Cette chère vieille Glady. » Vivian secoua la tête. « Faire rentrer dix heures dans huit. Mais tu as l'air de tenir le coup. J'aime bien ton tailleur. Ce bleu te va à ravir. »

Ken avait toujours aimé la voir porter cette couleur. Une vague de tristesse submergea Lane. Il aurait eu trente-six ans dans un jour. Cinq ans plus tôt, un chauffard ivre avait embouti leur voiture sur le Henry Hudson Parkway. La voiture était sortie de la route, avait fait une série de tonneaux avant de s'immobiliser. Ken était mort sur le coup, la nuque brisée. Lane avait miraculeusement survécu. Ils étaient mariés depuis à peine un an et elle était enceinte de deux mois. Naturellement, le conducteur n'était pas assuré.

Dès que ce voile de tristesse l'enveloppait, Lane songeait instinctivement à Katie, sa petite fille de quatre ans, qu'elle aurait pu si facilement perdre ce jour-là.

Telles étaient les pensées qui l'occupaient tandis qu'elle se dirigeait d'un pas vif vers le garage.

Dix minutes plus tard, elle s'engageait dans le Lincoln Tunnel en direction du New Jersey. Une demi-heure après, elle pénétrait dans la nouvelle zone résidentielle de Montclair où se trouvait la future résidence d'Anne Bennett. C'est un environnement agréable, se dit-elle en empruntant une succession de rues sinueuses avant de s'engager dans Cedar Drive. Elle s'arrêta devant le numéro 21. La maison faisait partie d'un lotissement d'habitations mitoyennes. L'extérieur était en pierre grise, et Lane nota d'un œil approbateur la large fenêtre en façade. Glady avait obtenu une clé la veille et l'avait confiée à Lane qui la sortit de sa poche.

Avant qu'elle ait pu ouvrir la porte, un homme sortit brusquement de la maison voisine.

« Bonjour, dit-il en traversant d'un bon pas l'allée d'accès commune pour venir à sa rencontre. Vous êtes la nouvelle propriétaire ? Dans ce cas, nous allons être voisins. Je viens moi aussi de m'installer ici. » Il lui tendit la main. « Anthony Russo, plus connu sous le nom de Tony.

— Lane Harmon. »

Pendant qu'il se présentait, Lane examina d'un regard rapide ledit voisin. Près d'un mètre quatre-vingt-dix, les yeux bleu-vert, les cheveux châtain clair et un sourire chaleureux. Bien qu'on soit en novembre, il avait le teint hâlé d'un homme habitué au grand air. Elle lui donna environ trente-cinq ans.

« Je ne suis pas la nouvelle propriétaire, rectifia-t-elle. Je travaille pour une architecte d'intérieur qui refait la décoration de la maison. »

Il sourit.

« Je pourrais sans doute faire appel à elle. »

Pas sûr, à moins que vous soyez plein aux as, pensa Lane.

« Je ne veux pas vous retarder, dit-il. Qui est ma nouvelle voisine ?

— Notre cliente s'appelle Bennett », dit Lane. Elle avait déjà tourné la clé dans la serrure. « Je ferais mieux de m'y mettre tout de suite. Contente de vous avoir rencontré. »

Il n'eut pas le temps de répliquer, elle ouvrit la porte et la repoussa fermement derrière elle. Sans savoir pourquoi, elle donna un tour de clé.

Elle avait déjà une image précise de l'intérieur grâce aux vidéos, mais maintenant qu'elle était sur place elle constatait avec plaisir que la maison était baignée de soleil. Au fond de l'entrée, un escalier menait au premier étage. La cuisine et un coin petit déjeuner se trouvaient sur la droite. En y pénétrant, Lane s'aperçut que la fenêtre de la pièce donnait directement sur le coin repas de Tony Russo de l'autre côté de l'allée. Il était en train de déballer des cartons posés sur la table.

Craignant qu'il ne regarde dans sa direction, elle détourna rapidement la tête. La première chose à acheter sera un store pour cette fenêtre, pensa-t-elle.

4

Assis à son chevet, Ranger Cole tenait la main de sa femme Judy qui reposait inerte sur son lit d'hôpital, les yeux fermés, des tubes d'oxygène dans les narines. Il savait que cette seconde attaque ne tarderait pas à l'emporter. Beaucoup trop tôt. Judy avait soixante-six ans. À peine six mois de différence avec lui. Il disait toujours en riant qu'il avait épousé une femme plus vieille que lui pour son argent.

Ils étaient mariés depuis quarante-six ans. Ils avaient vingt ans tous les deux à l'époque et étaient tellement amoureux que le bus qui les emmenait en Floride où ils devaient passer leur lune de miel leur avait paru aussi luxueux qu'une limousine. Ils s'étaient tenu la main pendant tout le trajet. Ni l'un ni l'autre n'avait fréquenté l'université. Elle était vendeuse chez Macy's et lui, ouvrier dans le bâtiment.

La mère de Judy ne voulait pas qu'elle m'épouse, se rappela-t-il. À l'école j'avais toujours des ennuis parce que je me bagarrais avec les autres garçons.

J'avais un caractère difficile. Sa mère avait raison mais Judy m'a calmé. Je ne me suis jamais mis en colère contre elle, pas une seule fois. Si je commençais à hurler après un automobiliste qui m'avait fait une queue de poisson, elle m'ordonnait de me taire. Me disait que je me conduisais comme un gosse.

À leur grand regret, ils n'avaient jamais eu d'enfant.

Ranger tendit la main et caressa doucement le front de sa femme de ses doigts calleux. Tu as toujours été plus intelligente que moi, pensa-t-il. C'est toi qui m'as dit que je ferais mieux de trouver un poste dans l'administration, que les boulots dans le bâtiment n'étaient pas stables. C'est pour cette raison que je suis devenu employé de la maintenance du chemin de fer de Long Island. Mon travail m'appelait d'un bout à l'autre de l'île. Tu disais que ça collait parfaitement avec mon surnom. Mon père m'appelait Ranger quand j'étais gosse, parce que j'étais toujours par monts et par vaux, comme le Lone Ranger.

Judy lui disait qu'il était beau. Tu parles, pensait-il. Court sur pattes, corpulent, avec de grandes oreilles et des sourcils broussailleux qu'il s'efforçait en vain de désépaissir.

Judy, Judy, Judy.

Il sentit la colère monter en lui en se rappelant la cause de la première attaque de Judy. C'était deux ans plus tôt, lorsqu'ils avaient appris que l'argent qu'ils avaient investi dans le fonds Bennett était parti en fumée. Cela représentait une somme de deux cent quinze mille dollars avec lesquels ils avaient l'intention d'acheter un appartement en Floride. De l'argent économisé avec tant de soin pendant des années. L'appartement qu'ils avaient visité était une véritable affaire. La vieille dame qui en était propriétaire était morte et sa famille voulait le vendre meublé.

Judy avait adoré la façon dont il était décoré. « Bien mieux que je n'aurais su le faire, avait-elle dit. Nous nous débarrasserons de tout ce que nous avons ici. Ça ne vaut pas la peine de payer un camion de déménagement. Oh, Ranger, j'ai hâte de quitter mon travail, d'aller m'installer en Floride au soleil. En plus, comme nous n'avons aucun emprunt à rembourser, avec nos deux retraites et la Sécurité sociale, nous n'aurons pas de soucis financiers si nous faisons attention. »

C'est à ce moment précis que l'argent placé dans le fonds Bennett avait disparu, et qu'ils avaient dû dire adieu à l'achat de l'appartement. Quelques semaines plus tard, Judy avait subi sa première attaque cérébrale et il l'avait vue s'épuiser à faire les exercices qu'on lui avait prescrits pour récupérer son bras et sa jambe gauches. Elle faisait son possible pour qu'il ne l'entende pas pleurer la nuit, mais en vain.

Leur vie avait été détruite par la faute de Parker Bennett. Beaucoup de gens ne croyaient pas qu'il s'était suicidé en plongeant du haut de son bateau de super-luxe. Ranger non plus ne pensait pas que ce salaud s'était jeté à l'eau, ça ne tenait pas la route.

Après sa disparition, il avait vu dans un journal la photo de Bennett assis à son magnifique bureau ancien. S'il avait vraiment voulu se supprimer, il se serait assis à cette même place vêtu du costume élégant qu'il portait sur le cliché, se serait saoulé avec une bouteille de whisky pur malt puis tiré une balle dans la tête.

C'est grâce à leur argent qu'il avait pu se payer tout ce luxe.

Et Judy avait été si malade et déprimée qu'elle avait abandonné la partie. Voilà pourquoi elle venait d'avoir une seconde attaque.

Il savait qu'elle était en train de mourir.

Ne meurs pas, Judy. Je t'en prie, ne meurs pas.

Le moniteur cardiaque à côté du lit se mit à sonner. On eût dit un long cri perçant. En quelques secondes médecins et infirmières envahirent la chambre. L'un d'eux se précipita pour faire un massage cardiaque.

Ranger vit disparaître de l'écran le tracé lumineux des battements du cœur. Réduit maintenant à une morne ligne droite.

Ranger regarda dans le vague. Je ne pourrai pas vivre sans elle, pensa-t-il, hébété.

Il sentit une main se poser sur son épaule.

« Je suis désolé, monsieur Cole, dit une voix. Nous n'avons rien pu faire pour la sauver. »

Ranger repoussa la main du médecin. Il tomba à genoux à côté du lit. Ignorant les tubes qui étaient encore dans les bras et les narines de Judy, il la serra contre lui. Le chagrin le disputait à une rage meurtrière. La rage l'emporta. Bennett était vivant. Il en était sûr. Il ne savait pas comment il pourrait le faire souffrir mais il trouverait un moyen.

« Je trouverai un moyen, Judy, dit-il tout haut. Je te le promets, je trouverai un moyen. »

5

Dans son bureau du Federal Building dans le bas de Manhattan, l'inspecteur principal du FBI Rudy Schell écoutait patiemment une victime de Parker Bennett commenter le prétendu suicide de ce dernier. Au contraire des autres victimes, ce n'était pas de la colère que manifestait Sean Cunningham. C'était presque avec un détachement clinique qu'il expliquait que, selon lui, si Bennett s'était suicidé dans cette région des Caraïbes, son corps aurait presque certainement été rejeté sur la plage de l'île de Tortola.

Cunningham avait tracé une carte minutieuse des courants autour de l'endroit où le voilier s'était brisé sur les rochers de Sharks Bay à la pointe nord de Tortola.

« S'il s'était suicidé, disait Cunningham, son corps aurait dû être rejeté du côté de Rough Point. »

Schell regarda avec sympathie l'homme en face de lui qui était à la tête de l'Association des victimes de Parker Bennett. Psychiatre à la retraite, il avait compris l'effet dévastateur de cette perte financière sur ces malheureux investisseurs. Il s'était donné pour mission de les aider à s'adapter à leur nouvelle situation. Il avait un site Web et incitait les victimes à partager leurs sentiments de frustration, de rage et de dépression.

Il avait été submergé par leurs réactions. Des gens qui étaient jusque-là de parfaits étrangers s'étaient liés d'amitié et se retrouvaient régulièrement lors de réunions locales.

Cunningham était un homme mince, aux cheveux blancs, avec des lunettes sans monture. Il paraît largement ses soixante-dix ans, pensa Schell. Lorsqu'ils s'étaient connus deux ans auparavant, il faisait bien plus jeune.

Au cours de l'enquête, ils étaient devenus amis. Alors que les autres victimes réagissaient avec incrédulité, colère et désespoir, Cunningham restait calme. Il avait perdu le million de dollars du fonds qu'il avait placé pour ses deux petits-enfants. En réponse aux questions de Schell, il avait dit : « Mon fils a très bien réussi. Il peut assumer les études de ses enfants. Je suis seulement privé de la joie de leur laisser de quoi faire construire leur première maison. »

Durant les deux années précédentes, Cunningham avait passé la majeure partie de son temps à conseiller ceux qui se révélaient moins aptes que lui à se reconstruire. Mais à ce stade de l'enquête, Schell ne pouvait décemment pas dire au médecin que les experts nautiques du FBI étaient déjà arrivés à la même conclusion : il y avait quatre-vingt-dix-neuf chances sur cent que Parker soit en vie.

Avec le temps, ils en étaient venus à s'appeler par leurs prénoms.

« Rudy, vous cherchez à me faire plaisir ou vous pensez vraiment que son prétendu suicide était une mise en scène ? » demanda Cunningham.

Schell répondit avec prudence.

« Sean, il y a toujours cette possibilité. Et étant donné qu'il a su cacher ses malversations aux comptables et aux services fiscaux, il n'est pas exclu qu'il ait pu s'en tirer en simulant sa mort. » Il s'interrompit. « Du moins jusqu'à présent.

— Vous savez que Judy Cole est morte ce matin ? demanda Cunningham.

— Non. Comment Ranger a-t-il réagi ?

— C'est difficile à dire. Je lui ai téléphoné. Il était très calme. Il a dit que la seconde attaque avait laissé Judy si handicapée qu'elle n'aurait pas voulu vivre en sachant ce qui l'attendait.

— Ça ne ressemble pas à Ranger Cole. Quand on l'a interrogé il y a deux ans, il semblait fou de rage. Je crois que s'il était tombé sur Bennett à ce moment-là, il l'aurait tué de ses propres mains.

— Je resterai en contact avec lui. » Cunningham se leva. « Voulez-vous que je vous laisse les cartes nautiques que j'ai établies ? J'en ai une copie », proposa-t-il à l'agent.

Schell ne lui révéla pas que les cartes du FBI étaient pratiquement identiques aux siennes.

« Je les mettrai dans le dossier. Merci. »

Lorsque Cunningham eut quitté son bureau, Rudy s'inclina en arrière dans son fauteuil et d'un geste machinal se passa la main sur le visage. Il sentit une barbe naissante couvrir ses joues. Souriant, il se souvint que son grand-père appelait ça « l'ombre de cinq heures ».

Il n'y a pas de doute, j'ai le poil qui pousse vite, songea-t-il. Avant, ça me dérangeait, mais maintenant je m'en fiche. D'ailleurs, c'est plutôt pratique si j'ai besoin de passer inaperçu. Il se leva et s'étira. Une autre journée s'achevait sans qu'ils aient progressé dans la traque de l'argent volé par Bennett.

Mais nous le retrouverons, se promit-il, nous le retrouverons.

Cependant, en réalité, il se demandait s'il serait capable de tenir cette promesse. Le FBI était tellement concentré sur les questions de terrorisme et le nombre d'individus sous surveillance si élevé que les moyens financiers étaient de plus en plus limités. La semaine précédente, un agent qui travaillait avec lui sur l'affaire Bennett avait été réaffecté à une autre mission. Il n'avait pas le courage de dire à Cunningham et aux investisseurs que si l'enquête ne progressait pas plus rapidement, d'autres collaborateurs risquaient d'être assignés ailleurs.

6

Lane revint de la future maison d'Anne Bennett juste à temps pour partir avec Glady à leur rendez-vous avec la comtesse de la Marco. Son appartement était situé sur la Cinquième Avenue, en face du Metropolitan Museum of Art. Les quelques blocs qui entouraient le Met étaient surnommés le triangle d'or.

« N'est-ce pas l'une des adresses les plus prestigieuses de New York ? fit remarquer Lane à Glady en descendant du taxi.

— C'est exact, acquiesça Glady. Mais en réalité, la plus belle adresse est le 740 Est 72ᵉ Rue. J'ai visité le triplex qui a été réalisé pour John D. Rockefeller. À couper le souffle. Et surtout, il est meublé avec goût. Je n'aurais pas fait mieux. Mais pourquoi rester plantées là. On gèle. Entrons. »

La comtesse de la Marco se révéla être une blonde resplendissante avec une silhouette digne de Claudia Schiffer. « Elle n'a pas lésiné pour en arriver là, murmura Glady à Lane quand la comtesse s'éloigna pour prendre un appel téléphonique après les avoir priées de s'asseoir dans la bibliothèque. On lui donnerait à peine plus de trente ans, mais je sais qu'elle approche de la cinquantaine et qu'elle se fait ajouter des extensions dans les cheveux. Passé soixante ans, son visage s'affaissera. »

Quand elle réapparut, la comtesse les invita à faire le tour du propriétaire. Pendant les premières minutes elle les traita comme des agentes immobilières mais sembla vite impressionnée par Glady. Elle finit par accepter toutes ses remarques sur la façon dont il fallait remeubler et redécorer l'appartement.

À la fin de la visite, elles s'assirent à la table du bureau et la décoratrice fit des esquisses des changements qu'elle prévoyait dans chaque pièce. À quatre heures, Lane commença à regarder discrètement sa montre. Ça peut encore durer des heures, songeait-elle, et je dois être rentrée pour cinq heures et demie.

C'était l'heure à laquelle la fidèle nounou de Katie, Bettina, devait absolument partir. À quatre heures vingt, Glady s'apprêta à prendre congé de leur hôtesse.

« Je crois que c'est assez pour aujourd'hui, dit-elle sans ambages. Mais croyez-moi, comtesse, lorsque j'aurai fini vous aurez l'un des plus beaux appartements de New York.

— Quand je pense que six mois seulement avant sa mort, mon mari a eu la bonne idée de m'écouter et de retirer son argent du fonds Bennett, lâcha

40

soudain la comtesse. Sinon, je vous assure que je ne serais pas en train de faire rénover cet appartement. »

Ses deux visiteuses lui lancèrent un regard étonné.

« J'ignorais que vous aviez investi dans ce fonds, dit Glady à mi-voix.

— Oh, nous n'avons été que deux parmi tant d'autres », dit la comtesse. Ses yeux bruns s'agrandirent et sa voix perdit ses accents mélodieux quand elle poursuivit : « Il nous avait invités à dîner avec une dizaine de ses gros investisseurs. Il avait porté un toast à sa femme et n'aurait pu se montrer plus élogieux dans la façon dont il parlait d'elle. Plus tard, je suis passée devant la bibliothèque en allant me laver les mains. La porte était ouverte. À l'évidence, il parlait au téléphone à une femme. Il lui disait qu'elle ne tarderait pas à avoir tout ce qu'elle avait toujours voulu. J'ai alors compris que s'il pouvait tromper sa femme après avoir déclaré avec tant de conviction à quel point il la chérissait, il pouvait tout aussi bien mentir à tout le monde.

— Avez-vous parlé de cette conversation au FBI ? demanda Lane.

— Oui, mais ils savaient apparemment qu'il avait toujours eu des maîtresses et que celle-ci était l'une des nombreuses conquêtes à qui il prodiguait ce genre de promesses généreuses. »

Lane ne put s'empêcher de poser une dernière question :

« Croyez-vous que son fils Eric était impliqué dans l'escroquerie ?

— Je n'en ai pas la moindre idée », répondit la comtesse de la Marco de sa voix la plus suave.

Un peu plus tard, au moment où elles pénétraient dans l'ascenseur, Lane demanda :

« Glady, quelque chose me chiffonne. Vous croyez que Parker Bennett aurait été assez imprudent pour laisser quelqu'un surprendre une conversation de ce genre ?

— Bien sûr que non, dit sèchement Glady. Le bruit a toujours couru que cette Sylvie de la Marco était l'une des maîtresses de Bennett. Elle a inventé cette histoire de téléphone pour rester à l'écart des projecteurs. Qui sait ? Bennett lui a peut-être refilé un bon tuyau pour qu'elle sorte du fonds quand les revenus étaient intéressants. »

7

Comme d'habitude, Katie attendait Lane dans l'entrée quand elle arriva chez elle à cinq heures dix.

« Maman ! Maman ! »

Lane la souleva dans ses bras et la serra contre elle.

« Qui t'aime très fort ? » demanda-t-elle.

Katie rit aux éclats.

« C'est toi.

— Et qui t'aimera toujours, toujours ?

— Toi. »

Lane passa les doigts dans les longs cheveux cuivrés de sa fille. C'est de moi qu'elle les a hérités, pensa-t-elle. De moi et de personne d'autre, mais ses yeux bleus pétillants sont le cadeau que lui a laissé Ken. Dès qu'elle l'eut reposée à terre, Katie la tira par la main.

« J'ai fait un nouveau dessin à l'école aujourd'hui », annonça-t-elle fièrement.

Elle l'avait laissé sur la table basse. Lane s'attendait à voir le croquis d'un de ces animaux que Katie aimait dessiner, mais celui-ci était différent. C'était un portrait parfaitement ressemblant de Lane vêtue de la veste, de l'écharpe et du pantalon qu'elle portait quand elles étaient allées au zoo de Central Park le samedi précédent.

Il n'y avait aucun doute, Katie était particulièrement douée pour le dessin. Même les pastels qu'elle avait utilisés reproduisaient à la perfection les couleurs que Lane portait ce jour-là.

La jeune femme sentit sa gorge se serrer. Comme elle félicitait Katie, elle ne put s'empêcher de penser au don artistique de Ken. Elle faillit dire « Tu es bien la petite fille de ton papa », mais se retint. En grandissant, Katie apprendrait que son père avait été un dessinateur de talent.

Bettina, sa nounou, s'était occupée de Katie depuis sa naissance. Petite, trapue, des cheveux noirs à peine striés de quelques mèches grises, elle avait à soixante et un ans l'énergie d'une femme dans la force de l'âge. Sa mère âgée était à sa charge depuis un an et elle devait prendre le bus de six heures à Port Authority pour rentrer dans le New Jersey.

C'est pourquoi Lane avait été obligée d'imposer ses conditions à Glady : soit elle quittait le bureau à cinq heures pile, soit il lui serait impossible de continuer à travailler pour elle. Glady avait fini par accepter tout en maugréant que Lane pouvait s'estimer heureuse d'avoir une patronne aussi compréhensive.

Un poulet rôti et des patates douces cuisaient déjà dans le four. Les asperges frémissaient dans une

44

casserole et le couvert était dressé pour le dîner dans le coin salle à manger. Lane ôta son manteau, ses gants et son écharpe et s'assit avec sa fille dans leur modeste salle de séjour. C'était leur moment à elles.

Le téléphone était toujours sur répondeur entre cinq et sept heures. Sa mère à Washington et ses proches amis le comprenaient. Ils savaient tous que la règle était établie à l'intention de Glady qui ne se gênait pas pour appeler Lane de manière intempestive dès la minute où elle arrivait chez elle. Ils s'étonnaient parfois que Lane ne change pas de job. Elle répondait invariablement que Glady criait plus qu'elle ne mordait et qu'elle appréciait de travailler avec quelqu'un d'aussi doué. « J'apprends tous les jours avec elle, leur disait-elle. Non seulement c'est une formidable décoratrice mais elle lit dans vos pensées comme dans un livre. J'aimerais avoir son talent. »

Le téléphone sonna à deux reprises pendant le dîner, mais elle ne répondit pas et n'écouta ses messages qu'après avoir bordé Katie dans son lit à huit heures et demie.

Les deux appels provenaient d'Eric Bennett qui l'invitait à dîner le samedi soir.

Elle hésita, reposa son téléphone portable puis finalement le reprit. Le souvenir de cet homme séduisant qui, avec un brin d'ironie dans la voix, leur avait fait visiter la demeure des Bennett, lui revint à l'esprit.

Glady avait dit qu'à son avis Eric n'était peut-être pas au courant de l'escroquerie. Elle n'a pas dit qu'il n'était pas au courant, elle a juste dit « peut-être pas », songea Lane.

Elle hésita, puis appuya sur la touche « rappel » de son téléphone.

8

«Est-ce que tu parlais à cette charmante jeune femme qui accompagnait Glady Harper ? » demanda Anne Bennett à son fils.

Elle était entrée dans l'ancienne salle du petit déjeuner au moment où il terminait sa conversation. Ils s'apprêtaient à dîner.

« Oui, dit Eric en souriant.

— J'ai fait des recherches sur Internet, déclara Anne en prenant place à la table et en dépliant sa serviette. Grâce à toi, je sais au moins faire ça sur l'ordinateur. »

Eric n'ignorait pas que sa mère avait appris à se servir d'Internet après la faillite du fonds Bennett parce qu'elle voulait lire toutes les informations sur son mari. Il avait préféré ne pas lui apprendre à utiliser les réseaux sociaux à cause de toutes les insinuations que véhiculait Twitter. Elles provenaient non seulement des investisseurs furieux d'avoir perdu leur fortune, mais aussi des plaisantins qui faisaient de Parker Bennett la cible de leurs moqueries. « Placez votre argent chez Bennett et vous ne payerez plus jamais d'impôts » était l'une des dernières qui circulaient sur les réseaux.

Il ne dit pas à sa mère que lui aussi avait fait des recherches sur Lane Harmon.

« Et qu'est-ce que tu as trouvé sur elle, maman ? demanda-t-il.

— C'est intéressant », dit Anne en repoussant une mèche de cheveux derrière son oreille d'un geste nerveux.

Eric revit soudain sa coiffure d'autrefois. Elle portait toujours un ravissant chignon parfaitement exécuté par son coiffeur habituel, Ralph. Il sentit la colère bouillir en lui à l'idée qu'après dix ans d'assiduité et de généreux pourboires, on avait interdit du jour au lendemain à sa mère d'y remettre les pieds. « Votre présence troublerait notre clientèle qui a perdu les capitaux placés chez votre mari », lui avait expliqué Ralph.

Sa mère était rentrée chez elle au bord des larmes. « Eric, il ne s'est même pas excusé », lui avait-elle dit. À présent, le coiffeur d'un salon bon marché de Portchester venait à leur domicile une fois par semaine.

Il prit à côté de lui le pinot noir qui décantait dans une carafe en cristal de Waterford.

Marge O'Brian, leur fidèle domestique depuis une quinzaine d'années, avait été la plus ardente avocate de son père et venait toujours faire le déjeuner et le dîner en plus du ménage. C'était l'un des problèmes liés à ce déménagement dans le New Jersey : il faudrait renoncer à Marge, qui était dans l'impossibilité de quitter sa famille dans le Connecticut.

Ce soir, Eric savait qu'elle avait préparé une salade Waldorf, du saumon et du riz sauvage, le dîner préféré de sa mère. Il espérait seulement qu'elle ne se contenterait pas de grignoter.

« Eh bien, qu'as-tu découvert sur Lane Harmon ? répéta-t-il.

— Elle a perdu son mari dans un accident de voiture avant la naissance de son bébé. Son nom de femme mariée était Kurner. C'est la fille de Gregory Harmon, le représentant du Congrès qui aurait pu devenir le prochain John Kennedy. Il a été tué alors qu'il se rendait à une partie de golf dans un jet privé avec trois de ses amis. Lane n'avait que sept ans. C'est affreux qu'elle ait subi de pareils deuils, tu ne trouves pas ?

— Si, c'est terrible. » Eric prit le verre de sa mère et le remplit. « Tu seras heureuse de savoir que je l'ai invitée à dîner samedi soir et qu'elle a accepté. »

Anne Bennett eut un sourire sincère.

« Oh, Eric, c'est très gentil. Elle est si jolie et je l'ai trouvée très fine. Je suis à l'aise avec elle. Cette Glady Harper nous fait peut-être une faveur, mais elle m'intimide.

— Je crois qu'elle intimide tout le monde, maman, même moi », plaisanta Eric.

Anne Bennett regarda tendrement son fils assis en face d'elle à la table. Puis ses yeux se remplirent de larmes.

« Oh, Eric, tu ressembles tellement à ton père. Je me rappelle souvent le hasard de notre rencontre. Nous descendions tous les deux l'escalier du métro. Il pleuvait et les marches étaient glissantes. J'ai perdu l'équilibre et failli tomber. Il était juste derrière moi. Il m'a saisie par la taille et m'a tenue contre lui, et voilà. Il m'a dit : "Vous êtes ravissante. J'ai l'impression de vous connaître." Je lui ai expliqué que je venais d'être embauchée comme secrétaire dans la société où il travaillait. Nous sommes descendus ensemble et il m'a accompagnée jusqu'à mon métro. Quelques jours après, il m'a appelée et m'a invitée à dîner. Quand il m'a demandée en mariage, il a dit qu'au moment où il avait passé son bras autour de ma taille ce jour-là, il avait su qu'il ne me laisserait jamais partir. Je sortais avec quelqu'un d'autre à l'époque, mais c'était sans importance. Il n'a plus compté du jour où j'ai rencontré ton père. »

Ce n'est pas une bénédiction de ressembler à mon père, songea Eric. Je ne peux aller nulle part sans que les gens détournent le regard. Mais le plus inquiétant était d'entendre sa mère répéter sans cesse la même histoire. Ses parents étaient mariés depuis huit ans quand il était né. Sa mère avait aujourd'hui presque soixante-sept ans. Il commençait à craindre qu'elle montre les premiers symptômes de la maladie d'Alzheimer.

Un autre problème, pensa-t-il.

« Voulez-vous prendre votre café dans le salon, madame Bennett ? » demanda Marge en commençant à débarrasser la table.

Le salon était le nouveau nom de l'ancienne salle du personnel.

« Oui, merci, répondit Eric.

— Je prendrais volontiers un autre verre de vin », dit Anne Bennett.

Eric fronça les sourcils. Récemment, sa mère s'était mise à boire un peu trop de vin. Cette maison est lugubre et déserte, songea-t-il. Déménager à Montclair la semaine prochaine lui fera du bien. Une fois installée là-bas, elle aura meilleur moral.

Il prit sa mère par le bras pour traverser le vestibule. Mais en arrivant dans la pièce, il fut surpris de voir sur la cheminée la boîte à musique que son père avait jadis offerte à sa mère.

Anne Bennett la prit dans ses mains.

« J'adore la faire marcher. Je t'ai déjà dit, bien sûr, que c'était le premier cadeau de ton père. Elle semble avoir de la valeur mais elle ne coûtait que trente dollars à l'époque. Nous aimions tous les deux danser. Les figurines qui tournent au son de la musique sont le tsar Nicolas II et la tsarine Alexandra. Mais tu sais tout ça, naturellement. »

Non, je ne m'en souviens pas, pensa Eric. Il se rappelait cependant que la petite boîte décorée était restée sur la coiffeuse de sa mère pendant des années. Elle ne l'avait jamais fait marcher en sa présence.

Tandis que Marge apportait le café sur un plateau, Anne Bennett souleva le couvercle de la boîte et les silhouettes du couple au destin funeste se mirent à danser.

« Je ne sais pas si tu reconnais cet air, dit sa mère. C'est ma chanson préférée d'Irving Berlin. Elle commence comme ça. » Elle fredonna doucement : « *The song is ended but the melody lingers on.* » Puis elle ajouta sur un ton qui ne souffrait aucune contradiction : « Que ton père soit en vie ou mort, notre chanson ne finira jamais et notre mélodie continuera. »

9

Le vendredi matin, en arrivant, Lane s'arrêta comme toujours dans le bureau de Glady et s'étonna de la trouver en train d'examiner des échantillons de couleurs et de tissus.

Glady commença la conversation avec sa brusquerie habituelle. Désignant un des échantillons, elle dit :

« Vous aviez raison. Ce bleu profond est trop foncé pour la chambre d'Anne Bennett. Mais vous aviez tort d'affirmer qu'il fallait trouver une autre couleur. La solution est de garnir les murs de lambris blancs à hauteur des chaises. Cela atténuera le bleu et le résultat sera saisissant.

— Et coûteux, lui rappela Lane. Vous allez faire ça gratuitement ?

— Bien sûr que non. J'ajouterai cette somme discrètement à la facture que je destine à la grande Chichi de la Marco. Elle a les moyens. Je pense vraiment que ce bandit lui a refilé un tuyau pour qu'elle sorte à temps ses billes du fonds.

— Je vais m'occuper de tout ça, promit Lane.

— Pas si vite. Ce n'est pas tout.

— Oh ! pardon. »

Glady brandit cinq échantillons de tissus.

« Je n'aime pas le dessus-de-lit et les rideaux que nous avons pris dans l'ancienne chambre d'amis. Voici les étoffes que j'ai choisies pour le couvre-lit, les coussins d'ornement, le jupon de la coiffeuse, les rideaux et la méridienne. L'ensemble fera une belle chambre pour cette malheureuse femme.

— Et tout ça aux frais de la comtesse ?

— Bien sûr. Nous en récupérerons un peu en douce. »

Réprimant un hochement de tête, Lane se dirigea vers son propre bureau. C'était l'heure où sa patronne appelait ses fournisseurs et les harcelait pour être certaine que le travail serait fait à temps et les fournitures livrées à l'heure dite.

Et c'était pour Lane l'occasion de passer un coup de fil rapide à sa mère. À cette heure-ci, elle sera à la boutique, pensa-t-elle. Sa mère possédait un magasin d'antiquités à Georgetown. Elle essayait toujours de convaincre sa fille de venir la rejoindre, promettant de l'aider à financer une agence de décoration.

Lane savait qu'elle n'y était pas encore prête. À peine une minute plus tôt, Glady lui avait encore appris quelque chose. En outre, elle n'avait aucune envie de vivre à côté de chez son beau-père.

Sa mère répondit aussitôt.

« Lane, justement j'allais t'appeler. Comment va Katie ?

— Très bien. Elle montre un vrai talent artistique.

— Je ne suis pas surprise.

— Et je vais bien moi aussi. »

Sa mère rit.

« Figure-toi que c'était ma question suivante. »

Lane sourit en songeant à la femme énergique qu'avait toujours été sa mère. Alice Harmon Crowley avait cinquante-cinq ans. Ses cheveux autrefois auburn étaient aujourd'hui complètement gris. Ils étaient simplement coupés au carré, encadrant son visage. Elle n'en faisait pas tout un plat. « Il y a mieux à faire dans la vie que de se pomponner devant un miroir », décrétait-elle. Mince et élancée, elle faisait du yoga tous les jours à six heures du matin.

Elle avait attendu dix ans pour se remarier après la mort du père de Lane dans un accident d'avion. Le beau-père de Lane, Dwight Crowley, écrivait une chronique politique quotidienne dans le *Washington Post* et il était considéré comme un personnage important dans les milieux gouvernementaux. Lui et sa mère s'étaient mariés alors que Lane venait d'entrer à l'université. Elle se réjouissait de voir sa mère heureuse avec Dwight, mais elle ne l'aimait pas. Il avait une étrange conception de la discussion : « Je parle, tu m'écoutes. »

Dwight et sa femme formaient un couple très apprécié dans le petit cercle de Washington. Lane demanda à sa mère :

« Vous êtes allés à la Maison-Blanche récemment ?

— Non, mais nous sommes invités à y dîner la semaine prochaine avec l'ambassadeur d'Espagne. Et toi, que fais-tu en ce moment ?

— Glady a été contactée par le fils de Parker Bennett. Nous effectuons quelques travaux pour la maison d'Anne Bennett dans le New Jersey.

— Je connais des dizaines de personnes qui ont été piégées dans ce scandale, dit sa mère. Une vraie catastrophe. Est-ce que tu as rencontré le fils ? Beaucoup de gens, en particulier Dwight, pensent qu'il était dans le coup. »

Lane s'apprêtait à dire qu'elle devait dîner avec Eric Bennett samedi soir, mais le ton soudain véhément de sa mère l'en dissuada. Pourtant, quand la conversation prit fin, elle s'avoua qu'accepter l'invitation d'Eric avait été une erreur. Les travaux supplémentaires dans la maison du New Jersey l'obligeraient à s'y rendre plus fréquemment qu'elle ne le souhaitait. Elle savait qu'Eric travaillait discrètement dans une autre société de courtage et qu'il avait un appartement à Manhattan. Mais une des chambres de la nouvelle maison lui était destinée. À écouter Glady, il avait l'intention de séjourner régulièrement chez sa mère.

Ce n'est pas une bonne idée de dîner avec lui, pensa Lane, consternée. Pourquoi ne lui ai-je pas dit que j'avais trop de travail ?

Il lui fallait accepter la vérité. Eric Bennett était un homme très séduisant et elle avait envie de le revoir.

Après tout, le fils n'est pas responsable des péchés du père, s'empressa-t-elle de conclure, et elle focalisa son attention sur les échantillons que Glady lui avait remis pour décorer la chambre de la femme de l'escroc qui avait volé cinq milliards de dollars.

Le Dr Sean Cunningham s'assit près de Ranger Cole aux funérailles de sa femme Judy. Elles avaient lieu dans la chapelle du funérarium. Son corps avait été incinéré et l'urne contenant ses cendres était posée sur une table couverte d'une nappe blanche dans l'allée. Ranger avait tenu à la porter et la placer lui-même.

Cunningham vit tout de suite que Ranger n'écoutait pas un mot de ce qui se disait pendant le service. Ses yeux étaient rivés sur l'urne, et quand il éclata soudain en sanglots, sa plainte résonna dans toute la chapelle.

Une quarantaine de personnes assistaient aux obsèques. Cunningham supposa qu'il s'agissait des collègues et des voisins de Ranger mais à la fin de la cérémonie, quand ils se retrouvèrent tous à l'extérieur, il reconnut un certain nombre de gens qui, comme Ranger, avaient été victimes de Parker Bennett.

L'un d'eux, Charles Manning, avocat à la retraite, quatre-vingts ans, s'avança vers Cunningham. Avec un signe de tête en direction de Ranger, qui serrait l'urne contre lui, il dit :

« Sean, je crains que Ranger ne finisse par perdre la boule. Ne pouvez-vous rien faire pour lui ?

— Vous avez raison, convint le psychiatre. Je vais lui parler tous les jours et le voir le plus possible. Le déni et la colère sont les premiers pas du processus du deuil. Il en est certainement à ce stade pour l'instant.

— Et quelle est l'étape suivante ?

— La dépression. Et enfin, l'acceptation. »

Les deux hommes se retournèrent vers Ranger. Le visage figé, il s'éloignait des amis qui tentaient de le réconforter. Sachant que ça ne servait à rien, personne n'essaya de le retenir mais tous le regardèrent disparaître au coin de l'allée en serrant l'urne contre lui.

L'acceptation ? Sean Cunningham soupçonnait qu'il n'y avait aucune chance que Ranger y parvienne. Mais sur quoi déverserait-il sa colère ?

Sean ne pouvait pas deviner que c'était la question qui hantait Ranger. Les larmes l'aveuglaient tandis qu'il marchait dans la rue en trébuchant.

« Ma Judy est morte avant l'heure. »

Une phrase tirée de la Bible lui vint soudain à l'esprit : « Œil pour œil, dent pour dent. »

Il savait ce qui lui restait à faire.

10

L'agent du FBI Jonathan Pierce, alias Tony Russo, avait loué un camion de déménagement pour faire livrer les meubles qu'il avait commandés pour sa nouvelle maison. Il ne voulait pas que ses voisins voient le logo de la société à laquelle il avait loué le mobilier. À leur connaissance, je viens de divorcer, je n'ai pas d'enfant et je m'apprête à ouvrir un restaurant à Montclair, se disait-il. Cela me donnera un prétexte pour faire régulièrement des allées et venues.

Et garder ainsi l'œil sur Anne Bennett et, dans une moindre mesure, sur son fils Eric.

Pour Jon, il ne faisait aucun doute qu'Eric avait trempé dans l'escroquerie. Sinon, comment Parker Bennett aurait-il pu s'en tirer ? Il devait avoir un complice.

Avant que le dossier ne soit classé, ils avaient obtenu de justesse une autorisation judiciaire pour mettre sur écoute le téléphone d'Eric Bennett et de sa mère, et placer des micros dans la nouvelle résidence de celle-ci.

Rudy Schell avait posté Jon dans la maison attenante à celle d'Anne Bennett avec des instructions précises :

« Il se peut qu'ils lâchent au cours de la conversation un indice qui nous permettra de savoir si le père est vivant ou s'ils sont de mèche avec lui. Je ne serais pas étonné qu'Eric Bennett ait l'intelligence de faire fouiller la maison de sa mère avant qu'elle n'emménage la semaine prochaine, pour vérifier qu'elle n'est pas mise sur écoute. Attends une semaine ou deux et va placer quelques micros. »

11

Le samedi soir, Katie était assise sur le lit de Lane et regardait sa mère se préparer pour aller dîner avec Eric Bennett.

« Tu es très jolie, maman, dit-elle gentiment. J'aime bien quand tu mets cette robe. »

Lane avait d'abord choisi un tailleur-pantalon noir mais, au dernier moment, elle s'était changée et avait enfilé une robe de lainage vert forêt qui faisait ressortir les reflets de ses cheveux auburn. Elle l'avait achetée en solde chez Bergdorf Goodman. Malgré la réduction, elle restait chère, mais Lane savait qu'elle avait l'élégance imparable d'un beau tissu allié au luxe haute couture.

Lane attachait les petites boucles d'oreilles en émeraude et diamant qu'elle avait héritées de sa grand-mère. En entendant ce que disait Katie, elle s'arrêta net. Pourquoi est-ce que je mets cette robe ? se demanda-t-elle. Ce n'est qu'un simple dîner en tête à tête.

L'image d'Eric Bennett surgit dans son esprit. Elle aimait le soupçon de gris dans ses cheveux, la pointe d'ironie de son expression, l'ombre de tristesse qui le gagnait quand il parlait de son père.

La voix de Katie la sortit de sa rêverie.

« J'aime bien ces boucles d'oreilles, maman. »

Lane se mit à rire.

« Merci, Katie. »

Papa m'achetait des bijoux quand j'avais l'âge de Katie, se souvint-elle. J'adorais les porter et je les mettais aussi à mes poupées. Il me chantait : « Et des bagues aux doigts… des clochettes aux orteils… Partout où elle va… musique s'éveille… »

Katie n'aura pas un seul souvenir de son père.

La sonnette de l'interphone du hall de l'immeuble retentit, lui annonçant qu'Eric Bennett était arrivé.

« Faites-le monter, dit-elle au portier.

— C'est qui ? demanda Katie en sautant à bas du lit.

— Un ami de maman. Il s'appelle M. Bennett. »

Leur voisine de quatre-vingts ans, Wilma Potters, qui était la baby-sitter préférée de Katie, s'était déjà levée pour aller ouvrir quand Lane l'arrêta.

« J'y vais, Wilma. » Katie adorait leur voisine. Wilma était aussi vive et dynamique que si elle avait été deux fois plus jeune et elles avaient décidé toutes les deux avec Katie de préparer des cookies aux pépites de chocolat et de lire un livre jusqu'à l'heure d'aller au lit.

L'ascenseur était juste de l'autre côté du palier. Lane l'entendit s'arrêter dans un bruit feutré, mais attendit qu'on sonne avant d'ouvrir.

Sa première réaction fut de se dire qu'Eric Bennett était plus grand qu'elle ne le pensait. Pas beaucoup, mais tout de même. Elle se rappela brièvement que les bottines qu'elle portait le jour de leur rencontre avaient des talons un peu trop hauts à son goût. Elle les avait achetées sur un coup de tête.

À première vue, Eric avait la mine grave, mais son sourire était chaleureux.

Au moment où il franchissait le seuil, ils échangèrent simultanément un « Bonsoir Eric », « Bonsoir Lane ».

Katie s'était précipitée aux côtés de sa mère.

« Je m'appelle Katie Kurner, annonça-t-elle.

— Et moi, je suis Eric Bennett.

— Bonjour Eric. Je suis contente de te voir, commença Katie.

— Katie, qu'est-ce que je t'ai déjà dit ? la gronda Lane.

— De ne pas tutoyer les grandes personnes. J'ai oublié. » Elle se retourna en montrant Wilma Potters : « Et elle c'est ma baby-sitter, Mme Potters. On va faire des cookies.

— Tu veux bien m'en mettre un de côté pour tout à l'heure, quand je raccompagnerai ta maman après le dîner ?

— J'en mettrai deux », lui promit Katie.

Après que Katie eut embrassé Lane en lui donnant sa parole d'être au lit à huit heures et demie, ils s'en allèrent. Trois minutes plus tard, ils étaient dans la rue et Eric essayait de héler un taxi. Ils mirent plus de cinq minutes à en trouver un.

« Autrefois, une voiture nous aurait attendus, dit-il en lui ouvrant la portière.

— Je vous assure que je n'ai pas été habituée à avoir un chauffeur quand j'étais petite », répondit-elle.

Mais vous, oui, songea-t-elle tandis qu'Eric indiquait au chauffeur une adresse dans la 56e Rue.

« Vous êtes déjà allée au Tinello ? lui demanda-t-il.

— Oui, murmura Lane.

— Alors vous savez sans doute que c'est un endroit calme et que leurs spécialités du nord de l'Italie sont délicieuses.

— En effet. »

Pourquoi là ? s'interrogea Lane. C'était le restaurant où elle allait régulièrement dîner avec Ken avant leur mariage, et durant l'année écourtée qui avait suivi.

« Votre Katie est adorable, déclara Eric. Et c'est une ravissante petite fille. »

Ils étaient en terrain sûr.

« Pour moi, c'est la plus belle merveille du monde, évidemment. »

Eric marqua un silence.

« J'ai cru comprendre que le père de Katie était mort avant sa naissance.

— Oui. »

Eric a épluché Google, évidemment, se dit Lane. Mais moi aussi j'ai cherché tout ce que je pouvais trouver sur lui et sa famille. Sur son très cher père, surtout.

Elle savait que Parker Bennett s'appelait à l'origine Joseph Bennett, mais qu'à vingt et un ans, il avait adopté légalement comme prénom le nom de jeune fille de sa grand-mère. Elle avait également appris qu'il avait fait deux ans d'études au City College de New York, qui lui avaient permis d'obtenir une bourse pour Harvard puis de décrocher un MBA à Yale. Elle avait lu aussi qu'il avait connu une ascension rapide chez un courtier de Wall Street. Quand il avait épousé Anne Nelson, une secrétaire de vingt-deux ans qui travaillait dans la société, il occupait déjà un poste important dans la hiérarchie.

Lorsqu'ils arrivèrent au restaurant, Mario, le propriétaire, dit à Eric : « Content de vous revoir. » C'était ainsi qu'il accueillait toujours les clients de longue date. Puis il ajouta en souriant à l'adresse de Lane :

« Madame Kurner, cela fait longtemps que je ne vous avais pas vue.

— Je sais bien, Mario, dit Lane. Et je suis ravie d'être là. »

Le patron les accompagna jusqu'à la table.

« Il vous a appelée Mme Kurner, dit Eric quand ils furent assis. J'imagine que vous veniez ici avec votre mari.

— Oui, mais il y a plus de cinq ans de cela. Harmon est mon nom de jeune fille. Je l'ai gardé dans ma vie professionnelle. »

Le serveur se dirigeait vers leur table.

« Vous voulez un apéritif, ou vous préférez du vin ? demanda Eric.

— Du vin.

— Blanc ou rouge ?

— Rouge, si cela ne vous dérange pas.

— C'est parfait. »

Lane l'observa pendant qu'il étudiait la carte des vins. Quand il commanda, elle s'aperçut que c'était un des crus les plus chers qui figuraient sur la carte. Son beau-père également était un fin connaisseur. Lorsqu'elle se trouvait à Washington et dînait avec sa mère et lui, il commandait toujours un très grand cru.

Et elle qui le croyait sur la paille…

Eric parut lire dans ses pensées, il prit les devants :

« Étant donné ma situation, je préfère mettre tout de suite les choses au clair. Je n'ai jamais travaillé ni pour mon père ni avec lui. Il voulait que je me débrouille seul, comme lui. A posteriori, je me dis que si jamais il a volé cet argent, il ne voulait pas que l'on puisse me soupçonner de complicité. » Il la regarda droit dans les yeux. « Je n'ai rien à voir dans cette histoire, ajouta-t-il. J'espère que vous me croyez.

— Si je pensais que vous étiez complice, je ne serais pas là », répondit Lane avec sincérité.

Pendant le dîner, ils bavardèrent comme deux personnes qui font connaissance. Lane lui raconta qu'elle était allée à la Sacred Heart Academy de Washington de la maternelle au lycée avant de faire des études à la New York University.

« Dès mon arrivée, j'ai su que c'était ici que je voulais vivre, expliqua-t-elle, et après mon diplôme, je me suis aperçue que je ne voulais pas devenir enseignante.

— Et vous êtes allée au Fashion Institute, dit Eric.

— Je vois que vous avez bien exploré Google !

— Oui, j'espère que vous ne m'en voulez pas, mais j'avais très envie d'en savoir plus sur vous. »

Lane balaya d'un rire le compliment voilé.

« Heureusement, je n'ai rien à cacher. »

Elle se mordit la langue en se rendant compte de ce qu'elle venait d'insinuer.

« Moi non plus, quoi qu'on en pense », répondit Eric en souriant. Puis il changea de sujet. « Ce n'est pas trop difficile de travailler pour Glady ? Quand elle a redécoré Greenwich House, je me suis dit que je n'avais jamais vu un dragon pareil. Les pauvres artisans se ratatinaient sur place dès qu'elle entrait dans une pièce. »

C'est un dragon, se dit Lane, mais je ne vais tout de même pas l'admettre devant vous.

« J'adore travailler avec Glady, dit-elle avec franchise. Je vois ce que vous voulez dire mais, croyez-le ou non, elle a vraiment le cœur sur la main.

— Je sais bien, à certains égards du moins. Elle redécore la maison de Montclair pour ma mère à titre gracieux.

— Vous voyez : la preuve. »

Au moment du dessert, Eric lui parla de son père.

« C'était le meilleur des pères, dit-il. Il avait beau être très occupé, nous passions en priorité, maman et moi. Il n'a jamais raté une seule fête, un seul événement à l'école. Quand j'ai voulu être boy-scout, je me suis mis en tête d'aller camper. Il m'a dit qu'il m'accompagnerait. Il a acheté tout l'équipement, appris à planter une tente et trouvé un terrain de camping dans les Adirondacks. Nous avons construit un feu et fait cuire le dîner au-dessus des flammes. Tout était brûlé. Une fois sous la tente, il faisait un froid glacial. Impossible de dormir. Et vers onze heures, il a fini par avouer : "Tout ça est absolument ridicule, tu es d'accord avec moi ?" En me voyant acquiescer vigoureusement, il m'a dit : "En ce cas, on arrête là. On laisse tout l'attirail sur place. J'appellerai demain la réception du camping pour leur dire qu'ils peuvent tout garder. Ils n'auront qu'à s'en servir pour une tombola ou le donner."

— Vous n'avez jamais pu décrocher la médaille d'Eagle Scout, j'imagine.

— En fait si, je l'ai eue. Je n'ai pas voulu me dégonfler. »

Il prit une gorgée de café.

« Je dois vous dire, Lane, bien que j'aie perdu beaucoup de clients à cause de mon père, je suis toujours un bon trader et les affaires reprennent. Mais j'ai donné au gouvernement tout ce que j'ai pu économiser ou investir pour contribuer à rembourser ceux qui ont perdu de l'argent.

— Les gens sont au courant ?

— Non. J'ai exigé que ça reste confidentiel. Je savais qu'ils diraient que je cherchais juste à faire bonne impression.

— Quoi que vous fassiez, ça vous retombe dessus.

— C'est bien ce que je me dis. »

Cette fois, ils trouvèrent un taxi dès qu'ils sortirent du restaurant. Arrivée devant son immeuble, Lane s'apprêtait à lui dire au revoir lorsque Eric l'interrompit :

« Je vous raccompagne jusque chez vous. »

Quand ils sortirent de l'ascenseur, il lui dit :

« Je vous promets de ne pas m'attarder, mais peut-on vérifier si Katie m'a mis ces deux cookies de côté ?

— J'en suis sûre. Entrez. »

Les cookies étaient sur une assiette en carton posée sur la table basse. Katie avait dessiné un smiley sur l'assiette.

Eric se pencha, en prit un et le croqua.

« Délicieux, déclara-t-il. Dites merci à Katie de ma part. Et dites-lui aussi qu'ils sont exactement comme je les aime : avec plein de pépites de chocolat. » Il prit l'assiette et ajouta : « Je vais manger celui-là dans l'ascenseur. J'ai vraiment été ravi de passer cette soirée avec vous, Lane. Et maintenant, je m'en vais, comme promis. »

Quelques secondes plus tard, Lane entendit le gémissement de l'ascenseur. Puis Wilma Potters apparut dans le couloir. Une fois Katie bordée dans son lit, elle avait pris l'habitude de regarder la télévision dans la petite pièce qui se trouvait tout au fond de l'appartement.

« Katie est allée se coucher à huit heures et demie précises, annonça-t-elle. Vous avez passé une agréable soirée ? »

Lane eut un instant d'hésitation avant de répondre :

« Très agréable, madame Potters. Vraiment. »

12

Marge O'Brian attendait anxieusement qu'on l'invite à entrer dans le bureau de Rudy Schell. Qu'est-ce que j'ai fait de mal ? se demandait-elle. Pourquoi le FBI veut-il me voir ? C'était seulement la veille qu'elle était allée dans le New Jersey après que le camion de déménagement eut livré à Montclair le mobilier et les objets choisis par Glady Harper pour la nouvelle maison de Mme Bennett.

Avec l'aide de Lane Harmon et des deux hommes qui l'accompagnaient, elle avait déballé des cartons de vaisselle en porcelaine, de livres et de vêtements afin que Mme Bennett ne trouve pas la maison en désordre en arrivant le lendemain. Lane Harmon lui avait dit que le dessus-de-lit, le jupon de la coiffeuse et les rideaux seraient livrés la semaine suivante et qu'elle serait là pour s'assurer que tout se déroulait bien.

Elle est tellement sympathique, songea Marge, et la maison est si jolie. On croirait les meubles faits sur mesure tant ils s'harmonisent bien avec le cadre. Et puis l'atmosphère est très intime. Avant, M. Bennett occupait toute la maison par sa présence. Mais c'est malheureux de voir Mme Bennett errer seule dans cette immense demeure comme une âme en peine.

Pourquoi était-elle convoquée par le FBI ? Ils l'avaient déjà interrogée deux ans auparavant. Que voulaient-ils dire en précisant qu'ils avaient juste deux ou trois questions à lui poser ? Ils ne croyaient tout de même pas qu'elle avait quelque chose à voir avec l'argent disparu ? Non, sûrement pas. Il suffit qu'ils aillent regarder mon compte en banque, se dit-elle.

Mais Mme Bennett et Eric vont me manquer. Ils ont toujours été si gentils avec moi. M. Bennett aussi, s'empressa-t-elle d'ajouter en pensée, mais j'ai toujours eu peur de lui. Quand il n'était pas content, ouh là là ! Il se mettait subitement dans une rage folle. Comme le matin où il avait trouvé une tache sur le siège avant de sa nouvelle Bentley parce que le chauffeur avait renversé du café en l'attendant devant la maison. Il avait renvoyé le chauffeur sur-le-champ, puis il était rentré et s'en était pris violemment à Roger, le majordome, sous prétexte que c'était lui qui l'avait recommandé.

« La prochaine fois que j'engage un de vos immondes copains et qu'il y a un problème, vous me le paierez », avait-il dit.

Quand Mme Bennett lui avait dit : « Mais, Parker, Roger s'est contenté d'appeler l'agence et ce sont eux qui ont recommandé le chauffeur », il l'avait également prise à partie : « Tu ne pourrais pas arrêter de traiter les domestiques comme des amis intimes ? avait-il hurlé. Il est bien dommage que tu ne comprennes toujours pas que tu n'en es plus à donner un coup de main dans le delicatessen de ton père. »

Mais il avait de bons côtés. Le lendemain, il avait fait ses excuses au majordome, réembauché le chauffeur et offert à Mme Bennett une sublime broche en diamants. Elle avait vu le mot qui y était joint. « À ma chérie qui me supporte depuis si longtemps. »

« Madame O'Brian. M. Schell va vous recevoir. »

Marge suivit sans enthousiasme le secrétaire dans le bureau austère de Rudy Schell. Mais dès qu'elle franchit le seuil, elle fut soulagée en voyant l'homme qui se tenait derrière le bureau se lever et la saluer avec un sourire chaleureux en la priant de s'asseoir. Il n'envisage donc pas de m'arrêter, se dit-elle.

Elle ne tarda pas à vérifier que l'agent Schell n'en avait aucunement l'intention.

« Madame O'Brian, cela fait bientôt deux ans que vous avez parlé à un de nos agents. Avez-vous l'intention de continuer à travailler avec Mme Bennett maintenant qu'elle va s'installer dans le New Jersey ?

— Malheureusement pas, dit Marge. Je suis toujours rentrée chez moi le soir. Je ne pourrais jamais faire la navette entre le Connecticut et le New Jersey cinq jours par semaine, et il est également hors de question que j'habite là-bas, aussi loin de mes petits-enfants. Ils sont toujours fourrés à la maison. »

Rudy Schell acquiesça d'un signe de tête.

« Je comprends. Je ne vous demande pas d'être déloyale, croyez-moi, mais comme vous le savez sans doute, Parker Bennett a détruit la vie de beaucoup de gens. Des personnes qui lui faisaient confiance ont perdu leur maison, leur retraite, elles ne sont plus en mesure d'aider leurs proches. La seule chose que je vous demande, c'est de bien réfléchir. Vous est-il arrivé d'entendre quoi que ce soit dans la bouche de Mme Bennett ou de son fils qui puisse indiquer qu'ils savent ce qu'est devenu M. Bennett, s'il est en vie ou mort ? »

Marge garda le silence. Il y avait bien une fois, oui. À peine deux semaines auparavant. Le soir où Mme Bennett s'en était prise à Eric. Mais ce serait injuste de le répéter. Mme Bennett commençait à sombrer dans la sénilité précoce, à moins que ce ne soit seulement dû au stress qu'elle subissait. Elle passait son temps à se répéter. En tout cas, ce qu'elle avait dit était délirant.

« Madame O'Brian, l'encourageait M. Schell. À vous voir, j'ai l'impression que vous hésitez à me dire quelque chose. Rappelez-vous que si Eric Bennett et sa mère n'étaient pas au courant des méfaits de Parker Bennett, nous sommes disposés à blanchir publiquement leur réputation. À l'heure qu'il est, nous avons toutes les raisons de penser qu'ils étaient tous les deux impliqués. Mais si vous avez entendu la moindre chose qui puisse nous aider à récupérer cet argent, vous devez absolument nous le dire. »

Marge O'Brian commença d'un ton hésitant :

« Il y a une dizaine de jours, je n'ai pas pu m'empêcher d'entendre Mme Bennett s'emporter contre Eric. »

Rudy Schell ne laissa pas paraître une quelconque émotion. Il resta imperturbable.

« Et que lui criait-elle au juste ?

— Je ne me rappelle pas mot à mot ce qu'elle a dit, mais quelque chose du genre : "Eric, je sais que ton père est en vie et tu le sais aussi. Dis-lui de m'appeler, je t'en conjure. Dis-lui que je me fiche de ce qu'il a fait. Dis-lui de m'appeler." »

Marge reprit longuement son souffle.

« Mais vous savez, je crois que Mme Bennett devient sénile et elle s'est peut-être juste mis cette idée en tête.

— C'est possible, dit Schell d'un ton apaisant, mais vous avez bien fait de m'en parler. Maintenant je vous demande de ne pas mentionner à Anne Bennett ou à son fils l'entretien que nous venons d'avoir. »

Quand la porte se referma derrière la silhouette de Marge O'Brian, Rudy se renversa dans son fauteuil.

Je me disais bien que ce type y était mêlé, se dit-il. Même sa mère le pense. Et maintenant, comment le prouver ?

13

La première fois qu'elle dormit dans sa nouvelle maison, Anne Bennett se leva tard. Au réveil, elle se sentait plus lucide qu'elle ne l'avait été depuis des mois. Ou depuis le terrible jour où Parker avait disparu en mer.

Il était allé passer le week-end sur l'île Saint-John où était amarré son bateau. Eric était censé l'accompagner en avion, mais il avait été retardé au bureau et n'était arrivé que le lendemain.

J'ai supplié Parker d'attendre Eric pour lever l'ancre, se souvint Anne. Il m'a demandé si je le prenais pour un incapable. Je le connaissais suffisamment, j'ai préféré ne pas insister. Il est parti tout seul le matin. La mer était agitée. Il n'est jamais revenu. Ils ont trouvé le voilier brisé sur les rochers de Tortola.

Elle refoula les larmes qu'elle versait si souvent quand elle pensait à son mari. Il était neuf heures, il fallait qu'elle se lève. Elle repoussa la couette, attrapa sa robe de chambre, enfila ses pantoufles et descendit dans la cuisine. Elle brancha la machine à café et attendit que le voyant s'allume. Quelques secondes plus tard, elle apportait la tasse sur la table. Je n'ai rien envie de manger pour l'instant, se dit-elle.

Puis elle jeta un œil par la fenêtre qui donnait sur l'allée du garage. Tony Russo, son aimable voisin, était assis à la table de sa cuisine. Il était venu se présenter la veille, quand Eric l'avait accompagnée en voiture, après que le camion de déménagement eut livré les meubles.

Il avait expliqué qu'il venait lui-même d'emménager et s'apprêtait à ouvrir un restaurant dans Valley Road. Puis il avait ajouté qu'il ne voulait pas les retarder, mais qu'il tenait à la prévenir qu'il faisait souvent des allers-retours dans la journée. Elle ne devait pas hésiter à faire appel à lui si nécessaire.

Lane lui avait dit qu'elle faisait fabriquer un store pour préserver un peu d'intimité et que celui-ci serait installé la semaine suivante, quand le dessus-de-lit, le jupon de la coiffeuse et les rideaux arriveraient.

Russo avait son ordinateur posé sur la table. Anne s'empressa de changer de place pour éviter de croiser son regard. Si je m'assieds là, je ne serai pas obligée de baisser le store, se dit-elle. Je le ferai seulement le soir.

Elle termina son café et alla s'en préparer un autre. Pendant qu'elle attendait, elle repensa au soir où elle avait hurlé à Eric qu'elle savait que Parker était en vie et lui aussi.

J'avais abusé du vin pendant le dîner, se rappela-t-elle. Elle prenait sans doute ses désirs pour des réalités en allant s'imaginer que Parker n'était pas mort. Elle se souvenait comme si c'était hier de l'émotion qui l'avait saisie bien des années auparavant lorsque Parker l'avait appelés de son bureau pour l'inviter à dîner. Elle avait tellement peur de montrer que depuis le jour où il l'avait rattrapée dans l'escalier du métro elle était folle amoureuse de lui.

Il était si beau, si intelligent. Le bruit courait au bureau qu'il avait reçu une énorme prime de fin d'année. Ce soir-là, elle était allée directement au delicatessen annoncer à ses parents qu'elle dînait avec lui.

Sa mère était ravie. Son père, lui, s'était montré plus sceptique. « Pourquoi ne t'inviterait-il pas à dîner ? Tu dois être la plus jolie fille de la société. Mais si jamais il joue les richissimes play-boys et te fait des avances, tu dois me promettre de quitter immédiatement le restaurant et de prendre un taxi pour rentrer à la maison. »

Six mois après notre mariage, papa ne lui faisait toujours pas confiance, songea-t-elle. Il n'avait pas aimé que Parker veuille à tout prix se marier à l'église très select de Saint-Ignatius à Manhattan. Parker ne voulait pas obliger ses amis à se traîner jusqu'à notre église paroissiale de Brooklyn. C'était un mariage en grande pompe et la réception avait eu lieu au Plaza. Papa était furieux que Parker ait insisté pour tout payer, même ma robe de mariée. Il refusait que j'aille l'acheter en prêt-à-porter chez Macy's.

Papa n'a jamais été impressionné par lui. Il m'avait dit : « Ce qui m'inquiète, Anne, c'est que je sens au fond de moi que ce type est un faux jeton. Il n'y a qu'un faux jeton pour aller changer un prénom parfaitement respectable comme Joseph et s'en choisir un qu'on trouve plus chic. »

Anne sourit. Quand son père voulait faire bisquer Parker, il l'appelait Joey.

Nous avons été si heureux ensemble toutes ces années, songea-t-elle encore. Tous les matins, avant de partir au bureau, il me disait que je lui manquerais toute la journée. Et je lui répondais que lui aussi me manquerait. Même le dernier jour, juste avant d'embarquer dans l'avion, il m'a dit : « Tu me manqueras toujours. »

Parker n'était pas croyant. Qu'avait-il voulu dire par ces mots : « Tu me manqueras toujours » ? Même s'il m'accompagnait à l'église de temps à autre, il ne croyait certainement pas à l'au-delà. Pour lui, quand on mourait, c'était fini. Mais qu'avait-il donc voulu dire ?

Et qu'est-ce qui m'a pris de crier à ce pauvre Eric qu'il sait que son père est vivant ? Est-ce simplement parce que j'avais trop bu ce soir-là ?

Anne termina son deuxième café et chassa de son esprit le soupçon aussi terrible qu'embarrassant qu'elle avait peut-être hérité de l'intuition de son père.

14

Le lundi matin, Eric Bennett entra dans le bureau de Patrick Adams, le fondateur du cabinet conseil en sécurité qui portait son nom. Durant les dix ans qu'il avait passés au poste de sénateur de l'État de New York, Adams avait été scandalisé par la corruption manifeste dont il était constamment témoin, lors des sessions de l'assemblée au capitole d'Albany. Il avait renoncé à ses fonctions pour essayer de la combattre et avait alors ouvert le cabinet conseil. En l'espace de deux ans, il avait acquis la réputation de mettre au jour des fraudes, non seulement dans le cadre de malversations au niveau gouvernemental mais également dans des affaires de délits d'initiés.

Il avait été stupéfait d'apprendre qu'Eric Bennett, le fils du célèbre escroc, avait pris rendez-vous avec lui.

Comme la plupart des gens, il estimait qu'Eric avait œuvré main dans la main avec son père pour détourner l'argent du fonds Bennett.

Cinquante-deux ans, en pleine forme malgré un certain embonpoint, le cheveu fourni poivre et sel, l'air sûr de lui, Adams était un homme imposant.

Il fut agréablement surpris que Bennett arrive à dix heures précises. Il n'avait que faire des retardataires invétérés. Mais il n'appréciait pas non plus les clients trop en avance. Cela trahissait un manque d'assurance qui le rendait méfiant.

Sa secrétaire introduisit Eric Bennett. Ce dernier fit bonne impression à Adams. Bennett portait un costume gris bien coupé, une chemise avec des boutons de manchettes discrets, de simples petites pierres noires. Adams fut étonné par la réserve courtoise avec laquelle il le salua. Il s'attendait à le trouver plus tendu.

Quand il le pria de s'asseoir, Bennett prit place dans le fauteuil disposé en face de son bureau.

« J'irai droit au but, dit-il d'un ton posé. À moins que vous ne soyez aveugle, sourd et muet, ce qui est loin d'être le cas, il est inutile que je vous explique qui est mon père, Parker Bennett, ni les faits dont il est accusé. »

Accusé, songea Adams. Et si on parlait plutôt de ce dont votre père est coupable ?

Il lui répondit de façon tout aussi directe.

« Oui, je suis au courant de la situation de votre père.

— En ce cas, vous êtes également au courant de la mienne, dit Eric à mi-voix. Les gens sont presque unanimement convaincus que je suis mêlé au détournement de fonds. N'est-ce pas ?

— En effet.

— Alors, vous comprendrez le sens de ma démarche. Je suis absolument étranger à cette malversation. Mon ordinateur a été décortiqué. Tous les bureaux d'investigation possibles et imaginables ont passé ma vie au crible. On n'a jamais pu me lier à cette fraude. J'avais beaucoup d'affection pour mon père. C'était un mari extraordinaire et un père extraordinaire. Je ne peux qu'en conclure qu'il n'avait plus toutes ses facultés mentales quand il a commis ces méfaits.

— Cela signifierait qu'il ne jouissait déjà plus de toutes ses facultés mentales il y a quinze ans, lorsqu'il a créé le fonds Bennett, lui rappela Adams. Il est évident que c'était un système de cavalerie financière soigneusement planifié dès le départ.

— Je sais bien, répondit Eric, légèrement sur la défensive. Mais le FBI n'a jamais pu prouver que mon père n'était plus en vie ni découvrir ce qu'il était advenu de cet argent. Je veux donc faire appel à votre cabinet pour enquêter sur cette affaire.

— Vous êtes bien conscient que si nous procédons à une enquête et si votre père est vivant, cela peut avoir pour conséquence de l'envoyer en prison pour le restant de ses jours.

— Oui », répondit Eric d'une voix tremblante, les larmes aux yeux. Puis il se ressaisit et poursuivit : « Si mon père est en vie, il faut le retrouver et l'argent qu'il a volé doit être restitué aux investisseurs qu'il a escroqués.

— Du moins ce qu'il en reste, dit sèchement Adams. Je vous préviens que si nous acceptons de nous charger de cette affaire, cela coûtera très cher.

— Je sais. Je suis trader et je gagne très bien ma vie, le marché est bon en ce moment. Depuis que mon père a disparu, il y a deux ans, je vis de façon très modeste. J'ai bien l'intention de continuer, et je peux déjà déposer un acompte de cinquante mille dollars. Lorsque cette somme sera épuisée, je devrais être en mesure de vous redonner de l'argent. Si jamais je ne parviens plus à vous payer, vous pourrez suspendre l'enquête jusqu'à ce que j'aie amassé la somme nécessaire. »

Adams ne put s'empêcher d'être touché par l'homme qu'il avait en face de lui. Mais son côté pragmatique reprit vite le dessus.

« Et si jamais nous découvrons au cours de nos investigations que vous êtes impliqué ?

— Je jugerais normal d'être livré au procureur fédéral, répondit aussitôt Eric. Mais ça ne va pas m'empêcher de dormir. »

Adams lui tendit la main en se demandant s'il mesurait réellement ce dans quoi il s'engageait.

« Nous allons nous charger de cette affaire, monsieur Bennett, dit-il. Et nous emploierons tous les moyens pour retrouver votre père en vie ou prouver qu'il est mort, et pour découvrir où a disparu l'argent. »

Adams se rendit compte qu'il était réellement intrigué à l'idée d'être payé pour rechercher Parker Bennett.

Quant à Eric Bennett, il y avait deux possibilités : soit cet homme était totalement innocent comme il le prétendait et il voulait changer son image auprès du public, soit il était coupable et avait l'arrogance de croire qu'avec son père, ils avaient tout planifié si soigneusement qu'ils étaient à l'abri des poursuites.

Aux yeux d'Adams, les affaires de délits d'initiés commençaient à perdre de leur intérêt. Essayer de retrouver Parker Bennett sera infiniment plus palpitant, se dit-il avec satisfaction.

15

Il se sentait de plus en plus cerné et, dans sa hâte de fuir, il avait transféré la majeure partie de l'argent d'un compte suisse à un autre. Il avait scotché le nouveau numéro de compte à l'intérieur de la boîte à musique qu'il avait offerte à Anne des années auparavant. Mais une fois à l'abri, il s'était aperçu avec stupéfaction que c'était l'ancien numéro qu'il avait emporté avec lui et non le nouveau.

À présent il vivait confortablement sur l'île de Saint-Thomas dans une petite villa donnant sur la mer des Caraïbes. Il avait un nouveau voilier, bien plus petit et bien moins luxueux que celui qu'il avait abandonné à la dérive. Cependant il en était très satisfait. Il était désormais connu sous l'identité qu'il s'était créée bien des années avant de devoir prendre la fuite. Mais il n'y aurait bientôt plus d'argent sur l'ancien compte. Pourtant, ce n'est pas l'argent qui manque, songea-t-il amèrement.

À Saint-Thomas, il était connu sous le nom de George Hawkins, un ancien ingénieur anglais qui était arrivé là quinze ans auparavant.

La perruque brune qu'il portait en permanence changeait son apparence physique. Tout comme les lunettes de soleil et la pâte qu'il appliquait d'une main experte pour modifier la forme de son nez.

Son passeport britannique lui offrait la garantie de pouvoir s'installer ailleurs en cas de nécessité, et même dans l'urgence.

Le téléphone jetable qu'il avait dans la poche de son pantalon sonna. Il décrocha avec une vague appréhension.

« Parker chéri, dit une femme d'un ton détaché. J'ai encore besoin d'argent.

— Mais j'ai transféré un million de dollars sur ton compte il y a trois mois », protesta-t-il.

Comme à chaque fois, sa colère le céda à la peur.

« Justement, c'était il y a trois mois. Je fais redécorer l'appartement et il me faut plus d'argent tout de suite. Je te donnerai le montant exact quand j'aurai le devis de la décoratrice. »

Elle le faisait chanter depuis deux ans. Il lui était impossible de refuser.

« Je te fais un virement, répondit-il froidement.

— Je savais bien que tu accepterais, et sache que je suis muette comme une tombe. Bye bye, trésor. Tu me manques. »

Il ne répondit pas, raccrocha et resta longuement à contempler la mer.

C'était une belle journée ensoleillée. La mer était turquoise. Des vaguelettes jetaient des reflets irisés sur la plage qui s'étendait au pied de sa villa. Il se plaisait dans cet endroit. Au fil du temps, il était parvenu à asseoir son identité. Il venait souvent là, sous le prétexte d'aller faire de la voile. Il avait consciencieusement cultivé un accent anglais, qui lui était devenu naturel. Les amis qu'il s'était soigneusement choisis des années auparavant le voyaient comme un veuf plutôt timide qui adorait la navigation. Quand il était arrivé deux ans plus tôt en leur annonçant qu'il avait désormais pris sa retraite et quitté l'Angleterre pour s'installer définitivement à Saint-Thomas, la transition s'était faite en douceur.

Il s'était également mis au golf et, curieusement, s'était révélé très doué. Il ne fréquentait que les golfs publics. L'atmosphère confinée des clubs privés risquait d'inciter les autres membres à vouloir nouer des liens plus étroits. La familiarité engendre le mépris, et risque dans mon cas d'éveiller les soupçons, se disait-il. Il s'était retrouvé en particulier à faire équipe avec un golfeur rencontré lors d'un *foursome* qui se disait anglophile et voulait discuter avec lui des nombreux ingénieurs qu'il connaissait dans la région de Londres. Il n'était plus jamais retourné au golf en question.

Elle savait qu'il était là. Elle était persuadée qu'il disposait de la totalité de l'argent. Elle le saignerait à blanc. Elle buvait facilement. Il l'avait déjà vue ivre morte. Ce n'était pas si fréquent, mais c'était un de ses penchants. Il était tout à fait possible qu'elle le trahisse par mégarde sous l'effet de l'alcool.

Cette situation ne pouvait plus durer. Où qu'il aille vivre, elle le menacerait toujours. Il n'aurait jamais pensé qu'il puisse envisager un jour d'ôter la vie à quiconque, mais aux grands maux, les grands remèdes, se rappela-t-il froidement.

C'était un risque énorme, mais il fallait à tout prix qu'il retourne là-bas, récupère le numéro dans la boîte à musique et élimine le danger qu'elle représentait pour lui. Puis, pour plus de sûreté, il appliquerait son plan de secours et irait s'installer en Suisse.

Il n'avait pas prévu de faire de la voile ce jour-là, mais au moindre souci, il lui était désormais nécessaire d'être à bord de son bateau et de sentir qu'il ne faisait qu'un avec le ciel et la mer. Après tout, c'était un plaisir amplement mérité.

16

Eleanor Becker avait été la secrétaire de Parker Bennett durant les treize années d'existence du fonds d'investissement Bennett.

À cinquante ans, sans enfant, elle avait été approchée par Bennett dans la société de courtage où ils travaillaient précédemment tous les deux. Il lui avait dit son intention de créer sa propre société et lui avait demandé si elle voulait le suivre.

Elle n'avait eu aucun mal à se décider. Parker avait beaucoup de charisme et s'était toujours montré aimable avec elle. Le gestionnaire pour lequel elle travaillait était lunatique, charmant le matin, mais capable de changer du tout au tout si le cours de ses transactions était en chute libre à la clôture des marchés, à seize heures trente.

Docteur Jekyll et Mister Hyde, se disait-elle à chaque fois qu'elle le voyait se ruer vers son bureau. « Vous avez fait ça ? Et pourquoi donc ? Et ça, vous y avez donné suite ? Vous n'êtes qu'une incapable. »

Elle résistait à l'envie de lui demander pourquoi il ne passait pas sa mauvaise humeur sur son épouse. Mais évidemment, cela n'arriverait jamais. Sa deuxième femme, qui avait vingt-cinq ans de moins que lui, ne l'aurait jamais accepté.

C'était donc avec un plaisir sans mélange qu'elle avait donné sa démission et était allée travailler pour Parker Bennett. Le salaire était bien plus élevé. Les primes de Noël avaient remeublé le salon de leur modeste maison de Yonkers. Lorsque son mari avait été atteint de diabète, Parker lui avait fait promettre de lui envoyer toutes les factures qui ne seraient pas prises en charge par son assurance maladie.

Aussi incroyable que cela paraisse, se disait-elle comme pour se justifier, elle n'avait jamais rien eu à voir avec ses affaires financières. Les deux années qui s'étaient écoulées depuis la disparition de Parker Bennett avaient été cauchemardesques. Elle savait que le FBI la croyait mêlée à l'escroquerie. Elle avait été questionnée pendant des heures. Et la semaine précédente, elle avait dû témoigner des heures entières encore devant le grand jury.

Elle avait été informée par le procureur fédéral qu'elle faisait l'objet d'une enquête du grand jury. Le procureur l'avait invitée à témoigner si elle le souhaitait. Elle avait passé beaucoup de temps avec son avocat, Grover Johnson, à peser les avantages et les inconvénients d'une comparution. Il l'avait prévenue qu'il ne serait pas autorisé à être présent dans la salle d'audience pendant qu'elle serait interrogée par le grand jury. Il craignait également que ses réponses puissent être utilisées contre elle si jamais elle était inculpée.

Eleanor avait demandé à Grover quelles étaient ses chances d'échapper à l'inculpation si elle décidait de ne pas comparaître. Il lui avait dit franchement qu'elle n'en avait aucune. « En ce cas, Grover, je n'ai rien à perdre. Je vais dire la vérité et ils comprendront peut-être que je suis innocente. Je vais témoigner. »

Le procureur l'avait interrogée sans relâche. Elle repensa aux questions du jury et à ses réponses.

« Madame Becker, est-il vrai que vous avez contribué à persuader des gens d'investir dans le fonds Bennett ?

— Ce n'est pas que je les persuadais, c'est juste que M. Bennett me demandait d'envoyer des lettres les invitant à venir se renseigner sur le fonds.

— Et comment sélectionnait-il ces gens ?

— Une partie de mon travail consistait à lire un grand nombre de journaux pour dresser une liste de petits entrepreneurs, ou de personnes dont les mérites avaient été reconnus d'une manière ou d'une autre par leur communauté.

— Et de quelle manière au juste ?

— Ce pouvait être par exemple à l'occasion du cinquantième anniversaire d'une petite entreprise. Je notais le nom de cette personne et tous les détails la concernant à l'intention de M. Bennett.

— Et combien de noms lui fournissiez-vous chaque jour ?

— Parfois pas plus de cinq, mais cela pouvait aller jusqu'à vingt.

— Et après ?

— J'avais une lettre type à envoyer.

— Quel genre de lettre type ?

— Félicitant cette personne d'avoir été distinguée et l'invitant à venir au bureau prendre le thé ou le café avec M. Bennett.

— Et les gagnants à la loterie ? Leur écrivait-il ?

— S'ils n'avaient gagné que quelques millions de dollars, oui. Mais il évitait les gros gagnants. Il disait que les grands gestionnaires de fortune se jetteraient sur eux comme des vautours. Tout ce qui l'intéressait, disait-il, c'était de faire gagner de l'argent aux petits investisseurs.

— Et quand les petits investisseurs venaient au bureau, comment la rencontre se déroulait-elle ?

— Comme vous le savez sans doute, le bureau de M. Bennett était immense. Il y avait un canapé et des fauteuils autour d'une grande table basse. J'apportais du café et du crumb cake ou des donuts le matin, et du thé et des petits sandwichs l'après-midi.

— Que se passait-il alors ?

— M. Bennett prenait place et bavardait avec eux. Puis il me demandait d'apporter les relevés de compte de certains de nos investisseurs. Naturellement, il me demandait de masquer leur nom.

— Mais ces relevés montraient que les comptes rapportaient de l'argent ?

— Oui.

— Y avait-il un montant d'investissement minimum ?

— Dix mille dollars.

— Que disait-on aux nouveaux investisseurs qui plaçaient de l'argent dans le fonds Bennett ?

— Si par exemple, au bout d'un an, les dix mille dollars qu'ils avaient placés n'avaient pas rapporté dix pour cent, les investisseurs étaient en droit de se retirer et M. Bennett leur rendait alors le montant investi, assorti d'un bonus de mille dollars, le rendement moyen de dix pour cent du fonds Bennett.

— Était-il fréquent que les gens retirent leur placement du fonds ?

— Non, c'était très rare. Ils recevaient des relevés de compte qui leur montraient tout ce que leur argent avait rapporté. S'ils restaient, c'est qu'ils espéraient que leur argent continuerait à prendre de la valeur.

— Les investisseurs qui partaient obtenaient-ils les dix pour cent promis ?

— Oui.

— Ceux qui restaient avaient-ils tendance par ailleurs à placer une part de plus en plus grande de leurs économies sur ce fonds ?

— Oui.

— Et quel était le taux de rendement de ces investissements ?

— Dix pour cent.

— Au bout de quelques années, Parker Bennett a-t-il commencé à prendre des clients plus fortunés ?

— Absolument. Les gens sont venus d'eux-mêmes.

— Et à ce moment-là, avez-vous continué à envoyer des lettres invitant les petits investisseurs ?

— Oui, mais pas autant qu'au début.

— Et pourquoi cela ?

— Parce que nous n'y étions plus obligés. Les investisseurs que nous avions étaient ravis et recommandaient le fonds Bennett à leurs amis, leur famille et leurs collègues. Le fonds connaissait un tel essor que nous n'avions plus le temps de chercher de nouveaux investisseurs.

— Vous travaillez pour des courtiers depuis l'âge de vingt et un ans. Ne trouviez-vous pas que ce rendement était excessif ?

— J'avais pu constater dans ma précédente société que Parker Bennett était un vrai génie. Je croyais en lui et je lui faisais totalement confiance.

— Ne trouviez-vous pas que votre salaire et vos primes étaient anormalement élevés ?

— Je le trouvais très généreux.

— Et qu'avez-vous pensé en voyant qu'il continuait à payer les frais médicaux de votre mari ?

— J'ai été bouleversée.

— Et quand votre mari a été forcé de prendre sa retraite en raison de sa maladie, comment avez-vous réagi lorsque Bennett a remboursé l'emprunt de votre maison ?

— J'ai fondu en larmes. »

Elle savait que les procureurs allaient l'inculper. « Avec mon mari, nous allions être obligés de contracter un nouvel emprunt pour continuer à régler les frais médicaux », s'était-elle emportée.

Quand ce fut enfin terminé, elle quitta la salle en pleurs. Grover Johnson, qui l'attendait anxieusement dehors, la prit dans ses bras et tenta de la calmer pendant qu'elle sanglotait en disant : « Je crois qu'ils ne m'ont pas crue. »

C'était encore un autre problème. Avec Frank, ils avaient été horrifiés de voir ce que coûtait un avocat et les frais exorbitants que représentait la procédure en cours. Frank s'était exclamé : « Celui qui a dit qu'il n'y a pas d'avocat au paradis avait bien raison. »

Ils étaient censés avoir des nouvelles de Johnson cet après-midi-là. Ils attendaient tous les deux avec anxiété dans la cuisine en prenant un thé. Frank avait maigri, mais ses rides au coin des yeux et de la bouche montraient qu'il avait le sourire facile.

Pour le moment, il ne souriait pas, et elle encore moins. Elle avait la main qui tremblait en portant la tasse à ses lèvres. La tension était si insupportable qu'elle avait constamment les yeux humides. Et au moindre bruit, elle avait le souffle coupé. Son portable sonna. Elle vit que c'était Grover Johnson.

« Si jamais c'est Johnson, essaie d'abréger, l'avertit Frank. Dès qu'il appelle, il enclenche le compteur. »

« Madame Becker ? »

Il a l'air inquiet, se dit Eleanor. Sa main se crispa sur le téléphone.

« Oui.

— Je suis désolé, mais le grand jury a décidé de vous inculper pour complicité avec Parker Bennett. »

17

C'était un beau week-end malgré le froid. Lane emmena Katie faire du patin à glace sur Rockefeller Plaza. Elle-même s'en tirait relativement bien mais Katie était vraiment douée. Elle avait chaussé ses premiers patins l'année précédente et rien ne lui faisait plus plaisir que d'aller filer sur la glace. Eric Bennett avait envoyé un mot à Katie pour la remercier des cookies et lui demander si elle en faisait aussi à base de flocons d'avoine et de raisins secs. Avec ceux au chocolat, c'étaient ses préférés. Il avait conclu par ces mots : « À bientôt, j'espère, Katie. Ton ami, Eric Bennett. »

Il n'avait pas appelé Lane. Elle se demandait si le mot qu'il avait écrit à Katie était simplement un geste attentionné ou s'il avait vraiment l'intention de la revoir bientôt.

Elle était déconcertée de se sentir si heureuse à l'idée qu'il l'invite de nouveau. Il lui était arrivé de dîner avec des hommes au cours des dernières années et d'y prendre plaisir. Mais il n'y avait jamais eu cette étincelle qu'elle avait ressentie avec Eric Bennett. Le dimanche soir, elle emmena Katie au cinéma puis au McDonald's, le restaurant préféré de sa fille. Le lundi, Glady l'informa qu'elle avait fait un certain nombre d'esquisses préliminaires et choisi différentes palettes de couleurs à montrer à « Sally », ainsi qu'elle appelait la comtesse de la Marco. « C'est à neuf heures et demie, précisa-t-elle à Lane. Surtout, soyez à l'heure.

— Je suis toujours là avant neuf heures, Glady, répondit Lane, amusée. Vous le savez bien. Mais si vous préférez, je peux vous retrouver à son appartement. »

Elle savait que sa patronne refuserait catégoriquement. Glady soignait l'image de la décoratrice suivie de son assistante qui portait les esquisses, les échantillons et les catalogues d'antiquités, de tapis et de moquettes.

« Nous nous retrouverons dans le hall », répondit sèchement Glady.

Le lendemain matin, Lane arriva à neuf heures et quart précises dans le hall de la Cinquième Avenue et, naturellement, Glady était déjà là. Elles attendirent jusqu'à neuf heures vingt-sept, puis Glady demanda au portier d'appeler chez la comtesse de la Marco pour lui annoncer que Mme Harper était arrivée. Et moi ? se dit Lane. Pas un mot, comme d'habitude. À croire que je suis invisible. C'était typique de Glady.

Une voix masculine répondit :

« Faites-la monter, s'il vous plaît. »

Le majordome les attendait à la sortie de l'ascenseur privé.

« Mme la comtesse va vous recevoir dans la bibliothèque », dit-il en les conduisant au fond du couloir de gauche.

« "Nous recevoir" », marmonna Glady.

Lane eut du mal à dissimuler un sourire.

La comtesse Sylvie de la Marco était assise sur un canapé de velours rouge. Devant elle, une cafetière et trois tasses étaient posées sur le plateau de verre de la longue table basse. Elle ne se leva pas pour les accueillir, mais leur sourit aimablement.

« Merci infiniment », dit Glady d'un ton sincère lorsque le majordome lui servit du café.

Mais elle en but à peine quelques gorgées et passa aux choses sérieuses.

« Nous n'allons pas changer grand-chose d'un point de vue architectural, annonça-t-elle en prenant le sac qu'avait apporté Lane. Si l'on y inclut les antiquités et les œuvres d'art, le coût de la rénovation est estimé à cinq millions de dollars environ. J'ai des esquisses préliminaires du projet que nous avons conçu pour les pièces de cet étage, afin de créer une impression de diversité, d'harmonie et d'élégance discrète. »

La comtesse examina attentivement les esquisses une à une.

Puis Glady se leva.

« Je suggère que nous regardions les esquisses en faisant le tour de cet étage, mais tout d'abord, j'aimerais que vous signiez le contrat, et que vous versiez les deux millions de dollars prévus à la signature. »

Lane observa que la comtesse demeurait imperturbable, pas un de ses faux cils ne bougea.

« Très bien, dit-elle. Pourquoi ne pas commencer par la salle de réception ? Mais avant toute chose j'ai un coup de fil important à passer. »

Une fois dans le couloir, Glady se pencha vers Lane :

« Vous avez remarqué, murmura-t-elle, goguenarde, elle appelle le salon la "salle de réception" ? » Sans attendre la réponse de son assistante, elle ajouta : « Je parie qu'elle a trouvé ça dans un roman à l'eau de rose du dix-neuvième siècle. »

Elles restèrent un long moment sur le seuil de la plus grande pièce de l'appartement.

« Tout ce qui brille n'est pas or, murmura la décoratrice avec un mépris mal dissimulé, en examinant les rideaux de brocart richement ornés munis d'embrasses à pompons dorés.

– Allons, Glady, protesta Lane. Elle sait que cet appartement est d'un mauvais goût affligeant et c'est bien pour ça qu'elle est prête à dépenser une fortune pour le rénover. Vous avez vu comme elle a été aimable avec nous, ce matin. »

Glady haussa aussitôt les sourcils, comme toujours lorsqu'elle était contrariée.

« Lane, il faut vraiment que vous appreniez à vous défaire de cette manie de faire ami-ami avec tous les gens que vous rencontrez. La comtesse a raconté à qui voulait l'entendre que c'est à la demande de la seconde épouse du comte, la précédente comtesse de la Marco, que l'appartement avait été décoré de façon aussi clinquante. En réalité, chacun sait qui a eu la haute main sur la rénovation. Pour Sally Chico, c'était le comble du raffinement, il y a eu suffisamment de plaisanteries à ce propos dans la rubrique mondaine. Elle organise de nombreuses soirées et j'ai lu qu'on surnommait cet endroit "la cage dorée de Sylvie". »

Lane aperçut derrière Glady la comtesse qui arrivait dans le couloir.

« Quelles couleurs suggérez-vous pour cette pièce ? » demanda Lane à Glady en élevant la voix plus que nécessaire.

L'espace d'un instant, Glady resta interdite. Puis elle comprit que son assistante l'avertissait qu'il fallait arrêter de dénigrer sa nouvelle cliente.

« Ce sera une très belle pièce, tout à fait le cadre approprié pour la comtesse », répondit-elle avec aplomb.

Il était évident que Sylvie de la Marco avait entendu et que le ton sarcastique de Glady ne lui avait pas échappé. Elle plissa les yeux et se départit de l'amabilité qu'elle leur manifestait jusqu'alors.

« Au vu de vos honoraires, madame Harper, j'ose espérer que vous me ferez un cadre approprié. »

Glady a intérêt à faire attention, se dit Lane. Mais elle a raison, sous ses airs affables, la dame est coriace.

Naturellement, Glady ne fut nullement impressionnée.

« Si vous jugez que le coût de cette rénovation dépasse vos moyens, comtesse, je suis prête à me retirer et résilier notre contrat. »

Lorsque la comtesse fut hors de portée de voix, Glady glissa à Lane :

« Elle n'a pas bronché quand je lui ai donné le montant du devis, vous avez vu ? De toute évidence, elle a un riche petit ami.

— J'ai vérifié, dit Lane. Elle a essayé de faire annuler le contrat de mariage, mais en vain.

— Je sais. Le montant de ce qu'elle a reçu n'a pas été divulgué. Mais on raconte que la famille avait réussi à transférer une bonne part de la fortune du comte dans un trust, car il était manifestement atteint de démence sénile. Sally n'a pas reçu tant que ça, comparé à ce qu'elle jette par les fenêtres en ce moment. Vous avez vu que dès que je lui ai donné le devis définitif, elle a déclaré qu'elle avait un coup de fil à passer ? Elle doit avoir un nouveau fiancé qui est plein aux as. À tous les coups, c'est un milliardaire russe. » Sans même reprendre haleine, Glady ajouta : « Évidemment, elle a été la maîtresse de Parker Bennett pendant des années. Elle s'est peut-être constitué un confortable bas de laine avant qu'il ne disparaisse. »

18

Johathan Pierce alias Tony Russo observa d'un œil amusé une camionnette marquée H & L Security qui se garait en face de chez Anne Bennett. Le système de protection avait déjà été installé. Il savait que cette société venait vérifier que la nouvelle maison n'était pas truffée de micros.

Il avait vu Eric Bennett entrer quelques heures plus tôt. Ce n'était pas dans ses habitudes. Depuis que sa mère avait emménagé, dix jours auparavant, Eric venait systématiquement dîner avec elle un soir sur deux. Il faut reconnaître que c'est un bon fils, songea Jon. Mais s'il est innocent, pourquoi est-il si inquiet à l'idée que la maison soit sur écoute ? A-t-il peur que sa mère laisse échapper quoi que ce soit qui révèle où se trouve son père ou l'argent disparu ?

La semaine précédente, il avait réussi à lier connaissance avec Anne Bennett tout en restant discret. Le courrier était généralement distribué vers neuf heures. Il attendait que la camionnette arrive, et au moment où il allait chercher son courrier, la porte d'Anne Bennett s'ouvrait. Il avait l'impression qu'elle guettait l'arrivée du facteur. Espérait-elle avoir des nouvelles de son mari ?

Il essayait de repérer ses habitudes. Le dimanche matin, elle était sortie à dix heures moins le quart. Il l'avait suivie jusqu'à l'église de l'Immaculée-Conception, où elle avait assisté à la messe. Elle s'était également rendue dans un salon de coiffure local. Il savait que le coiffeur très chic chez qui elle allait à New York l'avait priée de ne plus revenir, l'obligeant à prendre un coiffeur à domicile qui se rendait dans sa propriété du Connecticut.

Peut-être comptait-elle recommencer de zéro dans le New Jersey ? Il l'espérait pour elle, mais seulement si elle n'avait rien à voir avec la disparition de tout cet argent.

Jon jeta furtivement un coup d'œil sur sa gauche. Il était dans sa cuisine, assis à la table du coin repas qu'il avait transformée en bureau. Anne Bennett laissait le store relevé dans la journée. Il savait que la plupart du temps, elle s'asseyait de façon à ne pas se trouver en face de lui. Mais il lui arrivait d'oublier ou de ne pas s'en soucier.

Son fils n'arrivait jamais avant six heures du soir. La seule autre personne qui était venue deux fois cette semaine-là était Lane Harmon, la décoratrice d'intérieur.

Jon s'était également renseigné sur elle. Lane était la fille d'un représentant du Congrès aujourd'hui décédé et son beau-père était un chroniqueur très influent. Ce serait stupide de sa part de côtoyer de trop près la famille Bennett. Peut-être même risqué.

Son téléphone sonna. C'était Rudy Schell.

« Il y a du nouveau, Jon ?

— Je viens de voir un soi-disant technicien d'une société d'alarme entrer chez les Bennett. Je suis sûr qu'il vient vérifier si la maison n'est pas sur écoute. Je m'introduirai chez Anne Bennett quand elle retournera à l'église.

— Le fils passe souvent ?

— Un jour sur deux pour dîner, d'après ce que j'ai pu voir.

— Qui fait la cuisine ?

— Elle se fait livrer par un restaurant chic à chaque fois qu'Eric vient la voir. Autrement, elle a l'air de se contenter des restes.

— Et elle a une domestique ?

— Jusqu'ici non. Mais il y a une entreprise de ménage qui se charge d'un grand nombre de maisons du quartier. Quelqu'un de chez eux a sonné ici l'autre jour. Je ne serais pas étonné qu'elle fasse appel à leurs services. À mon avis, elle n'a pas envie d'avoir une femme de ménage qui vienne tous les jours.

— Dommage. Ce serait intéressant de savoir ce qu'elle peut laisser échapper devant une femme de ménage. » À son habitude, Rudy Schell mit un terme à leur conversation de façon abrupte. « Tiens-moi au courant. »

19

C'est avec consternation que Sean Cunningham apprit au journal télévisé de neuf heures qu'Eleanor Becker avait été inculpée de complicité avec Parker Bennett. Au cours des deux dernières années, il s'était fait un devoir de rendre de fréquentes visites à la fidèle secrétaire de Parker Bennett. La connaissant, il avait la certitude absolue que son seul crime était d'avoir eu une confiance aveugle en son patron. Cette inculpation signifiait qu'elle allait être assignée à comparaître devant un juge, devrait payer la caution et continuer à assumer les frais d'un avocat pour assurer sa défense. Le procès pouvait n'avoir lieu que dans deux ans. Dans l'intervalle, les soucis et le sacrifice financier risquaient de la briser, physiquement et psychologiquement.

Au cours de sa carrière, Cunningham avait eu affaire à des patients aux prises avec ce type de difficultés. Si par miracle Eleanor était acquittée, il serait trop tard pour réparer les dégâts. Elle serait au bout du rouleau sur le plan émotionnel, et financièrement exsangue.

Il décida de l'appeler pour lui proposer de lui rendre visite le lendemain après-midi.

Aujourd'hui, il avait déjà rendez-vous avec Ranger Cole. Depuis les obsèques, il avait téléphoné à Ranger tous les jours. Celui-ci n'avait ni décroché ni répondu aux messages qu'il lui avait laissés. Puis la veille, Ranger avait fini par le rappeler dans l'après-midi. Il lui avait dit : « Excusez-moi, docteur, c'est vraiment gentil de vous inquiéter pour moi. J'aurais dû vous appeler avant. »

Il avait la voix éteinte, monocorde.

« Je me fais du souci pour vous, Ranger, lui avait répondu Sean avec franchise. Je sais ce que c'est de perdre sa femme. La mienne est décédée il y a cinq ans. Mais croyez-moi, on se remet peu à peu. Je peux passer chez vous demain ? Vers trois heures, peut-être.

— Oui, bien sûr, comme vous voulez. »

Sean regarda sa montre. Il était neuf heures et demie. Il avait cinq heures devant lui pour travailler à son livre. Il s'intitulait *Réagir au stress*.

Il s'était inspiré des cas de ses patients mais avait pris soin de ne pas mentionner de nom et de changer les lieux. Il avait commencé au moment même où on avait découvert que le fonds d'investissement Bennett était une escroquerie. L'affaire lui avait largement fourni de quoi remplir le chapitre traitant des revers financiers. Un autre chapitre devait être consacré à la mort d'un être cher. Je suis dans les deux catégories, se dit Sean en contemplant la photo qui se trouvait sur son bureau. Elle avait été prise quand il était allé avec Nona à Monaco. Ils sortaient du palais princier. Un photographe posté là avait pris le cliché et le leur avait vendu.

C'était une journée de rêve, se rappelait Sean. Le soleil était radieux. Il devait faire vingt-deux degrés. Sur la photo, ils se tenaient la main, souriant tous les deux. À ses yeux, elle reflétait parfaitement leur vie. Nona me manque tellement, se dit-il, j'en oublie parfois que je devrais être reconnaissant d'avoir vécu ces quarante-cinq années de bonheur.

Le cœur lourd, il se leva et traversa la pièce. Il habitait dans le bas de Manhattan et la fenêtre de son appartement donnait sur la statue de la Liberté, dont la seule vue le réconfortait toujours. Il était extrêmement soucieux ce jour-là, et il avait toutes les raisons de l'être. Au cours des deux dernières années, il s'était lié d'amitié avec Ranger Cole et Eleanor Becker. L'un et l'autre s'apprêtaient à affronter des moments difficiles.

Sean s'étira et retourna à son bureau. À une heure, il alla dans la cuisine réchauffer la soupe de bœuf aux légumes que sa femme de ménage lui avait préparée pour le déjeuner. Il l'emporta sur son bureau et la mangea en se disant que, décidément, il n'arrivait pas à écrire. Il était incapable de se concentrer sur les cas de patients qu'il comptait évoquer ce jour-là. Il sentait le poids de ses soixante-dix ans.

À deux heures et demie, c'est avec soulagement qu'il reposa son stylo et attrapa son manteau, son écharpe et ses gants dans la penderie. Cinq minutes plus tard, il se dirigeait d'un pas alerte vers le métro. Il devait prendre la ligne express et descendre deux arrêts plus loin, à la 42ᵉ Rue, pour rejoindre le vieil immeuble de la Huitième Avenue où habitait Ranger.

Ranger Cole regrettait d'avoir accepté de voir le Dr Cunningham. Il ne tenait nullement à entendre une fois de plus que Sean avait perdu sa femme et qu'il se portait comme un charme. Il avait prélevé une cuillerée des cendres de Judy et les avait mises dans un petit flacon de médicament vide. C'était celui dont Judy se servait pour ses antalgiques. Il avait attaché une cordelette autour du flacon et l'avait suspendu à son cou. Il avait le sentiment d'être plus près d'elle. Voilà ce dont il avait besoin.

On sonna à la porte. Je ne vais pas répondre, se dit-il. Mais Cunningham était obstiné. Il n'arrêtait pas de sonner.

« Ranger, je sais que vous êtes là, finit-il par crier. Ouvrez-moi. Il faut qu'on parle. »

Roger serra le flacon dans sa main.

« Fichez-moi la paix ! hurla-t-il. Allez-vous-en ! Je veux rester seul avec Judy ! »

20

« Tous les accessoires de la chambre d'Anne Bennett seront installés mercredi, annonça Glady à Lane en guise d'accueil le lundi matin. Vous feriez mieux d'aller là-bas et de vous assurer qu'ils ont bien suivi mes instructions. »

Son ton était revêche et Lane savait bien pourquoi.

Elles n'étaient pas payées pour ce travail. Même si sa patronne avait l'intention de passer les dépenses sur les factures de la comtesse de la Marco, Lane aurait besoin d'être sur place pour surveiller l'installation des rideaux et vérifier qu'aucune erreur n'avait été commise dans le choix des couleurs. Glady lui confiait de plus en plus souvent la supervision des petits aménagements chez les clients de moindre importance. Aujourd'hui, elle s'agaçait de voir son assistante consacrer trop de temps à la décoration de la maison d'Anne Bennett.

Lane éprouvait des sentiments mitigés à l'idée d'aller là-bas. D'un côté, elle aimait bien Anne Bennett et serait ravie de la revoir. Mais Eric ne l'avait pas rappelée après leur dîner. Il y avait peu de chances qu'il soit chez sa mère en semaine, néanmoins cette éventualité la perturbait.

Elle serait gênée si elle tombait sur lui. C'était le problème quand on mélangeait les relations professionnelles et personnelles. Mieux valait maintenir une certaine distance.

« Dois-je me répéter ? J'ai l'impression que vous ne m'avez pas écoutée », dit Glady d'un ton ironique.

Lane sursauta.

« Oh ! pardon.

— Je vous disais qu'ils arriveront à onze heures pour tout installer. Quand ils auront fini, ne laissez pas Anne Bennett vous inviter à déjeuner. »

Elle n'a pas intérêt à me dire de m'arrêter dans un drive-in en route, pensa Lane.

Mais il arrivait parfois que Glady se rende compte qu'elle était allée trop loin.

« Je voulais dire, allez déjeuner quelque part en sortant de chez elle. Sinon, elle va passer son temps à vous rabâcher que son mari est innocent. »

Elle prit un air grave. « Lane, nous savons que la comtesse n'a pas obtenu grand-chose dans son arrangement avec la famille de la Marco. Si elle a un copain milliardaire, personne ne sait de qui il s'agit. Reste alors son papa gâteau. Parker Bennett. S'il est en vie et qu'elle lui soutire de l'argent, m'est avis qu'il pourrait se montrer féroce. Et n'oubliez pas qu'il a un fils qui pourrait lui aussi vouloir à tout prix protéger l'argent volé. »

Lane dormit mal cette nuit-là. Comme à son habitude, elle se coucha à dix heures, s'endormit, puis se réveilla à minuit et resta ainsi, les yeux grands ouverts, tendue de la tête aux pieds.

À trois heures du matin, elle vit avec surprise la porte de sa chambre s'ouvrir.

C'était Katie.

« J'ai fait un cauchemar, murmura la fillette en grimpant dans le lit pour se blottir contre sa maman.

— Raconte-moi.

— Je te cherchais et je te trouvais pas. J'avais peur.

— Oh, ma chérie, où que tu sois je te promets d'être toujours là. »

Mais alors qu'elle lui faisait cette promesse et sentait Katie se détendre, elle se souvint d'avoir fait un rêve similaire quand elle était petite.

Elle courait à travers la maison à la recherche de son père. C'était après qu'il eut perdu la vie dans un accident d'avion en Californie.

Si quelque chose m'arrivait, se dit-elle, il n'y aurait personne pour donner à ma fille le soutien émotionnel dont elle a besoin.

Sa mère accueillerait Katie, naturellement. Mais Lane savait que son beau-père, Dwight, n'accepterait pas facilement l'intrusion d'une jeune enfant dans son foyer.

Conclusion, je dois me débrouiller pour qu'il ne m'arrive rien pendant les vingt années à venir, décida Lane.

Et, mon Dieu, faites surtout qu'il n'arrive rien à Katie.

Elle serra son enfant contre elle tandis qu'elle s'abandonnait au sommeil.

21

Le mardi matin, Parker Bennett se servit un deuxième café et repassa dans son esprit les différentes étapes de son plan.

Il ne fallait jamais se précipiter. C'était comme cela qu'il avait noté un numéro de compte erroné le jour de sa fuite.

Lui qui pendant des années avait réussi à rouler tout le monde dans la farine, il avait commis cette imbécillité parce qu'il avait été pris de panique devant l'imminence des révélations. Il ne pouvait plus se permettre la moindre erreur désormais.

Il annoncerait à ses amis de Saint-Thomas qu'il avait été rappelé en Angleterre pour un projet secret du gouvernement. Il avait signé un accord de confidentialité et ne pouvait naturellement rien leur dire.

Il demanderait à la femme de ménage de venir une semaine sur deux afin que personne ne puisse soupçonner qu'il était définitivement parti. Il s'arrangerait avec la banque pour qu'elle soit payée mensuellement, ainsi que l'eau, l'électricité et les impôts.

Il laisserait le bateau amarré à son ponton et couvert.

Il chercha sur son ordinateur portable les biens immobiliers en vente en Suisse.

Une villa retint son attention. Elle était à la périphérie de Genève, proche de la gare de chemin de fer et de l'aéroport.

Il n'avait pas l'intention de séjourner en Suisse pendant tout l'hiver. Mais une fois sa présence bien établie, il pourrait faire de fréquents séjours en France. Il regretterait son voilier, bien sûr. Mais peu importait. Il finirait par en trouver un autre sur la Côte d'Azur.

Restait naturellement le risque de tomber sur l'un de ses amis de Wall Street. Mais jusque-là son camouflage avait été efficace, même si sa photo apparaissait régulièrement dans les journaux et les magazines.

Il sortit et ramassa sur le perron le *Wall Street Journal*, le *New York Times*, le *New York Post* et le *Virgin Island Daily News*.

De retour à sa table, il déplia d'abord le *Times*. Consterné, il lut le titre de la colonne de droite en première page : « La secrétaire de Parker Bennett inculpée pour complicité ».

Eleanor n'avait rien à voir avec tout ça, absolument rien. Naturellement il ne pouvait pas faire grand-chose pour elle mais il était sincèrement désolé. Elle lui avait été utile pour harponner ses premiers clients. Il savait qu'elle avait dû être interrogée sans relâche par le FBI. Si elle avait la chance d'être soumise à un détecteur de mensonge et de s'en tirer sans encombre, cela l'aiderait au procès.

Durant les treize années où elle avait travaillé pour lui, il avait failli se trahir à une seule occasion. Il avait laissé tomber par mégarde toutes les cartes contenues dans son portefeuille, ainsi que son permis de conduire britannique au nom de George Hawkins. A priori Eleanor n'avait pas dû voir le nom et ne se souviendrait pas de cet incident. Mais si jamais elle se rappelait le nom et s'était aperçue que ce n'était pas un permis américain, cela permettait de réduire le champ des investigations.

Et les dépenses exorbitantes de Sylvie pourraient également mettre le FBI en alerte. Ce n'était un secret pour personne que Sylvie et lui avaient eu une relation amoureuse.

« Amoureuse, Sylvie, tu parles ! » Il cracha littéralement son nom. Bêtement, la veille de sa disparition deux ans plus tôt, il avait gardé sur lui la facture du canot pneumatique et du moteur hors-bord qu'il avait achetés pour s'enfuir quand il aurait abandonné le voilier. Elle était établie au nom de George Hawkins et mentionnait l'adresse et le numéro de téléphone de Saint-Thomas. Quand il avait passé cette dernière nuit chez elle, elle avait dû fouiller dans son portefeuille. Il n'était à Saint-Thomas que depuis quelques jours quand elle l'avait appelé sur le téléphone fixe : « Ai-je le plaisir de parler à George Hawkins ? »

Et c'est ainsi qu'avait débuté le chantage.

Comme elle connaissait sa nouvelle identité et son adresse, il avait été obligé de se plier à ce qui serait sans nul doute la première d'une longue série de demandes d'argent. Il avait dû se montrer très prudent et s'arranger pour que les transferts aient toutes les apparences de la légalité, si jamais le FBI découvrait leur existence.

Il avait téléphoné au banquier suisse qui l'avait souvent aidé à régler des affaires délicates. Comme d'habitude, Adolph avait fait le nécessaire.

Adolph avait créé une holding au nom d'Eduardo de la Marco, le défunt mari de la comtesse. Chaque fois que Parker lui envoyait de l'argent, il le transférait dans un premier temps sur la holding, d'où le virement était effectué sur le compte de Sylvie. Si le FBI mettait la main sur ces versements, il espérait que les enquêteurs croiraient qu'ils étaient exécutés dans le cadre de la succession.

Parker déplia le *Post* avec hésitation, sachant que l'inculpation d'Eleanor ferait les gros titres. C'était pire que ce qu'il craignait. Eleanor et lui avaient leur photo en première page. Sous celle d'Eleanor on lisait : « La secrétaire de Parker Bennett inculpée ».

La photo d'Eleanor avait été prise après qu'elle eut versé sa caution. Des larmes coulaient le long de ses joues. Elle s'agrippait à la main de Frank, son mari, comme si elle avait peur de tomber.

Elle a l'air ravagée, pensa Parker, avec un élan de compassion. Puis il étudia sa propre photo.

Il assistait ce jour-là à un dîner de bienfaisance donné en son honneur. Le cliché avait été agrandi et en l'étudiant attentivement, Parker se rendit compte que son camouflage était insuffisant. Pris de panique, il se dirigea vers le miroir accroché au-dessus de la cheminée dans le séjour et leva le journal à côté de son visage. Il avait sa perruque brune. Il la mettait dès qu'il sortait de sa douche et, en effet, cela modifiait son apparence physique, mais pas assez si quelqu'un s'avisait de l'examiner de très près. Il avait déjà appliqué la pâte sur les ailes de son nez. Il n'avait pas les lunettes de soleil qu'il portait habituellement à l'extérieur, mais avec ou sans, un observateur attentif risquait de le reconnaître. Il retourna à la table. Son deuxième café avait tiédi, mais il le remarqua à peine.

Ce jour-là, la mer était agitée et le bulletin météo prévoyait une tempête en fin d'après-midi. Une journée parfaite pour une partie de golf. Son parcours préféré était celui du Shallow Reef qu'il s'était mis à fréquenter régulièrement. Peut-être parce qu'il y réalisait ses meilleurs scores. Il décida d'y aller après son petit déjeuner. La pensée de rester chez lui et de se faire un sang d'encre toute la journée lui était insupportable.

Quand il arriva sur le terrain à onze heures, il eut un moment d'hésitation à la vue de Len Stacey, une récente connaissance, ce golfeur qu'il avait cherché à éviter parce qu'il le bombardait de questions sur les ingénieurs qu'il aurait pu connaître en Angleterre.

À sa grande consternation, Stacey l'accueillit comme s'ils étaient de vieux amis.

« George, vous arrivez juste à temps. Nous avons besoin de vous pour compléter un *foursome*. Il y aura vous, moi et les deux golfeurs avec lesquels nous avons joué la dernière fois. »

Il va me cuisiner pendant quatre heures, se dit Parker.

« Oh, je suis désolé, je viens seulement taper quelques balles sur le practice aujourd'hui, dit-il, espérant paraître suffisamment déçu.

— Dommage, dit Len. Nous pourrions réserver une date plus tard dans la semaine ? »

Il était piégé. Impossible de refuser sans sembler grossier et attirer l'attention sur lui.

« Vendredi, ce serait parfait. »

Il va falloir que j'annonce mon départ à ce type, pensa-t-il, je n'ose pas imaginer combien de questions il va me poser. Puis il aperçut un exemplaire du *New York Post* sur le comptoir à côté de Stacey. Après lui avoir adressé un geste amical, Stacey se détournait justement pour prendre le journal, jetait un œil sur la première page, et le regardait à nouveau.

22

Le mercredi matin, Lane monta sans enthousiasme dans sa voiture et se prépara à aller retrouver l'équipe d'installateurs dans la maison d'Anne Bennett. Il faisait frisquet, le temps était maussade, le ciel couvert mais il ne pleuvait pas.

Elle était partie en avance, voulant être présente à leur arrivée à onze heures. Mais quand elle sonna à la porte et qu'Anne Bennett vint ouvrir, Lane s'étonna de la voir encore en pyjama.

« Oh, madame Bennett, ce n'est sans doute pas le moment d'installer votre chambre. Nous allons vous déranger.

— Pas du tout. Venez, Lane. »

Anne Bennett fit entrer la jeune femme et referma précipitamment la porte derrière elle.

« J'ai si facilement froid, murmura-t-elle. Je vais remonter en vitesse et m'habiller avant que les autres n'arrivent. La machine à café est branchée, servez-vous si vous le désirez. »

Sans attendre la réponse, Anne Bennett tourna les talons et monta à l'étage.

Cette pauvre femme est tellement perdue, pensa Lane. Je me demande si c'est à cause de l'inculpation de la secrétaire de Parker. Pourtant Eric n'a même pas mentionné son existence quand nous avons dîné ensemble. Mais cela a évidemment déclenché un regain d'intérêt pour l'affaire. Quelle épreuve pour elle de découvrir la photo de son mari à la une des journaux et de le voir traité d'escroc.

Dix minutes plus tard, Alan Greene arriva avec deux de ses assistants. Alan était le propriétaire de l'entreprise qui avait confectionné toute la garniture du lit, les rideaux, et recouvert la méridienne et la tête de lit. Habituellement, il ne se déplaçait pas pour un chantier de ce genre, mais quand la commande émanait de Glady Harper, il s'arrangeait toujours pour tout superviser lui-même.

Il salua Lane avec une familiarité bon enfant :

« Hello, miss, comment va Sa Majesté ?

— En pleine forme, Alan.

— Tant mieux. C'est le boulot le plus urgent que Glady nous ait jamais collé. Vous êtes venue nous donner votre accord ?

— Effectivement, et il vaudrait mieux que tout soit nickel. »

Ils partirent du même rire.

Lane se souvint qu'en de rares occasions Glady s'était mise en colère contre Alan. « Ce n'est pas ces pompons que j'ai commandés pour les coussins,

Alan. Vous comprenez ce qu'on vous dit, ou non ? »

« Ma chère Glady, avait répondu Alan sans se troubler, vous hésitiez entre deux échantillons et vous avez choisi celui-ci. Regardez, ici c'est votre signature pour accord. »

Une des choses qui enchantaient Lane, c'était de voir Alan battre Glady à son propre jeu. Il lui faisait signer un bon pour chacune de ses commandes et l'attachait à l'échantillon de tissu ou de passementerie qu'elle avait choisi.

Suivi de ses assistants, il s'engagea dans l'escalier, mais Lane l'arrêta.

« Laissez-moi vérifier que Mme Bennett est habillée », dit-elle.

La porte de la chambre était ouverte. Lane eut un choc en découvrant Anne Bennett étendue sur le lit défait, les yeux clos.

« Madame Bennett, vous ne vous sentez pas bien ? » demanda-t-elle, alarmée par la pâleur de son visage.

Anne Bennett ouvrit les yeux.

« Si, je vais très bien. Je vais aller me reposer dans l'une des autres chambres. Pouvez-vous vous occuper de tout à ma place ? S'il faut donner un accord pour une chose ou une autre, soyez gentille de le faire pour moi.

— Naturellement. »

Lane la regarda avec inquiétude se redresser et se mettre lentement debout. Elle lui offrit instinctivement son bras et la vieille dame le prit sans même s'en apercevoir.

« Je m'habillerai plus tard, dit-elle en se dirigeant lentement vers le couloir.

— Bien sûr, répondit Lane d'un ton apaisant. J'ai vu que vous n'aviez pas bu votre café. Voulez-vous que je vous en apporte une autre tasse ?

— Non, pas maintenant. Merci. »

Dans la chambre d'amis, elle s'étendit immédiatement sur le lit et soupira.

« S'il vous plaît, fermez la porte, Lane, dit-elle d'une voix éteinte.

— Tâchez de vous reposer. »

Lane sortit de la pièce sur la pointe des pieds. Il faudrait peut-être que je prévienne Eric, pensa-t-elle, soucieuse. Mais elle ne devait pas retarder Alan et son équipe. Elle verrait plus tard.

Une heure après, la chambre principale avait été transformée. Le bleu profond des murs, rompu par le blanc des lambris, offrait un cadre superbe au couvre-lit blanc et au tour de lit du même bleu que le mur.

Les rideaux, les cantonnières, le jupon de la coiffeuse et la méridienne rehaussaient de leur décor floral cette harmonie de bleu et blanc.

La chambre était devenue une pièce ravissante et chaleureuse.

« Magnifique ! » s'exclama Lane.

Alan sourit.

« Dites à Glady de ne pas nous bombarder d'autres appels du genre "Je veux ça pour avant-hier".

— Promis.

— À la réflexion, ne lui dites rien. J'ai appris qu'elle avait comme nouvelle cliente la comtesse de la Marco. Je veux être de la partie, transmettez-lui seulement que c'est toujours un plaisir de travailler dans l'urgence quand c'est pour elle.

— C'est votre dernier mot ?

— Oui. Vous pouvez juste ajouter qu'elle est la meilleure décoratrice d'intérieur que je connaisse et que je suis fier de bosser pour elle. » Il s'interrompit. « Ça devrait faire l'affaire. »

Il était midi passé quand Alan et son équipe partirent. Lane ne savait pas quoi faire. Si Anne Bennett dormait, elle ne voulait pas la déranger. D'un autre côté, si elle était réellement malade, la laisser seule n'était pas indiqué.

Mieux valait vérifier comment elle allait. Après un dernier regard admiratif à la pièce nouvellement aménagée, elle longea le couloir et frappa à la porte de l'autre chambre.

Quand elle entendit un faible « Entrez », Lane ouvrit la porte. Anne Bennett était habillée. Elle s'était visiblement fardée, dissimulant en partie l'extrême pâleur de son visage. Mais Lane vit surtout ses yeux creusés et l'infinie lassitude qui emplissait son regard.

« Je ferais mieux de descendre. Si Eric peut s'échapper assez tôt d'une réunion, il viendra déjeuner, dit Anne d'un ton un peu plus vif.

— Cela vous fera du bien », dit Lane avec sincérité.

Il y avait pourtant une chose dont elle était certaine. Elle ne voulait pas tomber sur Eric Bennett.

« Je dois partir sans tarder, ajouta-t-elle. Glady m'attend au bureau à une heure.

— Vous pouvez sûrement vous accorder un moment pour manger un morceau », protesta Anne.

Au même instant la sonnette retentit et la porte d'entrée s'ouvrit aussitôt.

Comme Lane le craignait, c'était Eric. Vêtu d'un trench-coat au col relevé. Ses cheveux ébouriffés par le vent. Il portait un sac de provisions. Il la regarda, sourit et dit :

« Bonjour, Lane. Katie a-t-elle reçu ma lettre ?

— Oui. C'était vraiment gentil de votre part.

— Est-ce qu'elle connaît la recette des cookies aux flocons d'avoine ?

— Maintenant, oui. Mais je dois partir.

— Impossible. J'ai apporté à déjeuner pour nous trois. Vous partirez dans trois quarts d'heure. Je vous le promets, car je ne peux pas rester plus longtemps moi non plus. »

Anne Bennett la regardait, pleine d'espoir.

« Je vous en prie, restez, Lane. J'attendais votre visite avec tant d'impatience. »

Lane se souvint de la mise en garde de Glady, puis l'écarta de son esprit.

« Je resterai volontiers, dit-elle. Que puis-je faire pour vous aider ?

— Rien, s'empressa de répondre Eric. Faites un brin de conversation à ma mère pendant que je m'occupe de tout. J'ai acheté de la soupe de nouilles au poulet et je leur ai demandé un petit assortiment de sandwichs, poursuivit-il tandis qu'ils se dirigeaient vers le coin repas. Qu'en penses-tu, maman ?

— C'est parfait, chéri. »

Lane constata qu'Anne Bennett s'était animée dès l'arrivée de son fils.

« Comment va Glady Harper ? demanda-t-elle d'emblée quand Lane et elle se furent attablées.

— Glady est Glady, répondit Lane, puis elle ajouta : Une véritable perfectionniste, comme vous le savez, très intelligente, et sous son apparence intimidante, c'est une femme très sympathique.

— J'apprécie vraiment sa gentillesse à mon égard, dit Anne à mi-voix. Je ne connais aucun autre décorateur qui non seulement aurait choisi les meubles mais aussi redécoré ma chambre gratuitement. »

Elle tourna son regard vers Eric qui posait la soupière sur la table.

« N'est-ce pas, Eric ?

— D'une certaine manière, je suis d'accord avec toi, maman. Mais par ailleurs elle a gagné tellement d'argent quand elle a décoré notre maison il y a dix ans que tu n'es pas obligée de lui témoigner une gratitude sans bornes. »

Ces paroles parurent dures à Lane mais elles avaient été prononcées d'une voix douce et l'affection qu'Eric portait à sa mère se lisait dans son regard.

La soupe était délicieuse et lui rappela qu'elle s'était réveillée un peu plus tard que d'habitude ce matin et que Katie avait pris son petit déjeuner en retard. Lorsque Bettina était arrivée pour accompagner Katie à l'école, Lane ne s'était encore ni brossé les cheveux ni maquillée. Comme elle avait prévu de venir chez Anne Bennett, elle avait décidé de prendre sa voiture et de se garer au parking près du bureau. À un feu rouge, elle s'était poudrée en vitesse et avait tordu ses cheveux en un chignon retenu par un peigne, mais elle savait que ce n'était pas la coiffure idéale.

Après le repas, Eric prépara du café et Lane dit :

« Je crains de devoir partir sans avoir le temps d'en boire plus d'une ou deux gorgées.

— Votre visite m'a fait tellement plaisir, dit Anne Bennett, et Eric m'a parlé de votre adorable petite fille.

— C'est vrai qu'elle est merveilleuse, reconnut Lane. Je l'admets. » Elle changea de sujet. « Je reviendrai vous voir. Je voudrais emporter les petits coussins du canapé et des fauteuils du séjour. Ils sont un peu défraîchis et nous pourrons les remplacer facilement. »

Mais qu'en dira Glady ? se demanda-t-elle, puis elle se leva.

« Ma patronne va s'impatienter. Il faut vraiment que je parte. Je vais prendre les coussins et vous quitter.

— Je les porte à votre voiture », dit Eric.

Lane se serait volontiers mordu la langue. Ils allaient donc se trouver seuls pendant quelques instants et elle ne le souhaitait pas. Sa présence lui rappelait avec quelle ardeur elle avait espéré qu'il l'inviterait à nouveau.

C'est après avoir déposé les coussins sur le siège arrière de la voiture qu'il interrompit le rapide « Merci, Eric » qu'elle murmurait en tournant déjà la clé de contact.

« Lane, dit-il en la regardant intensément, j'ai été très heureux de dîner avec vous l'autre soir, vous le savez sûrement.

— C'était très agréable, dit-elle d'un ton évasif. Et maintenant il faut vraiment que je parte.

— Plus qu'agréable, Lane. Un moment merveilleux, et je suis sûr que vous avez ressenti la même chose. Je ne peux vous dire combien de fois j'ai voulu vous téléphoner avant de me raviser.

— Pourquoi ? » demanda-t-elle.

Mais elle connaissait déjà la réponse.

« Je ne vous ai pas appelée parce que je suis Eric Bennett, le fils de Parker Bennett, le roi de l'arnaque. Vous avez certainement vu les titres des journaux ces derniers jours. La secrétaire de mon père a été inculpée. Ce qui a permis aux médias d'en remettre une couche. La pauvre Eleanor n'a pas plus volé que moi. Vous avez probablement remarqué que ma mère était très pâle aujourd'hui. Elle a lu dans la presse à scandale toutes ces histoires sur les liaisons de mon père, en particulier avec la comtesse de la Marco.

Elle est anéantie. » Il fit une pause. « Je vais parler franchement, Lane. Les paparazzi sont pendus à mes basques. Si vous dînez avec moi, vous risquez fort de vous retrouver dans la rubrique mondaine. Vous êtes la belle-fille d'un puissant chroniqueur qui ne peut pas me saquer.

— Et je suis la fille d'un représentant du Congrès qui détestait les amalgames, répliqua Lane. Eric, si je comprends bien le message, vous voulez que nous dînions ensemble. Que diriez-vous de samedi à huit heures ? »

Pour toute réponse, il se pencha à l'intérieur de la voiture et l'embrassa sur le front.

« Samedi à huit heures, confirma-t-il. Vous dites que Katie sait faire les cookies aux flocons d'avoine. Passez-lui une commande pour deux.

— D'accord. »

En faisant marche arrière, elle vit dans le rétroviseur que Tony Russo, le voisin d'Anne, attendait pour engager sa voiture dans l'allée. Elle lui fit un signe en passant.

Il lui rendit son salut. Elle ne pouvait pas savoir qu'il pensait : « Comment peut-elle s'intéresser à ce voyou ? Elle est folle ou quoi ? »

23

Le mercredi après-midi, Sean Cunningham quitta Manhattan par la West Side Highway pour se rendre chez Eleanor Becker à Yonkers, dans l'État de New York. C'était une distance relativement courte. Si la circulation est fluide, environ quarante minutes, estima Sean. Avec les encombrements habituels, une heure et quart.

Il aimait conduire et profita de ce moment pour réfléchir à la meilleure façon de soutenir Eleanor dans son épreuve. Il ne faisait aucun doute qu'un jury la déclarerait coupable de complicité avec Parker Bennett. Ce qui signifiait qu'elle risquait d'être condamnée à un minimum de cinq ans de prison et peut-être quinze, voire davantage.

Il était impossible que Parker Bennett ait commis ses escroqueries sans complicité et celle d'Eleanor était la plus probable. Le fils de Parker aurait dû être le premier suspect, pensa Sean, mais on n'avait pas le début d'une preuve contre lui.

Les Becker habitaient à quinze minutes de la sortie de l'autoroute de Yonkers, dans une rue bordée de vieilles maisons bien entretenues. Lors de sa dernière visite, les arbres étaient couverts de feuilles, masquant le fait que l'humble demeure d'Eleanor et de Frank avait grand besoin d'être repeinte.

Aujourd'hui, la pelouse était jonchée de feuilles mortes et Sean constata même qu'elles bouchaient les gouttières.

Il pressa la sonnette et la porte s'ouvrit aussitôt. Eleanor était méconnaissable. Son pull et son pantalon flottaient sur son corps amaigri. Ses cheveux complètement blancs étaient retenus par des pinces. Elle était l'ombre de la femme qu'il avait vue six mois plus tôt.

« Entrez, Sean, dit-elle. Entrez. » Des larmes jaillirent de ses yeux. « C'est tellement gentil de votre part d'être venu. La plupart des gens m'évitent. Vous vous souvenez que dans la Bible les lépreux devaient crier "Impur, impur" si quelqu'un s'approchait d'eux ?

— Oui, je sais, dit Sean, mais vous n'êtes pas impure, Eleanor, et vous le savez.

— Je le sais mais à quoi bon ? »

Elle le conduisit dans le petit bureau où Frank était assis dans un fauteuil inclinable.

« Hello docteur, c'est gentil d'être venu. »

Son ton était enjoué mais il ne faisait aucun doute qu'il affectait cet air bravache pour soutenir Eleanor. Comment aurait-il pu en être autrement ?

136

Sean Cunningham alla droit au but.

« Je veux trouver un moyen de vous aider, leur dit-il.

— Il n'y en a pas, dit Eleanor en s'essuyant les yeux.

— Eleanor, réfléchissez bien. Il est clair que Parker a mis en place ce système dès qu'il a créé son fonds, il y a quinze ans. Je voudrais que vous cherchiez dans vos souvenirs si à un moment donné quelque chose vous a paru bizarre. Je sais que c'est beaucoup vous demander, mais j'ai du mal à croire que votre patron n'ait pas commis une seule erreur pendant toutes ces années. »

Eleanor secoua la tête.

« Je ne crois pas. Je suis presque sûre que non. »

Cunningham resta une heure avec eux et prit le thé. Il était visible que sa conviction de la parfaite innocence d'Eleanor était un grand soutien pour le couple.

Mais les réconforter ne suffisait pas à les aider, pensa-t-il en rentrant chez lui au volant de sa voiture en cette sinistre fin d'après-midi nuageuse qui reflétait bien son état d'esprit.

24

Au 26 Federal Plaza, Rudy Schell regardait avec exaspération les journaux étalés sur son bureau. Outre la presse de New York, il y avait le *Washington Post*, le *Chicago Tribune*, le *Los Angeles Times* et le *San Francisco Examiner*.

Ils affichaient tous en une les photos de Parker Bennett et Eleanor Becker.

Schell avait interrogé la secrétaire une demi-douzaine de fois et recouru à toutes les ficelles du métier pour l'amener à se contredire dans son récit.

Son instinct lui disait qu'elle n'était pas impliquée dans la fraude. Il avait fait connaître son opinion au procureur, mais ce dernier n'était pas de son avis et avait demandé au grand jury de l'inculper. Elle est peut-être un peu sotte, se dit-il, mais ce n'est pas un escroc.

Il se reprit. Elle n'est pas sotte, non, mais ce qui est sûr, c'est qu'elle est bien naïve si elle ne s'est jamais interrogée une seule seconde sur les rendements annuels mirobolants que Bennett garantissait aux investisseurs.

Les deux personnes qui avaient des chances d'être en contact avec Parker Bennett si celui-ci était encore en vie étaient son fils, Eric, et sa maîtresse, Sally Chico, alias la comtesse de la Marco.

Ils avaient fait l'objet d'investigations poussées, mais aucune agence n'avait jamais été en mesure de trouver quoi que ce soit qui puisse les incriminer. Naturellement, il était parfaitement possible qu'ils utilisent des portables prépayés et non répertoriés, interdisant ainsi tout traçage. La veille, une des rubriques mondaines mentionnait que la célèbre décoratrice d'intérieur Glady Harper redécorait le duplex de la comtesse.

Cela impliquait qu'elle serait amenée à se rendre fréquemment chez Sylvie de la Marco. Pouvait-il demander à Glady Harper d'ouvrir l'œil et de surveiller ce qui se disait quand elle était sur place ? Coopérerait-elle avec eux ou, par loyauté envers sa cliente, lui révélerait-elle que le FBI l'avait approchée pour qu'elle l'espionne ? C'était une question qui méritait réflexion.

Restait à voir qui pouvait surveiller Eric Bennett.

La tâche serait plus ardue. Pour tous les enquêteurs, il était évident que, depuis que le scandale avait éclaté, il s'était transformé en loup solitaire. Difficile de dire si c'était lui qui avait décidé de quitter le University Club et le Racquet and Tennis Club, ou si on lui avait fait comprendre qu'il était plus convenable de se retirer. Ils avaient obtenu l'autorisation de mettre la maison de sa mère sur écoute dans l'espoir qu'ils puissent l'un ou l'autre laisser échapper un indice qui les mette sur la piste de Parker.

Schell avait recherché Glady Harper sur Google. Il y avait une multitude d'entrées sur elle. Elle avait redécoré le premier étage de la Maison-Blanche où résidait la famille du Président. Réputée pour ses jugements à l'emporte-pièce, elle avait déclaré, à propos du portrait de la sœur de Dolley, l'épouse du président James Madison, qui ornait le mur de la chambre dite « de la Reine », que « Cette dame était si laide que la reine devait le retourner la nuit ».

Schell nota qu'elle avait également rénové Blair House, où les souverains étrangers séjournaient à présent lorsqu'ils étaient en visite d'État, et s'était vu décerner un certain nombre de prix dans sa spécialité.

Dix ans auparavant, Harper avait décoré la demeure princière de Parker Bennett à Greenwich. À présent, elle refaisait l'appartement de la comtesse de la Marco à Manhattan. Il était de notoriété publique que la comtesse avait eu une liaison avec Parker Bennett durant plusieurs années. Schell allait devoir trouver un moyen de savoir si elle était encore en contact avec lui.

25

La comtesse Sylvie de la Marco était née avec l'instinct de survie propre au milieu misérable dont elle était issue. C'est ce qui avait valu à Sally Chico de Staten Island d'acquérir un titre et un appartement luxueux donnant sur Central Park Ouest. Mais ce même instinct la mettait en garde, et cette fois le danger venait de Parker.

Évidemment, les gens avaient deviné qu'elle avait été la maîtresse de Parker pendant de longues années, malgré toute la discrétion dont ils faisaient preuve pour cacher leur liaison. Lorsqu'ils se montraient en public, c'était toujours au sein d'un groupe. De temps à autre, les chroniqueurs mondains publiaient des ragots sous forme de devinettes : « Quel financier tenait la main d'une personnalité du gotha sous la table du Cirque ? »

Elle s'était toujours efforcée d'assister aux soirées mondaines en compagnie de célébrités divorcées afin de faire taire les rumeurs sur Parker et elle.

Mais depuis l'inculpation de la secrétaire de Parker, ce n'étaient plus seulement les rubriques « potins » mais les journaux d'actualité qui affirmaient ouvertement que Parker et elle étaient soupçonnés d'avoir entretenu une liaison au long cours.

Sylvie savait qu'elle était surveillée de près depuis la disparition de Parker. Cependant le fait que la famille de la Marco possédait une fortune avait joué en sa faveur. Le contrat de mariage était confidentiel, si bien que tout le monde ignorait ce qu'elle avait hérité de la succession d'Eduardo. Elle avait toujours évité d'en parler.

Après avoir bu deux ou trois scotchs, elle avait confié à quelques amis intimes qu'elle s'en voulait d'avoir signé un contrat de mariage qui lui accordait uniquement la jouissance à vie de l'appartement, les frais d'entretien et une rente mensuelle.

Évidemment, elle n'avait jamais eu l'intention de s'en tenir là. Elle était certaine de réussir à convaincre Eduardo de déchirer le contrat, mais n'y était jamais parvenue.

Autre sujet de discorde, en quatre ans de mariage elle n'avait jamais pu le persuader de faire redécorer l'appartement. Et puis à sa mort, la décoratrice qu'elle avait engagée n'avait fait aucune suggestion, se contentant de suivre ses directives. Le résultat était catastrophique, s'avouait Sylvie. C'est pour cela que les chroniqueurs mondains l'avaient surnommé la « cage dorée ». Le seul mérite de la décoratrice, c'est qu'elle ne lui avait pas coûté cher.

Mais était-ce une erreur d'entreprendre en ce moment une rénovation à cinq millions de dollars ?

Parker avait toujours été généreux, mais il s'était mis dans une colère noire quand il s'était rendu compte qu'elle avait fouillé dans son portefeuille et trouvé la facture du canot pneumatique et du moteur hors-bord établie au nom de George Hawkins ainsi que l'adresse et le numéro de téléphone de Saint-Thomas. Elle les avait photocopiés. Elle avait été guidée par une simple intuition mais le moins que l'on puisse dire, c'est qu'elle avait eu le nez creux !

Parker avait disparu le lendemain. Une semaine plus tard, elle avait composé le numéro de téléphone et était tombée sur lui.

Ça l'amusait de penser que Parker avait failli tomber raide quand elle l'avait joint là-bas.

Il avait filé en douce avec cinq milliards de dollars. La somme qu'elle lui avait demandé d'envoyer n'était qu'une goutte d'eau comparée à la fortune qu'il possédait. Pourquoi semblait-il si furieux qu'elle lui ait redemandé de l'argent la semaine dernière ?

Il ne s'était jamais montré mesquin avec elle. Tous les bijoux qu'elle portait lui avaient été offerts par Parker. Dans le contrat de mariage, il était également stipulé qu'à la mort d'Eduardo, tous les joyaux qu'il avait pu lui offrir seraient restitués à la famille de la Marco.

Une fois les travaux de décoration d'intérieur achevés, elle cesserait de harceler Parker pendant un moment.

Sylvie prit cette décision en peignoir de satin devant le petit déjeuner que Robert, son majordome, lui avait dressé dans la bibliothèque.

Elle avait bu le jus d'orange fraîchement pressé et entamé un fruit. Mais ce qu'il lui fallait, c'était du café. Robert lui avait servi la première tasse. Elle aurait pu sonner afin qu'il accoure de Dieu sait où pour la resservir, mais elle prit la cafetière et s'en versa une autre tasse.

C'était agréable d'avoir quelqu'un à son service vingt-quatre heures sur vingt-quatre. Robert lui servait également de chauffeur pour la Mercedes S500.

Elle avait beau rêver d'une Rolls, elle avait suivi les conseils de Parker qui l'avait avertie : « Évite de te faire remarquer, Sylvie. »

Mme Carson, la domestique, était de la vieille école. Entre soixante et cent ans, comme disait Parker. Discrète et efficace avec ses « Oui, madame » et ses « Non, monsieur ». Mais naturellement elle ne le voyait que lorsque Sylvie le recevait parmi six à huit autres convives pour le dîner.

L'entrée particulière donnant directement sur la rue et l'ascenseur privé permettaient à Parker de lui rendre discrètement visite en tête à tête. Ni Mme Carson ni Robert ne dormaient là. Si Parker venait dîner ou passer la nuit avec elle, il arrivait après leur départ et repartait avant qu'ils ne prennent leur service le matin. Chez Francis, le restaurant cinq étoiles du rez-de-chaussée, lui montait les repas et venait débarrasser plus tard.

Parker attendait dans la bibliothèque avec la porte fermée quand le service du restaurant livrait et reprenait les plats. Le personnel n'était donc pas en mesure de dire avec certitude si c'était la même personne qu'elle invitait régulièrement. Mais à présent, leur liaison était étalée au vu et au su de tous, y compris des fédéraux, si tant est qu'ils n'aient pas déjà été au courant. Elle allait devoir être très prudente. Elle balaierait toutes les questions concernant ses relations avec Parker en les qualifiant de rumeurs dénuées de fondement. Elle ne le rappellerait plus pour lui réclamer de l'argent jusqu'à ce que Glady Harper lui demande un nouveau versement.

Mais il n'y avait aucune raison de se tracasser outre mesure. Parker avait dû voir ces journaux lui aussi. Et il savait certainement que si on lui garantissait l'immunité contre d'éventuelles poursuites, elle était capable de le dénoncer et ainsi récolter la récompense considérable promise en échange d'informations conduisant à son arrestation. Il faudrait qu'elle le lui rappelle.

On toqua discrètement à la porte puis Robert apparut.

« Mme Harper est arrivée, madame la comtesse, annonça-t-il. Dois-je la faire entrer ?

— Ce ne sera pas nécessaire. Laissez-la faire ce qu'elle a prévu aujourd'hui. Dites-lui que si elle a des questions particulières à me poser, je la recevrai une fois que je serai habillée. »

Voilà qui la remettra à sa place, songea la comtesse, non sans satisfaction. C'est peut-être une bonne décoratrice, mais c'est moi qui paie les factures et je n'ai pas à supporter ses petites réflexions venimeuses.

26

Le samedi soir, on sonna à la porte à huit heures précises. Avant que Lane ait pu l'en empêcher, Katie se précipita pour aller ouvrir en poussant un cri de joie.

« Tu es l'hôtesse d'accueil, Katie ? demanda Eric Bennett en souriant.

— Je vous ai fait deux cookies aux flocons d'avoine. Un avec des raisins secs, l'autre avec des noix. Je ne savais pas ce que vous préfériez, annonça gaiement Katie.

— J'aime les deux. »

Lane était au milieu du salon.

« Entrez, Eric. Vous êtes très diplomate, je dois dire. »

Elle souriait mais elle était perturbée par l'attitude de Katie. Sa fille avait l'air absolument radieuse.

L'autre soir, au dîner, elle avait déclaré :

« Grace m'a dit que j'ai dû faire quelque chose de très mal pour que mon papa ne vienne pas me voir.

— Katie, tu sais que nous avons eu un très grave accident, ton papa et moi. Il était si sérieusement blessé qu'il est mort. Et maintenant il est au ciel avec mon papa. »

C'est ce qu'elle avait toujours raconté à Katie, mais ce soir-là, ce n'était pas pareil. Sa fille avait fondu en larmes.

« Je ne veux pas que mon papa soit au ciel. Je veux qu'il soit là avec moi comme les autres enfants. »

Le psychologue qu'elle consultait de temps à autre lui avait expliqué que cela arrivait parfois. Mais elle le savait déjà. Elle avait souffert de l'absence d'un père qu'elle adorait. Katie, elle, n'avait même jamais connu les bras d'un père.

Il y avait un manque que Katie essayait de combler, et Eric Bennett s'était montré si gentil avec elle.

Il faut que je fasse attention, se dit Lane. Katie a bien senti que j'étais contente quand je lui ai annoncé qu'Eric venait. Elle joue peut-être à faire comme moi.

« Bonjour Eric », dit-elle d'un ton qui se voulait simplement amical.

Une lueur amusée passa dans son regard comme s'il lisait dans ses pensées.

« Je suis ravi d'être en compagnie de deux jolies femmes, dit-il, avant d'apercevoir Wilma Potters qui était assise sur le canapé du salon. Trois jolies femmes », rectifia-t-il.

Katie le tirait par la main.

« Je vais vous montrer les cookies mais maman dit que c'est pas obligé d'en manger un avant le dîner.

— En ce cas, j'attendrai. »

Cinq minutes plus tard, Lane était avec Eric sur le trottoir et il hélait un taxi. Lorsque la voiture s'arrêta, il lui dit :

« Il y a un excellent grill qui vient d'ouvrir au Village. Ça vous va ? »

Lane hésita. Et si c'était un de ces lieux branchés où rôdaient des paparazzi ? Eric l'avait prévenue qu'il était à présent dans leur collimateur. Mais si elle lui en parlait, il risquait de croire qu'elle ne voulait pas être prise en photo avec lui.

« Très bien », dit-elle.

À son grand soulagement, il n'y avait pas de photographes devant le restaurant. À l'intérieur, le maître d'hôtel les conduisit à une table à l'écart. Lane se détendit.

Pendant l'apéritif, Eric évita les sujets épineux. Il lui dit que sa mère appréciait sa compagnie et qu'elle était enchantée de l'aspect de sa nouvelle chambre.

« Vous savez, dit-il, je pense honnêtement qu'elle se plaira beaucoup dans cette maison. Je crois qu'elle n'était pas à l'aise au milieu du faste de Greenwich. Mon père s'était parfaitement adapté à ce mode de vie, mais ma mère n'a jamais été très sûre d'elle. »

Lane espérait qu'Eric s'abstiendrait de parler de son père, mais peut-être était-ce impossible. Il lui parut soudain plus tendu, et elle eut la certitude qu'il pensait la même chose.

Il y avait un soupçon de tristesse dans sa voix quand il dit :

« Tous les chemins mènent à Rome, visiblement. Je suis désolé d'avoir mentionné mon père. Je tiens juste à ajouter une dernière chose et puis on n'en parlera plus. Lundi dernier, je suis allé voir Patrick Adams. Il dirige un cabinet conseil du même type que celui fondé par l'ancien maire Giuliani. Ils sont spécialisés en haute sécurité et mènent des investigations poussées en fouillant la vie des gens. Adams a la réputation de savoir exhumer la vérité, quelle qu'elle soit.

— Pourquoi êtes-vous allé le voir ? demanda Lane.

— Parce que je veux à tout prix prouver mon innocence. Il m'a prévenu que si jamais il découvrait que j'étais impliqué dans cette arnaque, il me dénoncerait au FBI. Pour être franc, ça va me coûter une fortune, il me restera juste de quoi vivre, mais ça en vaut la peine. » Il hésita, puis posa sa main sur celle de Lane. « Je veux pouvoir profiter de l'avenir, Lane. Je tiens absolument à être innocenté de cette monstrueuse escroquerie aux yeux de l'opinion publique. Franchement, si mon père est encore en vie, j'espère qu'il sera arrêté. Car je sais que dans ce cas, il clamera haut et fort que je n'étais pas mêlé à la disparition de l'argent. »

Il avait toujours la main sur celle de Lane. C'était une sensation agréable. Ken faisait la même chose lorsqu'ils trinquaient tous les deux – c'était un rituel chaque fois qu'ils allaient au restaurant, et même chez eux.

Ken, songea-t-elle avec nostalgie.

Mais en face d'elle, ce n'était pas Ken qui la regardait tendrement.

Qu'est-ce qui m'arrive ? Serais-je comme Katie, tellement désireuse de combler un manque dans ma vie que j'en oublie toute discrétion dès que je suis sous le charme d'un homme séduisant ?

Sois prudente, s'enjoignit-elle en retirant à contre-cœur sa main qu'il tenait fermement.

27

Le dimanche matin, Anne Bennett alla à la messe de dix heures à l'église de l'Immaculée-Conception, puis fit un saut à la pharmacie pour acheter du paracétamol. C'était juste par précaution. Elle ne souffrait plus des atroces migraines qui la paralysaient avant.

Elle essayait aussi d'arrêter les antidépresseurs que le médecin lui avait prescrits.

Les derniers jours avaient été éprouvants, reconnut-elle. Eric lui avait conseillé de ne pas lire les journaux, mais comment pouvait-elle les ignorer sachant qu'il y était question de l'inculpation d'Eleanor ?

La pauvre, se répéta Anne pour la centième fois en payant le paracétamol et en sortant de la pharmacie. Faut-il que je l'appelle ? Voudra-t-elle même entendre parler de moi ? Je ne sais pas.

En chemin, elle passa par curiosité devant le restaurant que son voisin Tony Russo était en train de construire. Ça promettait d'être grand. Il avait dû investir beaucoup d'argent dedans.

L'argent – ce mot lui faisait automatiquement penser à Parker. Sur le chemin du retour, la lumière aveuglante l'obligea à baisser le pare-soleil et, machinalement, elle jeta un coup d'œil dans le rétroviseur.

Était-ce une impression ou cette vieille Ford noire était-elle garée derrière elle devant la pharmacie ?

Ne me dites pas que c'est reparti, songea-t-elle, accablée. Après la disparition de Parker, elle avait été longtemps suivie, non seulement par des agents fédéraux mais aussi par des minables qui cherchaient à se rendre intéressants et postaient ensuite des photos d'elle sur Internet.

Est-ce que ça allait recommencer ?

Elle fit exprès un détour pour rentrer mais s'aperçut qu'elle était toujours suivie.

Soudain angoissée, elle accéléra et roula à toute allure jusque chez elle, s'engagea dans l'allée et freina brusquement en voyant Tony Russo remonter à pied en sens inverse. Elle attendit pour le laisser passer, mais il tapota à sa vitre.

« Je voulais juste vous dire un petit bonjour, dit-il avant de la regarder attentivement. Tout va bien, madame Bennett ? Vous êtes arrivée sur les chapeaux de roues, je me demandais si vous aviez un souci. »

Anne aimait bien son nouveau voisin. Eric lui avait recommandé de faire attention à ce qu'elle disait, mais elle ne put s'empêcher de répondre :

« Je suis un peu perturbée. J'ai l'impression d'avoir été suivie. »

L'agent du FBI fut aussitôt sur le qui-vive :

« Comment était la voiture qui vous suivait ? »

Il regarda derrière elle dans la rue tandis qu'elle lui répondait :

« Une très vieille Ford noire. »

Au même instant, une Ford noire vétuste passa devant la maison.

Anne décida d'être franche :

« Tony, je ne sais pas si vous êtes au courant, mais je suis la femme de Parker Bennett et quand il a disparu, j'ai été suivie quelque temps. J'espérais que c'était fini, mais visiblement je me trompais. »

Elle remonta la vitre sans attendre qu'il lui réponde.

Jon rentra directement chez lui. Il passa immédiatement un coup de fil et posa une question :

« Dites donc, les gars, vous filez Anne Bennett ? »

Comme il s'y attendait plus ou moins, on lui répondit par la négative. Il composa aussitôt un autre numéro.

28

Le vendredi matin, Parker Bennett décida qu'il n'était absolument pas d'humeur à supporter les bavardages ineptes de Len Stacey sur le terrain de golf.

Le temps était idéal pour faire de la voile : du soleil, une légère brise, c'était une journée rêvée pour une sortie en mer. D'autant qu'il avait plu les trois derniers jours.

Il prit une voix enrouée en feignant de tousser pour appeler cet enquiquineur.

« Len, je suis navré. Je voulais parier avec vous sur le score et rafler la mise. Mais je me sens patraque. Je retourne me coucher. Je n'ai pas dormi de la nuit, je vais décrocher le téléphone.

— Allons, George. J'avais hâte de refaire un golf avec vous », protesta Len.

Son rire grinçant exaspéra Parker. Sans lui laisser le temps de répondre, Len poursuivit :

« Et vous savez quoi ? J'ai l'intention de lancer un concours au vestiaire. Je vais demander aux autres :

"Qui connaissez-vous qui ressemble à Parker Bennett ?" Je parie qu'il y en aura au moins un pour trouver que c'est vous.

— Ressembler à qui ? articula Parker, les doigts brusquement crispés sur le portable.

— Mais enfin, Parker Bennett, le grand escroc. Il a fait la une de tous les journaux la semaine dernière.

— Oui, bien sûr, je sais qui c'est, répondit Bennett. Mais vous trouvez que je lui ressemble ? »

Il s'aperçut en parlant qu'il avait oublié de reprendre sa voix enrouée.

« Hé, ne le prenez pas mal, dit Len. Je plaisantais. N'y pensez plus. C'était nul comme idée.

— C'est bien mon avis. » Bennett eut une toux sèche. « Si vous avez envie de me comparer à Donald Trump, ne vous gênez pas. » Il s'efforça de rire. « Bon, désolé de vous faire faux bond aujourd'hui. Faites-moi un ace. »

Quand il raccrocha, Bennett avait les paumes si moites qu'il faillit lâcher le téléphone. Il avait eu raison. Cet imbécile l'avait comparé aux photos de la une du *Post*.

Du calme, se dit-il. Ne recommence pas à paniquer. Ça te serait fatal. Voilà quinze ans que tu viens ici. Tu as un accent anglais impeccable. Même si cet abruti voit une ressemblance, il n'est pas assez malin pour imaginer un seul instant que tu puisses être Bennett.

Plus ou moins réconforté, Parker se rendit sur le ponton et monta à bord de son bateau. Cinq minutes plus tard, les voiles déployées, il gagnait le large.

Au cours des deux dernières années, il s'était parfois demandé ce qui arriverait s'il se faisait pincer. Mais il savait très bien ce qui se passerait, naturellement. Il irait en prison pour le restant de sa vie. Il avait soixante-seize ans, mais dans sa famille, on vivait vieux. Bien que son père soit mort prématurément à cause de la cigarette, son grand-père et son oncle avaient presque atteint les cent ans. Vingt ans de prison minimum, songea-t-il. Hors de question.

D'autant que rien ne m'y oblige. Une fois qu'il aurait récupéré le numéro du compte suisse, il serait tiré d'affaire. Il avait fait une offre d'achat pour la villa située à proximité de Genève qu'il avait vue sur Internet. Elle avait les dimensions idéales et venait d'être rénovée.

Anne commençait à lui manquer. Curieusement, ces deux dernières années, il n'avait presque jamais pensé à sa femme. Mais l'autre nuit, il avait rêvé d'elle. C'était un rêve saisissant de vérité. Elle dansait, tenant une boîte à musique à la main. Elle avait toujours été obnubilée par cette boîte. C'était probablement le cadeau le moins coûteux qu'il lui ait offert. Et à présent, bien sûr, il valait cinq milliards de dollars, moins une quinzaine de millions.

Plongé dans ses réflexions, Parker n'avait pas remarqué que le vent avait forci, annonçant l'imminence d'une des tempêtes qui s'abattaient souvent sur la mer des Caraïbes. Il vira de bord pour regagner la côte, mais en l'espace de quelques minutes, la mer devint déchaînée et la pluie aveuglante. À un moment, le voilier gîta au point que sa main toucha l'eau. S'il n'avait pas largué l'écoute de grand-voile, le bateau aurait chaviré. Il avait beau être un marin expérimenté, quand il regagna enfin le rivage et rentra en courant sous la pluie battante, Parker était hors d'haleine et bien conscient qu'il avait eu de la chance de s'en sortir sain et sauf.

Le téléphone sonna. L'écran affichait le nom « Len ». Quel casse-pieds. D'un autre côté, il avait de la chance d'être là pour décrocher.

« Bonjour George. Je voulais juste savoir comment vous alliez, mon vieux. »

Après toute la comédie qu'il avait faite pour simuler un vilain rhume, il fut obligé de reprendre une voix rauque.

« Oh, c'est très gentil à vous, répondit Parker, faussement aimable. Le pire est passé.

— Tant mieux. Je tiens à m'excuser d'avoir dit que vous ressembliez à Parker Bennett. Les autres n'étaient pas de mon avis.

— Ah bon, vous avez tout de même joué à votre devinette ?

— Juste nous trois. Personne n'a deviné. En fait, Bruce a trouvé que Bennett ressemblait à de Blasio, le maire de New York. »

158

Une fois de plus, le rire grinçant de Len Stacey lui vrilla les oreilles. Il sentait la nasse se resserrer. C'était arrivé soudainement, comme la tempête.

Que faire ?

29

En passant devant chez Anne Bennett, Ranger Cole se dit qu'il devait être prudent. Il ne fallait pas que l'on remarque sa voiture. Mais elle ne passait pas inaperçue. Elle avait douze ans d'âge, et ils l'avaient achetée d'occasion, Judy et lui. Le pare-chocs avant avait été cabossé sur le parking du supermarché quelques mois plus tôt. Une chose était sûre, quand on l'avait vue une fois, on s'en souvenait.

C'était la seconde fois qu'il passait devant la maison mitoyenne où habitait la femme de Parker Bennett. Bel endroit. Bien mieux que tous ceux où il avait vécu avec Judy. Enfin, peut-être qu'elle n'était pas assez bien pour la femme de Bennett. Elle était habituée au luxe de la somptueuse demeure du Connecticut. Il l'avait vue en photo.

Quatre jours auparavant, il était déjà venu jeter un coup d'œil à la maison du New Jersey. Il s'était garé au bas de la rue. Eric, le fils Bennett, était dans l'allée. En compagnie d'une jeune et jolie femme qui devait avoir à peine trente ans. Eric avait mis quelque chose dans sa voiture, puis il s'était penché par la vitre. Ranger était sûr qu'il l'avait embrassée.

Aujourd'hui, il avait suivi Anne Bennett jusqu'à l'église. Il avait même assisté à la messe en se mettant au dernier rang. Il se fondait dans le décor, il le savait. Son jean était quasi neuf et Judy lui avait acheté ce blouson dans une boutique d'occasion, juste avant que Bennett ne disparaisse. Elle l'avait repéré en vitrine. Il la revoyait riant aux éclats en lui racontant l'histoire du sigle TP qui ornait la poche de poitrine. « Tu imagines un peu, j'ai demandé au vendeur si ça signifiait "Transit Police". Ce type a pris un air incroyablement snob et m'a rétorqué que ça voulait dire "Trinity Pawling". Il m'a dit que c'était un pensionnat de garçons ultra-chic. »

On avait une vieille voiture, se dit-il. Je portais parfois des vêtements d'occasion afin de mettre de l'argent de côté pour acheter l'appartement en Floride – comptant. Il était probable que tous les gens du coin qui assistaient à la messe ce matin penseraient qu'avec un blouson pareil, il avait fréquenté un établissement huppé.

Il avait suivi Anne Bennett jusqu'au fond de la pharmacie et l'avait vue acheter du paracétamol. Il espérait qu'elle avait la migraine. Il espérait qu'elle, son fils et la petite copine de son fils avaient la pire migraine que personne ait jamais eue sur terre.

Il n'y avait pas beaucoup de circulation et en un rien de temps il se retrouva presque à l'entrée du Lincoln Tunnel.

En moins d'une demi-heure, il pouvait être rentré chez lui. Mais à quoi bon ? Chez lui, c'était le trois pièces que Judy entretenait si soigneusement. Elle préférait maintenir une température de vingt degrés au maximum, mais augmentait toujours le thermostat avant qu'il ne rentre. Elle comprenait qu'après avoir passé la journée dehors dans le froid, il aime se sentir au chaud dès qu'il franchissait le seuil.

Elle savait qu'il avait toujours faim en arrivant, et le dîner l'attendait. La chaleur, la bonne odeur qui s'échappait de la cuisine : Ranger en gardait un souvenir si précis qu'en roulant sous le Lincoln Tunnel il crut revivre ces sensations.

La femme de Parker Bennett habitait une jolie maison dans une jolie ville. Eric Bennett embrassait sa jolie petite amie. Et lui allait retrouver un appartement vide. Ranger Cole serra dans sa main le flacon avec les cendres de Judy qu'il portait autour du cou.

« Judy, dit-il à voix haute. Je sais que tu n'es pas d'accord, mais il faut que je le fasse. Comprends-moi. » Il entendit le bip de son badge de télépéage à l'entrée du tunnel. « Beaucoup de gens pensent que cet escroc de Parker Bennett n'est pas mort. D'après eux, il aurait abandonné son magnifique voilier pour faire croire qu'il s'était suicidé. »

162

Et s'ils avaient raison ? Quel effet ça lui ferait, à Bennett, d'apprendre que sa femme et son fils avaient été tués ?

Ranger repensa à la jolie femme qu'embrassait Eric Bennett. Si elle se trouvait chez eux ce jour-là, ce ne serait pas plus mal. Il était probable que ce salaud dépensait aussi de l'argent pour elle. Si jamais elle était dans les parages quand il descendrait Anne Bennett et son fils, tant pis pour elle.

Il fallait qu'il se procure une arme. Il n'aurait certainement aucun mal à en trouver. Il était souvent question dans le journal d'un quartier du Bronx où des gangs de rue en vendaient.

Rien ne pressait. Le seul fait d'échafauder son plan d'action lui mettait du baume au cœur. Il avait presque l'impression d'entrer dans l'appartement bien douillet et de sentir l'odeur d'un bon petit plat qui mitonnait sur le feu.

Que lui disait Judy, déjà ? Ah oui. « J'ai bien hâte qu'on aille s'installer en Floride. Pourtant il paraît que le plus agréable, c'est d'attendre, et non de voir son désir se réaliser. Tu crois que c'est vrai ? »

Je ne vais pas tarder à le savoir, songea Ranger Cole en arrivant dans sa rue où il dut chercher une place pour se garer, comme d'habitude.

30

Patrick Adams était à la tête d'une équipe de quatre enquêteurs, des hommes capables de retrouver une feuille dans la tempête, disait-il joliment. Le lundi matin, il les fit venir dans son bureau.

« Je comprends qu'Eric Bennett veuille à tout prix blanchir sa réputation, dit-il. Il y a une photo de lui dans le *Post* où on le voit main dans la main avec Lane Harmon. C'est la fille de Gregory Harmon, le représentant du Congrès, et la veuve de Kenneth Kurner, le designer. C'est aussi la belle-fille de Dwight Crowley, le chroniqueur qui est justement persuadé qu'Eric Bennett est impliqué dans l'escroquerie et le répète à longueur de papiers.

— Voilà qui va mettre une sacrée ambiance dans la famille à Thanksgiving », lâcha d'une voix traînante Joel Weber, un des enquêteurs. Joel, le dernier à avoir été recruté, était un ancien agent du FBI à la retraite qui s'ennuyait et avait pris contact avec le cabinet. À cinquante-deux ans, le même âge que

Pat Adams, cet ancien haut gradé du FBI était un précieux atout pour le cabinet. Ce que Pat appréciait particulièrement, c'est qu'il ne se prévalait jamais de ses anciennes fonctions pour en imposer à ses collègues.

Pat Adams était à son bureau, les quatre autres en demi-cercle devant lui. Pat fixa Joel d'un œil approbateur, admirant sa capacité à sortir des réflexions caustiques qui donnaient généralement lieu à d'intéressantes suggestions sur les moyens de faire progresser l'enquête.

« À quoi pensez-vous, Joel ? demanda-t-il.

— Je me demandais si Dwight Crowley n'aurait pas dans l'histoire un intérêt personnel dont il ne parle pas publiquement. J'aimerais bien chercher de ce côté-là. Franchement, ce type voue une haine presque insensée à Eric Bennett. Le FBI, le bureau du procureur général, l'autorité régionale d'investigation sont incapables de trouver la moindre preuve contre Eric Bennett, et pourtant Crowley affirme dans ses chroniques qu'on ne peut pas s'en tenir au terme de "présumé" coupable. Bennett aurait de quoi le poursuivre en diffamation. Mais peut-être qu'il préfère éviter un retentissement médiatique ? À moins que Crowley ait sur lui des informations qu'il n'a pas encore révélées. »

Pat Adams s'apprêtait à lui demander d'explorer cette piste, mais avant même qu'il n'ait ouvert la bouche, Joel ôta ses lunettes cerclées de métal, souffla de la buée dessus, les essuya, les remit, et poursuivit :

« J'ai échangé quelques mots avec Eric Bennett dans le hall, l'autre matin. Vous savez ce que je me suis dit en le voyant ? »

Pat Adams et les trois autres enquêteurs savaient que la question était purement rhétorique.

« Quand elle allait chez le poissonnier, ma mère était totalement paranoïaque, enchaîna-t-il d'un ton badin. Même si le poisson avait l'air magnifique, elle le mettait sous son nez et le flairait pour vérifier. En un quart de seconde, elle savait s'il n'était plus tout à fait frais. J'ai l'odorat aussi fin que ma mère. En parlant à Eric Bennett l'autre jour, je l'ai flairé, et le test n'a pas été concluant. J'aimerais avoir votre feu vert pour essayer de comprendre les raisons pour lesquelles Dwight Crowley est si véhément à son sujet. Je voudrais aussi fouiller dans le passé d'Eric Bennett pour voir si je peux trouver du nouveau. »

« Qui dort avec les chiens se réveille avec des puces. » Ce fut par ces termes acerbes que Glady accueillit Lane le lundi matin.

« Mais de quoi me parlez-vous, Glady ? » demanda Lane, interloquée.

Glady attrapa le journal qui était sur son bureau et le poussa vers elle.

« Je parle de vos fredaines avec Eric Bennett. Je sais que vous lisez le *Post* tous les jours, je m'étonne que vous ne l'ayez pas vu.

— Je le lis, mais certainement pas le matin quand je dois préparer Katie », protesta Lane avec véhémence.

Le journal était ouvert à la page de la rubrique mondaine. À son grand désarroi, elle découvrit une photo d'elle en compagnie d'Eric Bennett. Le ou la photographe avait saisi l'instant précis où Eric avait la main posée sur la sienne et où ils souriaient tous les deux.

Les joues en feu, elle reposa le journal sur le bureau de sa patronne.

« C'est le seul moment où Eric m'a pris la main, se justifia-t-elle.

— Je vous crois, dit Glady. En fait, je ne serais pas étonnée que Bennett ait payé quelqu'un pour prendre cette photo. C'est peut-être même un pied de nez à votre beau-père.

— Mais vous ne voyez donc pas que c'est exactement ce qu'Eric subit depuis deux ans, Glady ? On n'a jamais trouvé le moindre élément prouvant qu'il était impliqué dans cette escroquerie, mais tout le monde a décidé qu'il y était mêlé. C'est incroyablement injuste, vous ne comprenez pas ? Et je me fiche de ce que pense Dwight Crowley. C'est le mari de ma mère, mais ce n'est pas mon père. Quand ma mère l'a épousé, je venais d'entrer à l'université. Je fais tout pour l'éviter. Je m'arrange pour aller voir ma mère quand il va faire des discours en donnant des leçons de morale aux dirigeants du monde. »

En s'écoutant parler, Lane comprit que Glady avait fait ressortir quelque chose qu'elle avait du mal à s'avouer. Ce n'était pas seulement que Crowley la mettait mal à l'aise. Elle le détestait cordialement, et elle savait que c'était la raison pour laquelle elle allait si rarement à Washington et avait des relations aussi tendues avec sa mère.

« Si vous avez envie de sortir avec Eric Bennett, ça ne me regarde pas, répondit sa patronne, visiblement surprise par sa véhémence. Je pense que ce serait une grosse erreur d'entamer une relation avec lui, mais n'en parlons plus. Laissez-moi vous dire que je suis malade à l'idée que l'argent que me paie la grande Chichi puisse venir des fonds que Parker Bennett a détournés. Rappelez-vous le coup de fil important qu'elle a dû passer quand je lui ai annoncé le montant du devis. »

Apaisée, Lane alla dans son bureau, s'assit et pressa les doigts sur ses tempes. J'ai du mal à y voir clair, s'avoua-t-elle. C'était si agréable d'être avec lui.

Nous sommes rentrés à dix heures et demie, mais Katie ne dormait toujours pas. Dès qu'elle nous a entendus, elle est arrivée en courant pour être sûre qu'Eric n'oublierait pas les cookies qu'elle avait préparés pour lui.

Elle veut être comme les autres enfants. Elle veut avoir un père. Bien sûr, beaucoup ont des parents divorcés. Mais ce n'est pas la même chose que de devoir se contenter de regarder la photo de son papa et d'entendre parler de lui.

Combien de temps Dwight et ma mère mettront-ils à découvrir cette photo de moi en compagnie d'Eric Bennett ? Dwight consulte tous les jours un monceau de journaux venus du monde entier. Cette photo ne peut pas lui échapper, et si c'était le cas, on peut être sûr que quelqu'un la lui signalera.

Qu'est-ce que je dois faire ? Soit je crois qu'Eric est innocent, soit je ne le crois pas.

Et je le crois innocent.

Mais même si je dîne avec lui de temps à autre, comment protéger Katie ? Elle repensa à l'instant où la main d'Eric avait touché la sienne, à ce baiser furtif qu'il avait déposé sur ses lèvres au moment de se séparer et dont elle sentait encore la caresse légère. Que ce soit clair, se dit-elle, si cette étincelle devait grandir et devenir une véritable flamme, suis-je prête à accepter que la réputation d'Eric affecte ma vie et celle de Katie ?

Mais si je crois qu'Eric est innocent – comme je le crois du fond du cœur –, est-ce lâche de me demander si je suis prête à supporter cette situation ?

Peut-être trouverait-elle la réponse bientôt, mais pour l'instant elle ne la connaissait pas. Cependant, il y avait quelque chose qu'elle devait faire. Elle appela sa mère au magasin d'antiquités.

Le ton réservé sur lequel celle-ci lui dit « Bonjour, Lane » lui fit aussitôt comprendre que Dwight et elle avaient vu la photo.

« Écoute, maman, commença Lane, mais sa mère l'interrompit :

— Tu n'as pas besoin de me convaincre, Lane. J'espère que s'il y a une chose que nous t'avons apprise, ton père et moi, c'est qu'une personne est présumée innocente jusqu'à preuve du contraire. Si Eric Bennett est étranger au crime de son père, c'est une victime aussi innocente que tous ces pauvres gens qui ont perdu tant d'argent.

— Merci maman. Je ne savais pas ce que tu dirais. Et qu'en est-il de Dwight, ou est-ce qu'il vaut mieux éviter de poser la question ?

— Écoute, Lane, bien que mon mari soit convaincu qu'Eric Bennett a été complice de la trahison de son père, il n'a jamais essayé de m'influencer sur ce point.

— Qu'a-t-il dit en voyant la photo ?

— Il a dit qu'il sait pertinemment que tu t'es toujours montrée hostile à son égard, et que cela lui fait de la peine. Il a dit, et je te répète exactement ses mots : "Le père de Lane doit se retourner dans sa tombe à l'idée que sa fille puisse sortir avec cette espèce de fumier." »

32

Eleanor Becker s'efforçait désespérément de suivre le conseil du Dr Sean Cunningham et cherchait à se rappeler le moindre incident qui aurait pu lui paraître suspect au bureau de Parker Bennett.

Rien, se dit-elle. Absolument rien. Elle savait qu'elle avait plutôt une bonne mémoire et demanda à Frank de lui rappeler ce dont ils avaient parlé au fil des années. Le soir, naturellement, elle évoquait avec lui sa journée au bureau, les gens qui étaient passés. Peut-être pourrait-elle mettre le doigt sur un indice ?

Elle sentait bien qu'il y avait eu quelque chose d'inhabituel il y avait très longtemps de cela, mais pourquoi était-elle incapable de s'en souvenir ?

Le diabète de Frank empirait. Son taux de sucre atteignait parfois un niveau inquiétant. Il va finir par se tuer à force de se faire du souci pour moi, se reprocha-t-elle.

Mais qu'est-ce que j'y peux ?

Il y avait quinze ans que Parker Bennett, un des grands gestionnaires de fonds de la société où ils travaillaient tous les deux, lui avait offert de l'emmener déjeuner dans un endroit tranquille. « Pas là où je vais d'habitude, avait-il ajouté avec un signe de tête complice. J'ai une proposition à vous faire. »

Elle avait aussitôt compris de quoi il retournait. Au bureau, on pressentait déjà que Parker Bennett irait s'installer à son compte un jour ou l'autre. C'est ce que faisaient souvent les gestionnaires de fonds les plus brillants. Les uns gagnaient beaucoup d'argent, d'autres créaient leur fonds spéculatif, misaient sur le mauvais cheval et y laissaient leur chemise.

Elle se souvenait d'un gestionnaire qui était parti et avait gagné une fortune, avant d'en perdre la majeure partie en raison des positions qu'il avait prises sur le marché du pétrole. On se moquait de lui à la Bourse en racontant que sa femme était furieuse. Il lui avait promis de mettre cent millions de dollars de côté pour parer à un éventuel revirement du marché. Il ne l'avait pas fait et à présent, il ne leur restait plus que leur maison à dix millions de dollars.

Cent millions de côté. Curieusement, Eleanor n'arrêtait pas de repenser à cette histoire.

Parker lui avait donné rendez-vous chez Neary's, dans la 57ᵉ Rue. En fait, elle y était déjà allée une bonne demi-douzaine de fois. Le soir, on y croisait toutes sortes de gens – des ecclésiastiques haut placés, des représentants du Congrès, des dirigeants d'entreprise et ainsi de suite. Mais à midi, c'était plus calme.

C'est là que Parker lui avait fait sa proposition. « Je vais quitter la société, Eleanor, pour m'installer à mon compte, lui avait-il expliqué. J'aimerais que vous veniez travailler pour moi. »

Le salaire qu'il offrait était plus que généreux. « Et la prime de Noël devrait largement vous satisfaire », lui avait-il promis.

De toute façon, elle aurait accepté les yeux fermés, mais quand il lui avait expliqué la nature de la société d'investissement qu'il comptait créer, elle avait eu la certitude d'avoir en face d'elle non seulement un homme d'affaires de génie, mais également un philanthrope.

« Eleanor, lui avait-il dit, nous savons tous que ceux qui sont à la tête de grosses fortunes sont des gens avertis, et quand ils établissent leur plan financier, ils ont toujours des actions et des obligations dans leur portefeuille. »

Eleanor se souvenait encore de son air distingué, de la façon dont il l'avait regardée droit dans les yeux en buvant son chardonnay.

« Je suis parti de rien, vous savez, Eleanor, avait-il poursuivi. Mon père était facteur. Ma mère, vendeuse chez Abraham & Straus. Cela fait des années que je caresse l'idée d'aider les gens des classes modestes et des classes moyennes qui mettent scrupuleusement tous les mois un peu d'argent de côté, afin qu'ils puisssent tirer un rendement convenable de cet argent et le faire réellement fructifier. »

Sur ce, il lui avait expliqué son plan, songea amèrement Eleanor. Il voulait créer une atmosphère conviviale car, disait-il, « les petites gens se laissent facilement impressionner, et pour les contacter, nous nous abonnerons à une quantité de journaux locaux et nous leur écrirons pour féliciter ceux qui ont été récompensés, à l'occasion d'un anniversaire par exemple ».

Tout le monde m'appelait « la préposée au thé et aux petits gâteaux », se rappela Eleanor, rouge de honte. J'ai gobé toute son histoire et j'ai regardé Parker Bennett comme s'il était le sauveur de l'humanité.

Et voilà que je risque de finir en prison à cause de ma bêtise.

Pourtant il y a eu quelque chose, mais quoi ?

Une semaine plus tard, après avoir passé sept nuits de plus à essayer de faire remonter un souvenir depuis longtemps oublié, alors que les premières lueurs du jour pénétraient dans la chambre, l'incident lui revint en mémoire.

Elle se frappa le front. Ça y est, se dit-elle. On s'est violemment cogné la tête. Il avait laissé tomber quelque chose par terre et je l'ai aidé à le ramasser. Qu'est-ce que ça pouvait bien être ? C'était juste après le lancement de sa société d'investissement.

Elle finit par sombrer dans un sommeil agité de rêves qui défilaient par bribes. Elle était au bureau. On s'était cogné la tête. Il était nerveux.

Quand Eleanor se réveilla, ses souvenirs s'estompèrent. Elle avait entendu dire qu'en notant ses rêves, on s'en souvenait plus facilement. Et qu'en se mettant sur le mode « recherche », on pouvait retrouver ce qu'on voulait.

Soudain pleine d'espoir, Eleanor se glissa hors du lit en silence pour ne pas réveiller Frank, enfila sa robe de chambre et alla dans la cuisine. Elle sortit le calepin dont elle se servait pour noter ses listes de courses et prit un stylo dans le tiroir.

Elle s'assit à la table de la cuisine et commença à écrire : « M. Bennett et moi, on s'est cogné la tête… c'était juste après que j'avais commencé à travailler pour lui. » Elle hésita. « Il avait laissé tomber quelque chose parce qu'il venait de rentrer. Il faisait très froid dehors. Il a dit qu'il avait les doigts gourds. Il était particulièrement inquiet. »

Elle ne se souvenait toujours pas du reste.

33

Sylvie de la Marco était d'une humeur de plus en plus massacrante. Elle savait qu'elle allait bientôt devoir appeler Parker pour lui redemander de l'argent. Deux millions de plus, juste pour la décoration. Et elle avait dépensé une fortune l'année précédente, une véritable fortune. Elle avait été obligée de renouveler toute sa garde-robe car elle passait sa vie dans les cocktails et les soirées mondaines.

Et puis elle était aussi allée au Brésil, l'an passé. L'opération qu'elle s'était fait faire là-bas était une véritable réussite. Elle avait l'air d'avoir trente ans à peine, ce qui était parfait quand on en avait quarante-six.

Qu'arrivait-il à Parker ? Il avait volé cinq milliards de dollars. Pourquoi était-il si radin ?

Elle commençait à se faire du souci. Se pouvait-il qu'après avoir accumulé toute cette fortune, Parker en ait perdu la majeure partie, si ce n'est la totalité ?

Et que se passerait-il si jamais il était arrêté ? Le connaissant, il était probable qu'il la dénoncerait.

Telles étaient les préoccupations de Sylvie de la Marco lorsqu'elle s'apprêta à sortir, vêtue de son nouveau tailleur Chanel, son manteau en zibeline négligemment drapé sur le bras, pour retrouver au restaurant Le Cirque son amie, la célèbre Pamela Winslow.

Tout comme moi, songea-t-elle, Pamela est issue d'une famille d'immigrants, ses parents étaient des braves gens qui travaillaient durement, les miens italiens, les siens polonais. Ses parents l'ont appelée Pansy parce que sa mère adorait *Autant en emporte le vent*, et qu'elle avait appris qu'à l'origine Scarlett devait s'appeler Pansy. Elles riaient en évoquant la façon dont elles s'étaient mis en tête de s'élever dans la société en épousant des maris riches. Nous avons toutes les deux la chance d'être belles, se félicita Sylvie. Pamela grâce à la blondeur et aux yeux bleus qu'elle a hérités de ses ancêtres polonais. Moi, j'ai amélioré les choses en me teignant en blonde. Avec mes yeux bruns, ça me va bien. On a toutes les deux divorcé deux fois, pensa-t-elle.

Et puis elle a décroché un mari fortuné l'année où j'ai épousé Eduardo. Et maintenant, elle est richissime, alors que je gagne à peine de quoi vivre en quémandant des misères à Parker. Mais au moins, j'ai un titre, et la plupart du temps, ça impressionne les gens.

Il est temps que je me remette en quête, se dit-elle.

Alors qu'elle se dirigeait vers la porte d'entrée, Roger lui annonça que Mme Harper était dans la salle de réception. Elle n'avait pas demandé à voir Mme la comtesse.

Elle sait qu'il vaut mieux ne pas me déranger, se dit Sylvie, mais elle décida d'aller voir elle-même ce que fabriquait la décoratrice.

Glady avait évacué les lourdes tentures et la quasi-totalité des meubles. « Je connais une boutique haut de gamme qui vend du mobilier et des bibelots d'occasion et qui en tire un bon prix », avait-elle déclaré à sa cliente.

À présent, le salon était dépouillé, et peint d'une délicate couleur vanille qui offrait un contraste saisissant avec la dureté des ors dont la pièce était chargée auparavant. Glady Harper se tenait derrière le peintre qui s'attaquait aux lambris.

« Madame Harper », dit Sylvie de la Marco d'un ton guindé.

Glady se retourna.

« Bonjour, comtesse. Vous êtes bien matinale. » Elle regarda sa montre. « Oh, excusez-moi, je n'avais pas vu qu'il était presque midi. »

Comme toujours, Sylvie eut du mal à déterminer si la relative amabilité de Harper ne dissimulait pas un soupçon de mépris. Elle décida de passer outre. Depuis un mois, elle sentait que l'atmosphère de l'appartement changeait peu à peu. Harper lui avait promis qu'il serait élégant mais chaleureux.

« Au fait, comtesse, avant que vous ne partiez, puis-je vous dire deux mots ? » demanda Glady.

Elle va me redemander de l'argent, se dit Sylvie, prise de panique.

« Naturellement, madame Harper. »

Glady s'approcha d'elle.

« Je crois que nous ferions mieux de sortir », lui glissa-t-elle.

Mais pourquoi ces cachotteries ? se demanda Sylvie en sortant dans le couloir.

Glady n'y alla pas par quatre chemins :

« Le deuxième acompte doit être versé la semaine prochaine, dit-elle.

— La semaine prochaine !

— Bien sûr, comtesse. Les tableaux de Sotheby's, les meubles du salon, ainsi que la table, les chaises, le buffet, le lustre de la salle à manger, les tapis anciens pour tout l'appartement, les tissus des rideaux et des cantonnières, pour lesquels vous avez donné votre accord, seront livrés d'ici moins de deux semaines.

— Naturellement. » Sylvie s'efforça d'avoir l'air sûre d'elle, puis elle ajouta : « Je ne crois pas me souvenir que vous m'ayez donné l'échéancier des paiements qui restent à effectuer.

— Je suis certaine au contraire que nos contrats mentionnent les dates auxquelles les paiements sont dus.

— Bien sûr. Vous aurez le chèque la semaine prochaine, madame Harper. »

Veillant à garder la tête haute, la comtesse quitta l'appartement. Elle savait que Robert l'attendait au volant de la voiture pour l'emmener au Cirque. Il était hors de question de sortir d'un taxi devant le portier du restaurant.

Pamela était déjà assise à leur table. Une de ses tactiques favorites était d'arriver systématiquement en avance à ses rendez-vous pour donner l'impression aux gens qu'ils l'avaient fait attendre.

Leur déjeuner était fixé à midi et demi. Il était à peine midi vingt.

« Hello, Pansy, lança-t-elle juste assez fort pour que le maître d'hôtel l'entende.

— Hello, Sally. »

Elles rirent toutes les deux.

Elles échangèrent les derniers potins en buvant un martini dry. Sylvie savait que Pamela était persuadée qu'elle était toujours en contact avec Parker, bien qu'elle ne le lui ait jamais avoué.

« Comment va Malcolm ? demanda-t-elle.

— Toujours aussi riche, répondit Pamela. Et toujours aussi barbant. »

Malcolm Winslow était un investisseur de Wall Street qui avait vingt-six ans de plus que sa seconde épouse, Pamela. Ses placements habiles avaient fait de lui une légende dans les cercles financiers, mais son mépris inné des mondanités exaspérait Pamela qui adorait se voir en photo dans les journaux.

Avec un soupir, elle demanda :

« Et toi, Sylvie, quoi de neuf ?

— La dernière nouvelle, c'est que je refais l'appartement. Comme décoratrice, j'ai pris Glady Harper. C'est une harpie, mais elle est douée. »

Pamela haussa les sourcils.

« Et chère, très très chère. D'autant que l'appartement est grand. Douze pièces, c'est ça ? »

Malheureusement, Sylvie se rappela que Pamela était une des rares à savoir qu'elle avait reçu relativement peu d'argent de la succession de la Marco.

« Oh, je le refais entièrement. Autant en finir une bonne fois pour toutes. Je n'ai plus qu'à me chercher un riche mari.

— Tu devrais. Évidemment, ça t'obligerait à lâcher ton titre.

— Jamais de la vie, si je trouve quelqu'un je garderai mon nom. »

Devant une salade arrosée d'un second martini dry, Pamela devint sérieuse.

« Sylvie, je ne comptais pas te le dire, parce que je ne voulais pas t'inquiéter, mais depuis que la secrétaire de Parker a été inculpée, le FBI s'est remis à interroger les gens de son entourage. Et il paraît qu'il y a une récompense de deux millions de dollars pour toute information conduisant à sa condamnation.

— Ils t'ont contactée ? »

Sylvie déglutit.

« Oui.

— Et que leur as-tu dit ?

— Qu'est-ce que tu crois ? J'ai dit que oui, nous étions très amies. J'ai dit que je ne pensais pas que tu avais une liaison avec Parker, que le fait qu'on t'ait vue dîner en tête à tête avec lui ne signifiait rien. J'ai dit que tu étais très douée en affaires, que le comte était sénile, et que tu avais placé beaucoup d'argent dans la société de Parker. » Elle s'interrompit. « J'ai assuré, hein ? Mais sérieusement, Sylvie, je crois que c'est une grosse erreur de faire tout redécorer maintenant. » Pamela vida son martini dry. « Tiens, j'ai une idée. Barclay Cameron a toujours un faible pour toi. Il me l'a dit à la Grenouillère la semaine dernière. Il m'a dit qu'il t'avait appelée deux ou trois fois, mais que tu étais toujours occupée.

— Barclay Cameron ! Mais il est plus vieux que ne l'était Eduardo.

— Non. Il a quatre-vingt-deux ans, il est en bonne santé, seul et veuf. Sylvie, à mon avis les fédéraux sont en train de passer tes finances au crible. Si jamais ils réussissent à prouver que tu as reçu un paquet de blé de Parker Bennett, tu risques vingt ans de prison. C'est ce que m'a dit le FBI. J'ai eu l'impression qu'ils voulaient que je te passe le message. »

Au moment de régler, elles se partagèrent consciencieusement l'addition.

34

Les coussins d'ornement destinés au salon d'Anne Bennett arrivèrent huit jours avant Thanksgiving.

Durant les deux semaines précédentes, Lane n'avait pas eu de nouvelles d'Eric. Je comprends pourquoi il n'appelle pas, se disait-elle. Il avait dû être terriblement perturbé par la photo qui les montrait tous les deux dans la rubrique mondaine des journaux.

Ce furent en effet les premiers mots d'Anne Bennett lorsque Lane arriva à Montclair.

« Oh, Lane. Eric a été bouleversé par cette photo.

— Il n'aurait pas dû », protesta Lane, les bras chargés d'un grand sac plastique qui contenait les coussins.

Elle ôta son manteau, le laissa tomber sur une chaise et se dirigea tout droit vers le salon. Elle sortit les coussins un par un et les plaça sur le canapé et les fauteuils, puis recula de quelques pas.

« Exactement ce que je voulais, constata-t-elle avec satisfaction. Ils donnent à la pièce le coup de jeune dont elle avait besoin. »

En parlant, elle pensa à l'élan de générosité de Glady. À la dernière minute celle-ci avait fait en sorte que la pièce ne rappelle pas à Anne celle qui avait été utilisée pour le personnel à Greenwich. « Elle est charmante ainsi, avait déclaré la décoratrice, mais elle pourrait l'être tout autant avec une combinaison de couleurs différente. »

Le canapé était aujourd'hui de couleur beige, les chaises assorties recouvertes d'un tissu fleuri.

Glady avait choisi dans une des chambres d'invités un tapis persan rouge à motifs géométriques qui apportait au salon une note colorée et chaleureuse. « J'ignore pourquoi l'huissier ne l'a pas saisi, avait-elle dit à Lane. Probablement parce qu'un imbécile s'est amusé à couper la frange d'origine et lui a substitué une bande d'un blanc éclatant. » Elle l'avait fait remplacer par une bordure d'aspect ancien.

Anne contemplait la pièce avec ravissement.

« Oh, Lane, vous ne pouvez pas savoir comme je suis bien dans cet endroit. Dans l'autre maison, je me sentais presque obligée de marcher sur la pointe des pieds, de peur de casser quelque chose. »

Il était onze heures.

« Lane, vous ne refuserez pas de prendre un café avec moi ? » continua Anne d'un ton ferme.

« Ce sera avec plaisir », répondit Lane, sincère.

Il n'y avait aucune chance qu'Eric arrive si tôt pour déjeuner.

Elle n'avait mangé dans cette cuisine qu'en une seule occasion, quelques semaines auparavant, mais pourquoi ce lieu lui paraissait-il si familier ? Et pourquoi, alors qu'elle était sûre qu'Eric ne viendrait pas, se surprenait-elle à guetter le bruit de la porte annonçant son arrivée ?

Anne Bennett parut soudain s'animer. Elle posa une tasse de café fumant devant Lane et s'assit en face d'elle en souriant.

« Que vous êtes jolie, dit-elle. C'est d'ailleurs ce qu'Eric me répète tout le temps depuis qu'il vous a rencontrée. Lane, j'ai soixante-sept ans et j'ai toujours été plutôt timide. Bien que d'origine modeste, Parker n'avait aucun problème avec les gens riches, en vue, issus d'un milieu privilégié. Moi, je ne me suis jamais sentie à l'aise dans ce monde-là. J'ai toujours eu l'impression d'errer dans un univers auquel je n'appartenais pas. Mais je sais que je me sentirai chez moi dans cette maison et que je me ferai mes propres amis grâce à la paroisse. »

Son regard se perdit au loin pendant quelques instants. Quand il revint vers Lane, ses yeux brillaient.

« Mais je dois dire que je suis préoccupée pour mon fils. Ces deux dernières années ont été un véritable enfer pour lui. Il a perdu de nombreux clients. Il est pointé du doigt partout où il va. Il n'a même pas pu dîner avec vous sans être photographié à son insu. »

Elle but une gorgée de café comme pour se calmer. Ses yeux se remplirent de larmes.

« Eric est amoureux de vous, Lane. Il m'a avoué qu'il avait découpé votre photo dans le journal et l'avait encadrée dans son appartement. »

Lane ne sut quoi répondre.

« Vous vous souvenez de John Alden, le premier à avoir débarqué du *Mayflower*, poursuivit Anne avec un soupir. Il était allé trouver Priscilla pour plaider la cause de son ami, le capitaine Standish, qui voulait l'épouser. Vous vous rappelez ce que Priscilla lui a répondu ?

— Elle lui a dit : "Pourquoi ne parlez-vous pas pour vous-même, John ?"

— C'est exact, mais moi, je plaide quand même la cause d'Eric. Vous n'ignorez pas ce que vous risquez à être vue en public avec lui. Vous croyez-vous capable d'y faire face ? Eric ne vous le demandera pas, mais moi, si. Pensez-y. » Elle reposa sa tasse « Lane, vous n'avez pas à me donner une réponse maintenant. » Elle fouilla dans sa poche et en sortit une petite feuille de papier pliée en deux. Elle la tendit à Lane par-dessus la table. « Vous devez déjà l'avoir, mais voici le numéro du portable d'Eric. S'il n'a pas de vos nouvelles, il comprendra et ne vous contactera jamais plus. Je pense que vous avez fini la décoration de cette maison, n'est-ce pas ?

— Oui, nous avons fini.

— Dans ce cas, j'espère que nous nous reverrons. »

Cinq minutes plus tard, Lane était en route vers New York. Je ne sais pas quoi faire, pensa-t-elle. Je ne sais vraiment pas quoi faire.

35

S'il y avait bien une catégorie de criminels que Joel Weber abhorrait, c'étaient ceux qui s'en prenaient aux enfants. Au cours de sa longue carrière, il avait eu à traiter plusieurs affaires où un salopard avait délibérément assassiné un enfant et tenté de se débarrasser de son corps. Il avait à chaque fois pris un plaisir féroce à voir condamner le coupable grâce aux preuves qu'il avait apportées.

En deuxième position sur sa liste venait l'escroc mondain détrousseur d'honnêtes gens qui travaillaient dur et économisaient avec diligence pour payer leur retraite ou les frais de scolarité de leurs enfants.

C'étaient les petites gens qui se laissaient embobiner par des bandits comme Parker Bennett et finissaient sans rien d'autre qu'un toit sur leur tête, dans le meilleur des cas. Un grand nombre de ces victimes avaient hypothéqué leur maison, croyant que le jeu en valait la chandelle. Laissez votre argent travailler pour vous – c'était l'argument clé de Bennett.

Il était mathématiquement impossible qu'il ait pu traiter seul tous les documents nécessaires. Il fallait qu'il ait eu au moins une, voire deux personnes pour l'aider dans son entreprise.

Joel avait envisagé que la femme de Bennett, Anne, soit sa complice. Elle avait travaillé dans la même société d'investissement financier que lui. Mais elle avait cessé son activité après leur mariage, presque quarante-cinq ans plus tôt. Lorsque l'escroquerie avait été découverte, elle avait fait l'objet d'une enquête très sévère dont il n'était rien sorti. En réalité elle n'avait jamais été que simple secrétaire dans cette société. Sa tâche consistait à prendre des lettres en dictée et à répondre au téléphone.

Au cours des années qui avaient précédé la faillite du fonds Bennett et la disparition de Parker, elle n'avait jamais possédé d'ordinateur. Tout le personnel de la demeure de Greenwich l'avait attesté.

Le fils, naturellement, c'était une autre histoire. À vingt-deux ans, il avait débuté au service conformité à la banque Morgan Stanley. Il y avait acquis la formation technique nécessaire. Et l'accès aux relevés de comptes informatiques aurait pu être détourné au profit de son père. Ensuite il suffisait à ce dernier de changer les noms et certains chiffres sur les relevés, d'y faire figurer l'en-tête de sa société et de les communiquer à ses investisseurs.

Joel avait dressé une liste des écoles fréquentées par Eric Bennett, des établissements pour enfants fortunés et brillants : Greenwich Country Day School jusqu'à quatorze ans, Andover Prep à Westfield, dans le Connecticut, et Magna Carta College à Montpelier.

Au milieu du premier semestre de sa deuxième année à Magna Carta, Eric avait quitté l'université pour s'inscrire à Trinity College à Dublin. Il en était sorti diplômé.

Je comprends qu'il ait voulu passer un an à l'étranger, pensa Joel, mais pourquoi changer si soudainement ? Qu'est-ce qui avait bien pu arriver ? Avait-il eu des ennuis ? Avait-il quitté le pays pour une raison précise ? Je vais aller creuser de ce côté-là, décida-t-il.

Le lendemain il se mit en route pour Montpelier, dans le Vermont, et se rendit au bureau des étudiants de Magna Carta. Là, on lui déclara poliment que, selon les archives, Eric Bennett avait quitté l'université de son propre gré et qu'on ne pouvait lui fournir d'autres informations.

Dépité, Joel alla jeter un coup d'œil à la bibliothèque. Pris d'une inspiration, il regarda la liste des bienfaiteurs de l'établissement.

Et il trouva ce qu'il cherchait. Le mois où Eric Bennett avait quitté brusquement Magna Carta, son père, Parker Bennett, avait fait un don de dix millions de dollars au fonds de développement de l'université.

Parker Bennett commença ses préparatifs en vue de quitter Saint-Thomas. Deux ans plus tôt, il avait disparu, emportant en tout et pour tout les vêtements qu'il avait sur le dos. Il se demandait parfois ce qu'étaient devenus les costumes et les vestes sur mesure, les cravates, chemises et chaussures que contenait son dressing de Greenwich. Avaient-ils été vendus ou donnés ? Il espérait qu'Anne n'avait pas été sentimentale au point de les conserver et de les laisser moisir dans un placard. C'est ce que sa propre mère avait fait après la mort de son père. Dieu du ciel, pensa Parker. Nous avions deux penderies dans cet appartement lugubre et l'une était un mausolée à la mémoire de ce type. Il avait été foudroyé par une attaque après avoir fait sa tournée de facteur. À peine quarante-sept ans, mais gros fumeur. Toutes les photos le montraient avec une clope au bec.

Cette fois-ci, Parker prendrait soin d'acheter des vêtements aussi anodins que possible. Un blouson d'hiver à fermeture éclair, une casquette à rabat, de grosses chaussures.

Il n'était toujours pas décidé à prendre rendez-vous avec Sylvie. Pouvait-il lui faire confiance ? Il savait que c'était une erreur de s'être montré réticent quand elle lui avait demandé deux millions de dollars la semaine précédente. De fait, il ne souhaitait pas qu'elle puisse penser qu'il était à court d'argent. La prochaine fois qu'elle appellerait, il se montrerait plus aimable et dirait oui à tout.

Et puis il y avait autre chose. Il avait lu dans les pages Économie du *Wall Street Journal* que le FBI offrait une récompense de deux millions de dollars pour toute information qui conduirait à son arrestation.

C'était un nouvel imprévu. En général, dans ce genre d'affaires, les offres de récompense n'étaient pas rendues publiques. Sylvie aurait-elle laissé échapper quelque chose ? Peut-être en présence de l'un de ses amis après deux ou trois martinis dry ? C'était une éventualité qu'il avait toujours redoutée, mais que cette annonce de récompense rendait plus concrète.

Il avait dit autour de lui qu'il partirait dans un délai de six semaines à la demande du gouvernement britannique pour lequel il travaillait. Il ne voulait pas donner une impression d'urgence.

Personne ne trouverait suspect que la date ait été avancée et qu'il soit obligé de s'en aller à la fin du mois.

194

Il avait rendez-vous pour une partie de golf avec Len Stacey cet après-midi-là. Il devait s'y rendre. Si jamais Len faisait encore allusion à sa ressemblance avec Parker Bennett, il lui rappellerait ce type qui était le portrait craché de Lyndon Johnson et qui avait posé pour une publicité pour du whisky et avait été payé pour apparaître sur scène durant le show télévisé de Johnny Carson, passant dans le dos du présentateur sans dire un mot. C'était à l'époque où Lyndon Johnson était à la Maison-Blanche.

Et puis il pourrait toujours citer ce poème que lisaient la plupart des lycéens de sa génération. Il évoquait deux jumeaux qu'on ne pouvait distinguer l'un de l'autre. Le dernier vers était : « Et quand je mourus, ils enterrèrent mon frère John. »

Ça devrait marcher. Parker reprit confiance en lui : il saurait se débarrasser de ce rigolo.

Et tout à l'heure, il aurait le regret de lui annoncer qu'il allait bientôt partir pour rentrer en Angleterre.

Jonathan Pierce avait installé dans la maison d'Anne Bennett un système d'écoute tellement sophistiqué qu'il aurait échappé à toute opération de détection.

Il l'avait posé un dimanche, après avoir vu Anne partir à la messe, le jour où il avait repéré la vieille voiture noire passant devant la maison. Il n'avait eu aucun mal à s'introduire chez elle. L'alarme était placée sur la porte entre le bureau et le garage. Il y en avait une autre sur la porte d'entrée mais il ne pouvait courir le risque qu'on le voie pénétrer dans la maison.

Il lui avait fallu peu de temps pour disposer les micros. En regagnant son domicile, Anne Bennett ignorait que chaque mot prononcé dans le salon, la cuisine, la salle à manger, les chambres et le bureau serait désormais enregistré.

Ce dimanche-là, il n'avait rien entendu d'intéressant. Anne Bennett n'était pas du genre à parler toute seule. Elle n'avait passé qu'un coup de fil, à une amie, cela n'avait aucun intérêt pour lui.

Son objectif était d'apprendre si Anne et son fils étaient en contact avec Parker Bennett.

Pierce savait que l'appartement du fils à New York était sur écoute mais Eric était trop malin pour dire quoi que ce soit de compromettant au téléphone. Il rendait visite à sa mère un soir sur deux et dînait avec elle.

Ç'avait justement été le cas le jour où Anne avait mentionné le nom de Parker Bennett. Elle avait dit : « Eric, je sais que tu vas me trouver insensée, mais quelque chose me dit que ton père est toujours en vie. »

Eric avait répondu : « Maman, essaye de t'ôter cette idée de la tête. Et s'il l'était, tu l'imagines passant le reste de ses jours en prison ? Parce que c'est comme ça qu'il finirait. »

La réponse d'Anne avait été : « Eric, suppose que ton père soit vivant et qu'ils le trouvent, et qu'il ait conservé la plus grande partie de l'argent, est-ce qu'il ne pourrait pas s'en sortir ? Expliquer, par exemple, qu'il a souffert d'une dépression nerveuse ?

— Maman, on ne le laissera jamais en paix et tout le monde se fiche de ses états d'âme. Il y a une récompense de deux millions de dollars pour celui qui indiquera au FBI où trouver papa. S'il est en vie et que quelqu'un le sait, je t'assure qu'il se précipitera pour toucher la récompense. »

La question suivante d'Anne surprit Jonathan Pierce : « Et sa maîtresse, la comtesse ? Si ton père est vivant, je te parie qu'il est en contact avec elle.

— Papa n'a même jamais soupçonné que tu connaissais son existence. »

En écoutant la suite, Jonathan se rendit compte qu'Anne Bennett était parfaitement consciente de la réalité, et qu'elle provoquait son fils.

« Eric, dit-elle, je te crois parfaitement innocent des malversations de ton père. Je ne sais pas encore avec certitude si tu es ou non en contact avec lui, s'il est en vie. Mais je ne suis pas sourde, ni aveugle, ni stupide. J'ai toujours su, même avant notre mariage, que Parker était le genre d'homme capable de faire des écarts. »

Suivit un silence pendant lequel Jonathan Pierce retint son souffle, soucieux de ne pas perdre un mot de la conversation.

« J'ai été au courant de toutes les incartades de ton père, continua Anne Bennett. Mais j'estime qu'une femme peut mener une existence heureuse en étant capable d'assumer le type d'homme qu'elle a épousé. Ton père a eu une liaison avec la comtesse pendant près de huit ans, et avec bien d'autres encore, avant sa disparition. Mais s'il est en vie et qu'elle le sait, j'ai peur pour lui. S'il y a une récompense, c'est le genre de femme qui risque de le dénoncer, pour peu qu'elle sache où il se trouve. »

Eric partit peu après et Jonathan resta un long moment sans bouger, songeant à ce qu'il venait d'entendre.

Anne Bennett avertissait clairement Eric que, si son père était en vie, la comtesse Sylvie de la Marco représentait une menace pour lui, et qu'il devait lui transmettre ce message.

Quelques jours plus tard, il écoutait Anne Bennett en larmes supplier Lane de comprendre qu'Eric était amoureux d'elle.

Étrange de la part d'une femme soupçonnant que son mari était toujours en vie et que son fils était en contact avec lui.

Ne vous laissez pas prendre à ce petit jeu, Lane, pensa-t-il. Ne vous laissez pas prendre.

38

Timidement, mais non sans une certaine excitation, Eleanor Becker composa le numéro de Sean Cunningham. Il était à son bureau. La rédaction de son livre avançait bien et il faillit ne pas répondre et laisser le répondeur prendre le message. Mais voyant le nom s'afficher sur l'écran, il décrocha.

« Eleanor, comment allez-vous, et comment va Frank ?

— Je vais comme on peut s'y attendre, quant à Frank, vous le savez bien, Sean, toute cette tension n'est pas bonne pour lui.

— Bien sûr.

— Sean, est-ce que vous vous souvenez de m'avoir demandé si je me rappelais quelque chose qui à un moment donné m'avait paru étrange, au sujet de Parker Bennett ?

— Tout à fait. »

Pourvu que ce soit un souvenir valable, pria Sean.

« Eh bien, vous savez, j'ai fouillé dans ma mémoire. Et l'autre soir un incident m'est revenu. »

Sean écouta Eleanor lui raconter comment Parker Bennett et elle s'étaient cogné la tête un jour.

« Et croyez-moi, ce n'était pas un petit choc. Je me rappelle à présent que plusieurs cartes se sont échappées de son portefeuille, et qu'il s'est précipité quand j'ai voulu en ramasser une. Je pense qu'il avait peur que je la voie.

— C'est arrivé quand, Eleanor ?

— Quand nous avons emménagé dans les nouveaux bureaux. »

Au début de l'escroquerie, pensa Sean.

« Et savez-vous de quel genre de carte il s'agissait ?

— Oui, c'était un permis de conduire, mais pas américain. Je n'arrive pas à me souvenir d'autre chose, et pourtant je suis tout à fait sûre de l'avoir regardé.

— Eleanor, c'est peut-être très important. Accepteriez-vous d'être hypnotisée ? Cela permettra peut-être d'en apprendre davantage sur les informations inscrites sur ce permis.

— C'est un peu effrayant. Est-ce que ça fait mal ?

— Non. L'hypnose est absolument indolore.

— Ce n'est pas que j'aie peur de la douleur. C'est juste une idée étrange pour moi. Mais si cela peut aider à retrouver M. Bennett ou à savoir où est l'argent, je le ferai volontiers.

— Cela ne donnera peut-être rien, vous savez, mais ça vaut la peine d'essayer. Je vais contacter un psychiatre qui est aussi un très bon hypnotiseur et je vous rappelle. »

Sean ne reposa pas son portable à la fin de sa conversation avec la secrétaire de Bennett. Il appela aussitôt Rudy Schell et le mit au courant de la situation.

« Rudy, j'ai entendu dire que, dans certains cas, le FBI utilise l'hypnose pour aider les gens à faire remonter des souvenirs enfouis.

— C'est exact, Sean. Pourquoi cette question ?

— Parce qu'il est possible qu'Eleanor Becker ait besoin de se rappeler une chose survenue au début des opérations frauduleuses de Parker Bennett. Elle croit avoir vu un permis de conduire qui n'était pas américain, et que Parker Bennett lui a aussitôt arraché des mains. »

Rudy Schell avait espéré que la perspective d'une récompense de deux millions de dollars attirerait tous ceux qui avaient le moindre début de preuve à offrir, mais Sal Caparo, l'agent chargé de rencontrer un à un les membres de l'entourage de Bennett, avait fait chou blanc.

Il avait compté en particulier sur Pamela Winslow, qui était une grande amie de la comtesse Sylvie de la Marco. Le fait qu'elles se soient connues à Staten Island et soient restées proches laissait espérer que la comtesse avait pu lui faire des confidences sur Parker.

Mais pour une femme de milliardaire, une récompense de deux millions de dollars était de la petite bière. Pamela avait vigoureusement défendu son amie, allant jusqu'à affirmer que Sylvie de la Marco ne fréquentait Parker que sur un plan professionnel.

Sous hypnose, Eleanor Becker serait peut-être en mesure de fournir une piste concrète qui les aiderait à arrêter Parker Bennett.

Ranger Cole savait où acheter une arme mais il n'avait pas la moindre idée du modèle qu'il devait acquérir. Il pénétra en voiture dans un des lotissements du Bronx les plus touchés par la criminalité.

Cette fois sa vieille voiture était parfaitement adaptée à cet environnement sordide, avec ses immeubles aux fenêtres sans carreaux, ses rues jonchées d'ordures et son atmosphère de désolation.

Il roula doucement, remarquant avec inquiétude des bandes de jeunes qui traînaient au coin des rues. Il hésitait sur la conduite à adopter. Devait-il aller s'adresser à l'un d'eux ? Supposons qu'ils n'aient pas d'armes à vendre ? Supposons que ce soient des gosses honnêtes et qu'ils me dénoncent aux flics ? se disait-il.

Humectant ses lèvres sèches, il parcourut lentement le quartier. À un feu rouge, il vit un jeune type qui ne paraissait pas plus de seize ans s'approcher de la voiture et frapper à la vitre.

« Qu'est-ce que tu cherches, mec ? demanda-t-il. De l'herbe, de la blanche, de la coke ? »

La gorge soudain serrée, Ranger fut incapable de prononcer un mot pendant un moment. Puis, la voix rauque, il articula : « Il y a un type qui veut ma peau. Il me faut un flingue.

— Pas d'problème. Quel genre ?

— J'en sais rien. Un truc simple. Je veux dire, c'est juste pour me protéger.

— Ouais. T'as déjà utilisé un pistolet ?

— Non.

— Bon. On va pas se compliquer la vie. Ce qu'il te faut, mec, c'est un Smith & Wesson .38 Special. Gare-toi près du trottoir. »

Ranger obtempéra, tandis que le garçon disparaissait dans la ruelle entre deux immeubles. Cinq minutes plus tard, il était de retour, la main droite fourrée dans sa poche. Il inspecta la rue dans un sens puis dans l'autre, vérifiant qu'aucune voiture de police n'était dans les parages, puis sortit lentement sa main fermée.

« Y a pas mieux, dit-il fièrement. Comme promis, un Smith & Wesson .38 à canon court, facile d'utilisation. Tu as cinq coups avant de recharger. »

Il tendit le pistolet à Ranger qui le prit avec précaution. Il en apprécia le contact.

« Tu as dit cinq coups ?

— Cinq. À une époque, c'est avec ça que les flics étaient armés. Pas plus difficile à utiliser qu'un pistolet à eau. » Il rit. « Mais le type qui se fera arroser à bout portant pensera pas qu'il s'agit d'un jouet. Plus probable qu'il sera raide mort. »

Ranger fourra nerveusement l'arme dans la boîte à gants.

« Combien ? demanda-t-il.

— Deux cents. »

Ranger n'avait qu'une envie, fuir cet endroit où le premier flic venu comprendrait qu'il se tramait quelque chose en le voyant garé là avec le gosse penché à la vitre. Il sortit son portefeuille et se hâta de payer.

Quand il remonta la vitre et démarra, il n'entendit pas l'amical : « Quand tu voudras, mec. »

Pas plus qu'il ne vit le garçon partir d'un grand éclat de rire en comptant les billets. Deux cents dollars pour un vieux flingue, et ce crétin était tellement nerveux qu'il m'a refilé un billet de vingt en trop. Jamais eu un bol pareil !

Le lundi qui suivit la visite de Lane à Anne Bennett, Glady et son assistante attendaient dans l'appartement de la comtesse de la Marco la livraison des deux tapis Bashir anciens destinés au salon.

« Vous vous souvenez de la réaction de la grande Chichi quand je lui ai montré la photo des tapis ? demanda Glady à Lane.

— Bien sûr. Elle a dit qu'ils avaient l'air un peu ternes à son goût, qu'elle aimait les couleurs vives. »

Les tapis, avec leurs nuances délicates de crème, de beige et de terre cuite, apporteraient une touche d'élégance classique à un décor plus moderne. Le plafond et les boiseries du salon étaient peints en ivoire. Des lustres de cristal de Bohême dominaient les deux ensembles de sièges.

« J'espère qu'elle aura l'intelligence d'apprécier tout ça », dit sèchement Glady. Puis, changeant de sujet comme à l'accoutumée, elle demanda : « Qu'est-ce qui vous arrive, Lane ? On dirait que vous avez perdu votre meilleure amie. C'est déprimant de vous voir avec cette tête d'enterrement. Que se passe-t-il ? »

Lane hésitait à se confier à Glady, mais elle se lança malgré tout :

« Quand j'ai apporté ces coussins dans la maison d'Anne Bennett...

— Ceux que je lui ai fournis gratis ?

— Oui. Bref, Anne m'a dit qu'Eric était très épris de moi et qu'il ne m'avait pas rappelée parce qu'il craignait que je sois bouleversée par la photo du *Post* où on nous voit ensemble.

— C'est normal de sa part, rétorqua la décoratrice.

— Glady, je crois vraiment qu'Eric est innocent.

— Pas moi.

— Je sais, mais écoutez-moi. Je ne suis certainement pas prête pour une relation sérieuse avec lui, mais il me plaît et je ne veux pas faire partie de ceux qui le rejettent à cause de son père. D'ailleurs, je vais l'appeler. Le problème, c'est que Katie s'est beaucoup attachée à lui.

— Si vous êtes décidée à continuer à voir ce type, pensez à vous, Lane. Ne l'invitez pas chez vous, parce qu'il est évident qu'il y rencontrera Katie. Et n'allez pas dans un restaurant à Manhattan. Maintenant qu'on vous a vue avec lui, les paparazzi vous lâcheront peut-être les baskets, mais il y a partout des gens qui alimentent les ragots des chroniqueurs mondains. » Elle s'interrompit. La sonnette de l'appartement venait de retentir. « Les Bashir sont probablement arrivés. »

Tandis que les deux robustes livreurs déroulaient les somptueux tapis, Glady reprit la conversation où elle l'avait laissée. « Lane, mon dernier conseil : allez dans le New Jersey et donnez-lui rendez-vous dans un restaurant sur place. Dînez avec lui puis rentrez chez vous de votre côté. L'annonce d'une récompense de deux millions de dollars pour toute information conduisant à l'arrestation de son père est aujourd'hui dans tous les médias. Je ne serais pas étonnée si une personne bien informée, comme notre Précieuse ridicule, décidait de moucharder. Et si on retrouve Parker Bennett et qu'il décide de se mettre à table, je vous fiche mon billet qu'on ne sera pas long à prouver que Parker et son fils ont trempé les doigts dans le même pot de confiture. »

Le soir, après avoir mis Katie au lit, Lane appela Eric. Il décrocha aussitôt :

« Lane, comment allez-vous ?

— Bien. » Elle hésita. « Vous savez probablement que votre mère m'a parlé de vos sentiments à mon égard ?

— Oui. Vous ne voulez plus me voir ?

— Non, ce n'est pas du tout ça, Eric. J'aime être avec vous et je serais contente de continuer à vous voir, mais je ne suis pas prête à aller plus loin qu'un dîner une fois par semaine, du moins pendant un certain temps.

— Je n'en espérais pas plus. Lane, je souhaite seulement qu'on retrouve et qu'on arrête mon père s'il est toujours en vie. C'est la seule chose qui me permettra de laver mon nom. Quand pouvons-nous nous revoir ?

— J'ai l'intention de passer Thanksgiving avec Katie chez ma mère, à Washington. »

Elle attendit la réaction d'Eric. Il savait sûrement que son beau-père, Dwight Crowley, ne l'avait pas ménagé dans ses chroniques. Mais elle ne remarqua aucun changement dans sa voix quand il répondit :

« Vous serez de retour dimanche. Je vous téléphonerai lundi. Joyeux Thanksgiving à toutes les deux. »

Il raccrocha avant qu'elle puisse prononcer un mot.

41

La veille de Thanksgiving, visiblement nerveuse, Eleanor, accompagnée de Frank Becker, retrouva Sean Cunningham et Rudy Schell chez le Dr Steven Papetti, psychiatre et hypnotiseur reconnu à Manhattan.

Cunningham avait demandé à Eleanor si elle ne voyait pas d'inconvénient à ce que l'agent du FBI assiste à la séance. « Je sais qu'il compatit avec vous, Eleanor, et qu'il espère que l'hypnose vous remettra en mémoire des informations permettant de retrouver Bennett. Cela ne peut qu'être bénéfique pour vous lors de votre procès. Parlez-en à votre avocat et demandez-lui son avis.

— Je vais juste le prévenir de ce que j'ai l'intention de faire, avait répondu fermement Eleanor. Je me fiche de sa réaction, je ne le paie pas pour rester assis à se tourner les pouces. Et je suis d'accord avec vous, Sean. Au fond de moi, je pense que Rudy Schell me croit innocente. »

Schell se leva d'un bond pour accueillir Eleanor. Sous sa tignasse brune striée de gris, son visage au teint rougi avait une expression soucieuse. Il lui prit les deux mains dans les siennes.

« Madame Becker, dit-il d'une voix douce, je comprends vos raisons de vous méfier de moi. Mais je vous en prie, laissez-moi vous rassurer. Mon job en tant qu'agent du FBI est de trouver des preuves et de monter un dossier contre les criminels. Cependant, notre mission consiste aussi à protéger des innocents contre des accusations erronées. Vous avez toujours affirmé que vous n'aviez jamais participé aux détournements de Parker Bennett.

— Jamais, dit Eleanor d'une voix brisée. Je plains tous ces pauvres gens qui ont perdu leur argent. Je suis sans doute stupide, terriblement stupide. Je croyais qu'il était non seulement un homme d'affaires mais un philanthrope. »

Frank entoura sa femme d'un bras protecteur.

« Tout va bien, chérie, tout va bien. » Il regarda Rudy. « Pouvez-vous nous assurer que vous ferez preuve d'objectivité à l'égard d'Eleanor et de son implication dans cette histoire ?

— Absolument », répliqua Rudy Schell sans hésiter.

Sean Cunningham se tenait un peu en retrait, prêt à les saluer.

« Eleanor, dit-il, vous avez déjà accompli un grand pas. Vous vous êtes rappelé l'incident qui vous paraissait bizarre. Avec l'aide du Dr Papetti, vous finirez par vous souvenir de tout ou presque. Pensez à cette vieille publicité pour le savon Ivory "pur à 99 %". »

Un semblant de sourire étira les lèvres d'Eleanor.

« Je m'en souviens mais j'utilisais la marque Camay. Le slogan était "Camay, le savon des jolies femmes". Je me disais qu'en l'utilisant, je serais très jolie moi aussi. »

En les regardant rire, Rudy fut frappé de constater à quel point Eleanor et Frank Becker avaient changé. Durant ces deux dernières années, ils avaient non seulement maigri, mais une même expression assombrissait leurs visages – déprimée et lasse, comme s'ils s'attendaient à recevoir un nouveau coup. Mais ce soudain trait d'esprit d'Eleanor l'amena à déplorer une fois encore ce qui arrivait aux gens qui se retrouvaient aux prises avec le système judiciaire. Tous ceux qu'il avait interrogés au sujet d'Eleanor Becker au début de l'enquête l'avaient dépeinte comme une femme douée d'un sens inné de l'humour. C'était la première fois qu'il en voyait une trace.

Ils avaient à peine accroché leurs manteaux que la réceptionniste les invita à la suivre dans le cabinet du Dr Papetti.

C'était un bel homme d'une cinquantaine d'années à l'abondante chevelure à peine grisonnante. Il se leva de son fauteuil au moment où ils entraient et les accueillit avec un sourire amical. Agrippée à la main de Frank, Eleanor lui adressa un timide signe de tête.

La pièce était vaste. Un fauteuil de cuir inclinable placé près de la fenêtre faisait face à un fauteuil de bureau pivotant. Il y avait trois chaises pliantes entre le bureau et le fauteuil de relaxation. C'est dans ce dernier que le Dr Papetti invita Eleanor à s'installer confortablement.

« J'imagine que vous ne savez pas très bien à quoi vous attendre, dit-il d'une voix douce.

— Je m'en doute un peu, mais en fait non, je ne sais pas.

— Eh bien, parlons de la raison pour laquelle vous êtes ici, Eleanor.

— Je suis ici parce que j'essaie de me souvenir de quelque chose qui aiderait la police à retrouver Parker Bennett, l'homme qui a escroqué tous ces gens de leurs économies.

— C'est exact. Le Dr Cunningham vous a sans doute dit que l'hypnose est indolore. On tente simplement d'entrer dans votre mémoire et de retrouver des informations que vous avez pu conserver. Comme si on recherchait un objet que vous auriez égaré, des clés ou un téléphone portable. »

Eleanor sourit.

« Oh, c'est une chose que je connais bien. Il ne se passe pas un jour sans que je perde mes lunettes et c'est toujours un soulagement de les retrouver. »

Il était visible qu'Eleanor se détendait grâce à l'approche en douceur du Dr Papetti.

« Eleanor, vous savez que le Dr Cunningham et l'agent Rudy Schell seront présents pendant la séance.

— Et Frank ? » ajouta-t-elle vivement. Il y eut une pointe de panique dans sa voix. « Frank va rester, n'est-ce pas ?

— Bien sûr. Eleanor, inclinez-vous en arrière dans le fauteuil, les pieds surélevés. Vous n'avez pas besoin de vous allonger complètement. Il faut juste que vous soyez à l'aise. Et maintenant je voudrais que vous fermiez les yeux et que vous vous efforciez d'oublier tout ce qui vous entoure.

— Je vais essayer. »

Sean, Rudy et Frank écoutèrent avec attention le Dr Papetti inviter très calmement Eleanor à imaginer qu'elle entrait dans un ascenseur. L'ascenseur était censé s'arrêter à chacun des dix étages d'un immeuble et la montée lui paraîtrait plaisante.

« Cette idée vous convient ?

— Oui, je crois. »

Elle jeta un regard implorant à Frank. Quand il leva le pouce, elle s'inclina en arrière.

« Fermez les yeux, Eleanor, commença le Dr Papetti, et pensez que vous entrez dans l'ascenseur. »

Très lentement, il la fit monter en s'arrêtant à chacun des dix étages. Puis il continua :

« Maintenant, nous allons redescendre. Vous vous enfoncez de plus en plus au fur et à mesure de la descente. Vous vous sentez bien, Eleanor ?

— Oui. »

La voix d'Eleanor avait pris un ton monocorde.

« Neuvième étage, huitième étage, septième étage… »

Le Dr Papetti lui demanda à plusieurs reprises si elle était consciente de descendre.

« À présent, Eleanor, nous allons regagner les bureaux de Parker Bennett, dit-il quand l'ascenseur imaginaire atteignit le rez-de-chaussée. Vous avez récemment commencé à travailler pour lui. Pouvez-vous me décrire comment les lieux sont agencés ? »

D'une voix hésitante, Eleanor commença :

« C'est magnifique.

— De quelles dimensions ?

— Il y a une partie pour la réception, et M. Bennett a un grand bureau privé.

— Comment est-il meublé ?

— De manière très confortable. Il y a une petite cuisine adjacente. C'est là que je prépare le thé ou le café pour les gens qui viennent voir M. Bennett.

— Et vous, avez-vous votre propre bureau, Eleanor ?

— Oh oui. Il est plus loin dans le couloir. C'est là que je conserve mes papiers, les copies de lettres invitant les gens à rencontrer M. Bennett. Habituellement je me tiens au comptoir de la réception, je réponds au téléphone et accueille les visiteurs.

— Quelqu'un d'autre travaille ici, Eleanor ?

— Non, pas au bureau. La tenue des comptes des clients se fait à l'extérieur.

— Vous aimez bien M. Bennett, Eleanor ?

— Oh, c'est le plus gentil des hommes. » Son intonation devint soudain un peu moins monocorde. « Et puis un jour il n'a plus été là et l'argent a disparu, et les gens ont pensé que c'était aussi ma faute.

— Eleanor, vous souvenez-vous du jour où vous vous êtes cogné la tête avec Parker Bennett ?

— Oui, je m'en souviens.

— Pouvez-vous vous rappeler ce qui est arrivé ?

— Eh bien, c'était tout au début, quand j'ai commencé à travailler pour lui. Il faisait très froid dehors ce jour-là. Lorsqu'il est entré dans le bureau, il a enlevé ses gants et m'a dit qu'il avait attendu un taxi à l'extérieur du restaurant et qu'il avait les doigts gelés. Il a enlevé son manteau. Son portefeuille était dans la poche arrière de son pantalon. Je l'ai vu qui sortait de dessous sa veste. » Elle eut une longue hésitation, puis poursuivit : « J'ai dit : "Monsieur Bennett, votre portefeuille va tomber par terre. J'espère que vous n'avez rien perdu." Il n'a rien dit. Il s'est contenté de le saisir et a vu que le rabat qui maintenait les cartes de crédit était relevé et que deux ou trois en dépassaient. »

Elle hésita.

« Eleanor, qu'avez-vous vu ?

— Je ne sais pas.

— Eleanor, imaginez, c'est si agréable de descendre dans l'ascenseur, il y fait si bon. »

Les trois hommes attendaient, tendus, pleins d'espoir. Il y eut un long silence. Puis Eleanor se remit à parler.

« Il avait les doigts glacés. Toutes les cartes sont tombées. Il était nerveux. Ses mains tremblaient. Nous nous sommes penchés tous les deux pour les ramasser, il m'a dit de ne pas prendre cette peine. Mais je me penchais déjà et nous nous sommes cogné la tête.

— Quel genre de cartes avez-vous vues ?

— Son permis de conduire, ses cartes de crédit... J'ai ramassé une carte.

— Laquelle ?

— Un permis de conduire. Il était dans les tons roses avec une photo.

— C'était sa photo ? demanda doucement le Dr Papetti.

— Ah oui. La carte de son cousin... en Angleterre.

— Vous avez vu la photo de son cousin, Eleanor ?

— Il lui ressemblait.

— Eleanor, avez-vous vu le nom sur le permis ? »

Il y eut un nouveau silence.

« Je n'arrive pas à me souvenir. Je n'arrive pas à me souvenir. »

Elle se tut un long moment.

« George. Je sais que c'est George », finit-elle par dire.

Eleanor ne put se remémorer d'autres détails. Il était clair qu'elle était en train de se réveiller. La séance était terminée.

Quand elle fut complètement éveillée, elle répéta :
« Son prénom était George.

— Oui, l'encouragea le Dr Papetti.

— Mais je n'ai pas pu me rappeler son nom de famille.

— Vous croyez l'avoir vu sur le permis ?

— Oui. »

Eleanor se leva péniblement. Laissant Frank se précipiter pour l'aider, Rudy et Sean échangèrent un regard. L'agent parla le premier.

« Bon, nous savons maintenant ce que nous soupçonnions depuis un certain temps. L'escroquerie a débuté le jour où il a ouvert son bureau. Il s'est créé une autre identité. Eleanor nous a dit que la photo était celle de son cousin anglais. Je parie que ce permis de conduire est britannique, ce qui limite les recherches à l'Angleterre et aux autres pays du Commonwealth. »

Eleanor s'approcha d'eux et commença à s'excuser. Elle pleurait à nouveau.

« Si on ne retrouve pas M. Bennett, je vais sans doute aller en prison.

— Eleanor, votre inconscient travaille pour vous en ce moment, la réconforta le Dr Papetti. Je voudrais que vous reveniez la semaine prochaine. Vous êtes certaine d'avoir vu le nom de famille sur ce permis ?

— Oui. Absolument certaine.

— Dans ce cas, vous pourrez probablement l'extirper de votre mémoire la prochaine fois que

vous viendrez. » Il lui tapota doucement l'épaule.
« Je ne peux pas vous promettre que vous vous
en souviendrez, mais cela arrive souvent. Gardez
confiance. »

42

Après son déjeuner avec Pamela, Sylvie de la Marco avait beaucoup réfléchi. Son instinct lui disait que soit Parker avait perdu sa fortune soit, pour une raison inconnue, il ne pouvait pas dépenser de montants trop élevés. Lors de leur dernière conversation téléphonique, la gravité de son ton était indéniable. Par ailleurs, cette nervosité pouvait être attribuée à sa crainte de voir les fédéraux le cerner de plus en plus.

Et s'ils l'arrêtaient ? Ne la dénoncerait-il pas aussitôt ? Pendant deux ans, elle avait été plutôt exigeante.

Sylvie sourit. Très exigeante. Elle découpait parfois des publicités dans le *Times*. Tiffany passait toujours une annonce en page deux pour ses nouveaux bijoux. Elle les lui décrivait et lui en indiquait le prix. Sur la page opposée, une publicité de Chanel montrait les sacs à main les plus chers et elle les lui décrivait aussi. Elle avait un compte chez la plupart des grands couturiers, et elle réglait les factures avec l'argent qu'il lui octroyait.

Et bien entendu elle percevait une rente mensuelle de Parker et de la succession de la Marco.

Bennett avait été généreux jusqu'à maintenant, cela ne faisait aucun doute. Il lui avait aussi rappelé que si jamais elle envisageait de le dénoncer, elle risquait vingt ans de prison pour complicité.

Tout s'est bien passé jusqu'à présent, se rassura-t-elle en faisant son tour quotidien de l'appartement. Le talent de décoratrice de Glady avait métamorphosé les lieux. Ses amies étaient enthousiastes. L'une d'elles en avait vanté l'aménagement à *Architectural Digest* et le magazine avait pris rendez-vous pour le photographier quand il serait terminé.

Sylvie eut un sourire narquois à cette pensée. Elle se souvenait que sa mère couvrait de housses fleuries les meubles du salon pendant l'été et remplaçait alors le tapis par une natte de jonc. J'aimais bien ces grandes fleurs sur le canapé et les fauteuils, se rappela-t-elle. Si jolies et colorées, bien loin de cette élégance discrète chère à Glady. Il faut dire que la moitié des dépenses de décoration avait été engloutie par les tableaux et les sculptures.

« Vous avez là les œuvres de nouveaux artistes prometteurs, avait déclaré Glady d'un ton sans réplique. Dans trois ans, chacune d'elles vaudra au moins le triple. Regardez ce qu'un Picasso valait à ses débuts. »

Tout ça est bien beau, soupira Sylvie, mais si Parker se fait pincer et me dénonce, je me retrouverai aussi en prison et à quoi me serviront ces tableaux ? J'ai cependant une porte de sortie. Je vais aller trouver Derek Landry. Tout le monde sait qu'il n'existe pas meilleur avocat pour une femme dans ma situation. Je lui expliquerai que Parker m'a menacée d'engager un tueur qui me truciderait dans les vingt-quatre heures si jamais je refusais ses cadeaux et n'acceptais plus son argent. Je dirai à Derek que les fédéraux doivent me garantir l'anonymat, car je me sens en danger.

En attendant, elle était sûre que Barclay Cameron allait appeler. Pamela lui avait transmis qu'elle serait ravie d'avoir de ses nouvelles. Voulant paraître à son avantage quand ils se rencontreraient, elle avait passé la matinée dans le salon de beauté Henri. À présent ses cheveux avaient retrouvé leur blondeur, sa peau son éclat. Elle avait reçu les soins d'une manucure et d'une pédicure et on lui avait épilé les sourcils.

La veille, elle s'était offert un nouveau tailleur Chanel d'un délicat blanc perle. En d'autres termes, elle était prête à recevoir un appel de Barclay.

Il téléphona à trois heures. Robert répondit, naturellement, et vint la prévenir que M. Barclay Cameron demandait à parler à Mme la comtesse. Se retenant de lui arracher le téléphone des mains, Sylvie prit son ton le plus distingué :

« Barclay, comment allez-vous ?

— Sylvie, se pourrait-il que vous acceptiez de dîner avec moi ? »

Une note d'amusement perçait sous le ton distingué. Sylvie se rappela que Barclay avait quatre-vingt-deux ans mais qu'il ne manquait pas d'attraits. Elle avait eu une brève aventure avec lui, puis Parker était arrivé, et exit Barclay.

Parker – elle avait été amoureuse de lui et avait profité de chaque instant de leurs rendez-vous secrets pendant les dernières années de la vie d'Eduardo. Mais maintenant qu'Eduardo était mort et que Parker avait disparu, qu'était-elle censée faire ?

« Oui, Barclay, je serais ravie de dîner avec vous. Je suis tellement heureuse d'entendre le son de votre voix.

— Et moi d'entendre la vôtre. Mais je préférerais vous voir en chair et en os et être avec vous. »

Sylvie avait oublié que Barclay se croyait spirituel avec ses petites phrases. Mais qu'importe.

« Ce serait un vrai bonheur », répondit-elle d'un ton enjoué.

Il était veuf depuis peu de temps quand ils s'étaient connus, et sans enfants. Elle avait été stupide de le laisser partir. Et il ne s'était jamais remarié.

« Êtes-vous libre pour aller dîner en début de semaine prochaine, Sylvie ?

— Merveilleux. Pourquoi ne pas prendre d'abord un cocktail ici ?

— Avec plaisir. À bientôt donc. »

Sylvie raccrocha. Le temps était venu de passer un accord avec les fédéraux avant qu'il ne soit trop tard.

Elle avait rencontré Derek Landry à plusieurs réceptions mondaines. Elle chercha son numéro, alla dans la bibliothèque et ferma la porte. Elle ne voulait pas risquer d'être entendue par le personnel. Quelques secondes plus tard elle avait le célèbre avocat en ligne.

« Derek, j'ai un petit problème », commença-t-elle.

43

La veille de Thanksgiving, Lane et Katie prirent le train pour Washington. Katie sautait de joie à l'idée de pouvoir passer du temps avec sa grand-mère. Lane avait toujours pris soin de venir aux moments où Dwight était absent, et elle était tristement consciente que ces visites demeuraient beaucoup trop rares.

La dernière fois qu'elle était venue à Washington c'était en août et, comme d'habitude, Dwight n'était pas là.

Mais cette année, elle ne pouvait pas refuser l'invitation de sa mère. « Lane, avait-elle dit, mettons les choses au clair. Ne cherche plus d'excuses pour ne pas venir à la maison pour Thanksgiving. Si tu crains que Dwight parle d'Eric Bennett, rassure-toi, il n'ouvrira pas la bouche. Il sait combien je regrette que tu ne l'aimes pas. Il faut que tu le comprennes. J'aimais profondément ton père et je l'ai pleuré pendant dix ans avant de me remarier. Je suis très heureuse avec Dwight mais très triste que tu cherches toujours à l'éviter. »

Lane ressassa ces pensées durant les trois heures de train jusqu'à Washington. Katie avait lu quelques-uns de ses livres avant de s'endormir, la tête sur les genoux de sa mère. Qu'éprouverais-je, se demanda Lane si, dans treize ans, à l'âge de dix-sept ans, Katie me rejetait pour une raison quelconque ?

Eric, Eric, Eric. Elle prendrait son temps, mais après trois rendez-vous, Lane attendait impatiemment leur prochaine rencontre.

Anne Bennett avait été ravie d'apprendre que Lane souhaitait continuer à voir son fils. Elle l'avait invitée ainsi que Katie à partager chez elle le repas de Thanksgiving. « Je ferai venir un traiteur, avait-elle dit. Je ne veux pas dîner dehors pendant les fêtes. Et je serais si contente de connaître votre petite Katie. »

Il avait été moins gênant pour elle de prétexter qu'elle allait à Washington chez sa mère que de refuser de but en blanc l'invitation.

Le train ralentissait. Lane avait dit à sa mère qu'elle préférait prendre un taxi plutôt que de l'obliger à trouver une place de stationnement près de la gare.

Mais il y avait également une autre raison. Elle voulait demander au chauffeur de passer devant la maison de Georgetown où elle avait vécu les dix-sept premières années de sa vie. C'était surtout aux sept premières années qu'elle rêvait depuis quelque temps.

Tous ses rêves parlaient de son père. Son image y était si vivante. Elle se revoyait assise sur ses genoux, lisant avec lui… se souvenait des visites aux musées du Smithsonian, quand il lui expliquait ce qu'ils regardaient ensemble… des jours où ils allaient à la patinoire. Il patinait avec une aisance naturelle, elle était moyennement douée. Un jour, à l'âge de quatre ans, elle s'était élancée devant lui dans la rue et avait failli être renversée par une voiture. Il l'avait rattrapée de justesse par son pull. Puis il l'avait soulevée dans ses bras et serrée si fort contre lui qu'elle pouvait à peine respirer pendant qu'il la grondait, lui disant de ne jamais, jamais recommencer.

Lane et Katie traversèrent la gare d'Union Station, trouvèrent facilement un taxi et Lane donna l'adresse au chauffeur. Vingt minutes plus tard, la voiture s'engageait dans la rue, à trois blocs de chez Dwight. La jeune femme sentit les larmes lui monter aux yeux.

« S'il vous plaît, ralentissez un peu en passant devant cette maison, demanda-t-elle au chauffeur.

— Vous connaissez quelqu'un qui habite ici ? »

Lane ne voulait pas que Katie en parle à sa mère.

« Un ami, il y a très longtemps. »

Rien n'a changé, constata-t-elle. J'ai l'impression que je pourrais ouvrir la porte et entrer chez moi.

Il était cinq heures quand le taxi s'arrêta devant la maison de Dwight. Elle était plus grande que celle où elle avait grandi, et beaucoup plus imposante.

Sa mère guettait leur arrivée. Elle ouvrit la portière de la voiture et prit Katie dans ses bras sans attendre que Lane ait payé le chauffeur. À voir sa hâte, Lane se dit que Katie devrait voir plus souvent sa grand-mère.

Alice reposa Katie sur le sol et se tourna vers sa fille. D'un geste hésitant, comme si elle craignait d'être repoussée, elle l'enlaça. Lane la serra contre elle et l'embrassa tendrement sur la joue.

« Bonjour, maman. C'est bon d'être ici. »

C'était la vérité.

« Dwight nous prépare un verre. Je lui ai dit que tu aimais le chardonnay. Cela te va ?

— C'est absolument parfait », dit Lane, espérant que sa mère ne décèlerait aucune ironie dans ses paroles.

Elles laissèrent leurs manteaux dans la penderie de l'entrée et Katie s'élançait déjà en criant : « Poppa, Poppa ! » C'était le nom qu'elle donnait à Dwight.

La bibliothèque était située à droite de l'entrée. Le salon, plus loin dans le couloir. Dwight s'y trouvait, occupé à disposer les verres sur le bar. Lane le regarda soulever Katie, lui déposer un baiser sur la joue et la hisser sur un tabouret en disant :

« À votre service, mam'z'elle, un Shirley Temple, limonade ou Sprite ?

— Un Shirley Temple, répondit Katie sans hésiter.

— Un Shirley Temple, *s'il vous plaît* », la corrigea Lane.

En entendant Katie répéter docilement ce que lui disait sa mère, Lane et Dwight échangèrent un regard.

Lane savait que lorsqu'il était à Harvard, il avait été le rédacteur en chef du journal de l'université, *The Crimson*, et un débatteur réputé. Aujourd'hui, ses éditoriaux cinglants dans le *Washington Post* lui valaient autant de solides amitiés que de profondes inimitiés. Elle devait admettre qu'il était très séduisant, avec son mètre quatre-vingts, son corps musclé, ses beaux cheveux gris et ses yeux noisette.

Lane le connaissait superficiellement. Elle n'avait jamais désiré être proche de lui, et à présent ses commentaires impitoyables sur Eric avaient envenimé la situation.

Ils se saluèrent avec hésitation, mais le sourire de Dwight paraissait sincère.

« Lane, je suis réellement heureux que vous ayez pu venir cette année, et puis-je ajouter que vous êtes aussi jolie que votre petite fille ? »

Katie savourait son Shirley Temple.

« Maman dit que je suis ravissante », dit-elle d'un ton détaché.

Leur éclat de rire commun réchauffa l'atmosphère. Lane vit une expression de soulagement apparaître sur le visage de sa mère et se sentit coupable.

Le week-end se déroula parfaitement. La sœur de Dwight, Helen, et son mari, Gann, vinrent dîner. Ils travaillaient tous les deux au Capitole. Sans enfants, ils semblaient beaucoup apprécier Katie. Lane les avait peu vus au fil des années et dut reconnaître qu'ils étaient aussi intéressants l'un que l'autre.

À plusieurs reprises au cours du dîner, Helen se heurta à son frère lorsque furent abordées des questions politiques.

« Dwight, si tu pouvais descendre de ton pinacle et cesser de penser que tu es la sagesse incarnée, tu te porterais mieux. Tu pourrais même prêter attention au point de vue des autres. » Elle se tourna vers Lane en riant : « C'est un garçon sympa au fond, simplement il a du mal à le montrer. »

Le samedi, Dwight suggéra qu'ils aillent au Smithsonian et fassent découvrir les alentours à Katie.

L'histoire se répète, songea Lane en se souvenant des après-midi qu'elle y avait passés avec son père.

Pendant tout le week-end, Dwight ne prononça pas une seule fois le nom d'Eric Bennett. À plusieurs reprises, Lane faillit lui demander pourquoi il manifestait autant d'animosité le concernant mais elle se tut. Elle ne voulait pas entrer en conflit avec son beau-père.

Pendant le voyage de retour en train, elle repensa à la réticence avec laquelle Katie s'était séparée de Nana et Poppa. En refusant d'accepter Dwight, elle-même s'était aussi éloignée de sa mère.

« Maman, tu as l'air triste, fit remarquer Katie.

— Je ne suis pas triste, la rassura Lane. Je réfléchis. »

Le fait que sa mère et Dwight paraissent heureux et satisfaits ensemble lui rappelait sa solitude depuis la mort de Ken. Naturellement, elle avait rencontré des hommes durant ces cinq années, mais aucun ne l'avait réellement intéressée.

Jusqu'à maintenant. Anne Bennett lui avait dit qu'Eric l'aimait. Mais pouvait-elle se permettre de tomber amoureuse de lui ?

Je ne sais pas, pensait-elle. Je ne sais vraiment pas.

44

Après avoir découvert que Parker Bennett avait fait une donation de dix millions de dollars à Magna Carta College au moment précis où Eric Bennett quittait brusquement l'université pour s'inscrire à Trinity College en Irlande, Joel Weber retourna à la bibliothèque. Il consulta le registre des diplômés de la promotion où aurait figuré Eric s'il était resté à Magna Carta. Il nota le nom et l'adresse des étudiants originaires des environs. Les dix premiers noms n'aboutirent à aucun résultat. Quand il appelait au domicile familial, soit le numéro n'était plus en service, soit il tombait sur un répondeur lui demandant de laisser un message. La moitié des parents doivent se trouver en Floride en ce moment, se dit Joel en regardant par la fenêtre la neige qui tombait.

Au onzième appel, Joel eut plus de chance. Chez Carl Frazier, une voix agréable répondit au téléphone.

Joel exposa prudemment sa mission en esquivant la vérité sans pour autant mentir.

« Je fais des recherches à la bibliothèque de Magna Carta. Je m'appelle Joel Weber. Je souhaite m'entretenir avec des étudiants qui fréquentaient l'université à l'époque où vous vous y trouviez.

— En ce cas, c'est à mon fils que vous voulez parler. Je suis Carl Frazier Senior.

— En effet, dit Joel. Pouvez-vous me dire où je peux le joindre ?

— Il enseigne à Dartmouth College.

— Puis-je avoir son numéro de téléphone ? demanda Joel.

— Bien sûr, attendez un instant. »

Une minute plus tard, Carl Frazier Senior était de retour.

« J'ai cinq enfants, expliqua-t-il. Ils ont tous des portables. Je mélange tout le temps leurs numéros. Je sais qu'il sera ravi que vous l'appeliez. Il s'est beaucoup plu à Magna Carta. Ça a été une expérience très enrichissante pour lui. »

De toute évidence, cela n'avait pas été le cas pour Eric Bennett, se dit Joel en notant le numéro.

Il le composa après avoir raccroché et tomba sur la sempiternelle annonce demandant de laisser un message. Ce qu'il fit. Pourquoi les gens hésitent-ils tellement à mentionner leur nom sur leur répondeur ? se demanda-t-il. Au moins, on est sûr de ne pas se tromper de numéro.

Dartmouth College n'était qu'à une heure de là. Il espérait que le Pr Frazier n'était pas absent pour la semaine. Il décida de faire le tour du campus de

Magna Carta et de chercher le pavillon Bennett. Un étudiant le lui indiqua « Son nom a été retiré quand on a découvert que c'était un escroc », expliqua le jeune homme. Le bâtiment se situait au milieu d'une rangée de résidences étudiantes. Joel remarqua avec amusement que le nom de Bennett au-dessus de l'entrée était désormais recouvert de plâtre. Pourquoi avoir donné une telle somme d'argent alors que son fils quittait Magna Carta ? se demanda-t-il.

Il se rappela avoir entendu parler d'une université qui avait reçu des donations de trois cadres de haut niveau qui avaient tous fini en prison. L'allée du campus baptisée en leur honneur était désormais surnommée le « couloir du Crime ». Pas un n'était aussi ignoble que Bennett, se dit-il. Ils s'étaient rendus coupables de délit d'initiés pour s'enrichir personnellement, mais ils n'avaient pas dépouillé des centaines de gens de toutes leurs économies.

Impatient, Joel décida de se rendre au campus de Dartmouth au lieu d'attendre que Frazier le rappelle.

Je ne veux pas l'interroger au sujet d'Eric Bennett par téléphone. Cela éveillerait ses soupçons. Je préfère lui parler en tête à tête, se dit-il en montant dans sa voiture.

Il y avait une heure de route entre Montpelier, dans le Vermont, et Hanover, dans le New Hampshire. La campagne paisible était couverte de neige.

J'ai fait mes études dans une université d'État et l'enseignement y était de qualité, mais j'aurais bien aimé aller dans une des universités de l'Ivy League, songea Joel en sortant de la Route 89 pour bifurquer sur la 91 Nord.

Il chassa de son esprit cette idée absurde. Au moment où il arrivait à Hanover, son portable sonna. Il mit le haut-parleur et répondit d'un ton décidé : « Joel Weber. »

C'était Carl Frazier Junior.

Joel lui expliqua la raison pour laquelle il l'avait appelé et demanda s'il pouvait le rencontrer.

« Je voudrais que vous me parliez de certains de vos camarades. Je vous en dirai plus quand je vous verrai, je crois que ce sera plus facile, conclut-il.

— Tout ça m'a l'air bien mystérieux, répondit Carl Frazier. Vous ne pourriez pas être un peu plus précis ?

— Pas au téléphone. Je vous demande seulement de m'accorder une demi-heure.

— Où êtes-vous au juste ? lui demanda Carl Frazier d'un ton plutôt froid.

— Je viens de sortir de l'autoroute et je traverse le pont.

— En ce cas, retrouvez-moi au Hanover Inn. Je comptais justement aller y prendre un café. »

Dix minutes plus tard, Joel Weber se garait devant le Hanover Inn. Il y avait peu de clients et il n'eut aucun mal à repérer l'homme d'une bonne trentaine d'années qui prenait un café près de la baie vitrée.

Joel s'avança, le salua et s'assit à sa table sans y être invité.

Lorsque la serveuse arriva, il commanda un café, puis étudia l'homme qui était en face de lui.

Frazier devait avoir à peu près l'âge d'Eric Bennett, trente-sept ans. Il avait l'air un peu plus âgé, mais c'était sans doute parce que son front commençait à se dégarnir. Il avait des lunettes sans monture et une tête d'intellectuel. S'il n'avait pas su qu'il était professeur, Joel l'aurait deviné.

Il décida d'aller droit au but.

« Quand j'ai appelé chez votre père et qu'il m'a donné votre numéro, je ne lui ai pas dit que j'étais un agent du FBI. »

Frazier parut surpris.

« Je vois mal ce que vous attendez de moi, dit-il à mi-voix.

— Je veux simplement que vous me donniez votre impression sur un de vos anciens camarades, répondit Joel.

— Et qui cela peut-il bien être ? Attendez, laissez-moi deviner, Eric Bennett ?

— Absolument, c'est bien de lui qu'il s'agit.

— Ce n'était pas difficile à trouver, fit remarquer Frazier. Évidemment, comme Eric n'a passé qu'un an à Magna Carta, on ne le connaissait pas très bien, mais pour autant que je m'en souvienne, il était sympathique.

— Pourquoi est-il parti si brusquement au début de sa deuxième année ?

— À l'époque, il s'était fait violemment agresser. Il a passé trois jours à l'hôpital.

— A-t-il été agressé par hasard ? »

Au moment même où il posait la question, Joel pressentit que le hasard n'avait pas grand-chose à y voir.

« C'est ce qui est curieux, dit Frazier. D'après ce que nous savons, il n'a pas porté plainte. Il a minimisé l'incident alors qu'il avait le bras cassé. Puis son père a fait cette donation, et il est parti en Irlande.

— À votre avis, il est parti parce qu'il avait peur de se faire de nouveau agresser ? insista Joel.

— Personne ne l'a jamais su, mais je me dis que quelqu'un était peut-être au courant parmi les enseignants. Le bruit courait qu'on avait sommé Eric de partir.

— Vous rappelez-vous un étudiant dont il était particulièrement proche ? Une petite amie ?

— Il y avait bien une très jolie fille. Elle était au lycée de Montpelier. Eric l'amenait aux matchs. Ils étaient toujours fourrés ensemble.

— Elle était encore au lycée ? Et elle avait quel âge, selon vous ?

— Seize ans, je dirais », répondit Frazier.

L'agent réfléchit un moment.

« Vous rappelez-vous si Eric jouait au casino ? demanda-t-il.

— Il n'avait pas encore l'âge d'entrer dans un casino, mais il était très doué aux cartes, et pour les garçons qui avaient de l'argent, les enjeux pouvaient être très élevés.

— Est-ce qu'on l'a jamais soupçonné de tricher ?

— Il m'arrivait de jouer, avoua Frazier, au poker surtout. Eric n'a jamais eu besoin de tricher. C'était un compteur de cartes incroyable. Il aurait fait fortune à Las Vegas. »

Pas vraiment de piste de ce côté-là, se dit Weber, à part l'agression et son départ précipité. Puis une question lui traversa l'esprit.

« Vous vous souvenez du nom de cette lycéenne ?

— Oui, répondit Frazier. Regina Crowley. C'est la petite cousine de Dwight Crowley, le chroniqueur politique. »

Après le départ de Frazier, Joel chercha sur son iPhone le numéro du lycée de Montpelier. Google Maps indiquait qu'il était voisin du campus de Magna Carta. La secrétaire lui confirma que le proviseur serait là dans l'après-midi et qu'il le recevrait volontiers. Un quart d'heure plus tard, Joel reprenait la direction de Montpelier.

45

Parker Bennett /George Hawkins comptait désormais les jours, en attendant le moment où il pourrait quitter Saint-Thomas sans donner l'impression de partir précipitamment. Il avait dit à ses quelques amis qu'il devait retourner en Angleterre à la fin du mois. Il ne voulait en aucun cas changer ses plans et risquer d'éveiller les soupçons. Len Stacey avait peut-être semé le doute en soulignant sa ressemblance avec Parker Bennett. Si l'on observait son visage de près, la perruque et les lunettes ne suffisaient pas à le camoufler. Son seul espoir était que Len soit trop bête pour s'interroger plus sérieusement sur cette similitude. Il avait été obligé de différer le versement des deux derniers millions que lui avait demandés Sylvie. Quand il les lui aurait envoyés et aurait payé la villa en Suisse, il ne lui resterait plus que cinq mille dollars. Et avec cette somme, il lui faudrait régler son billet d'avion, séjourner au moins trois semaines à Miami, le temps de se faire pousser la barbe, s'acheter une nouvelle perruque et aller dans le New Jersey pour s'introduire chez sa femme.

Anne et Eric avaient toujours été proches et son fils était absolument furieux contre lui. Parker ne savait pas encore ce qu'il allait faire. Pouvait-il compter sur Anne pour ne pas le dénoncer ? Ou la pitié que lui inspiraient les gens qui avaient perdu toutes leurs économies la conduirait-elle à prendre une noble décision ? Il n'avait eu aucun mal à garder l'œil sur elle. Il lui suffisait de chercher sur Internet pour trouver toutes les informations nécessaires. Naturellement, il était possible qu'elle soit encore sous surveillance. Il ne pouvait pas aller sonner chez elle. Il devait y réfléchir à deux fois, prendre en compte un certain nombre de facteurs. Il sentait qu'il était à bout de nerfs et risquait de causer sa propre perte.

Sans compter qu'il y avait Sylvie, encore et toujours Sylvie. Qu'est-ce que je ferais si j'étais à sa place ? se demanda-t-il. Je ne peux pas la faire attendre indéfiniment pour les deux millions. Si elle pense que je suis fauché, je ne lui sers plus à rien. Pire encore, elle est capable de passer un accord avec le FBI. Ils pourraient fermer les yeux sur sa responsabilité pour me coincer. Il fallait quitter Saint-Thomas au plus vite, fuir la menace que représentait ce Len Stacey clamant à tout bout de champ que George Hawkins ressemblait à Parker Bennett. Mais entre-temps, il ne devait surtout pas changer ses habitudes. Il continuerait à fréquenter régulièrement différents golfs publics et à faire de la voile tous les jours, en croisant les doigts pour ne pas tomber en permanence sur Len.

Il fit la liste des vêtements qu'il devait s'acheter pour New York – des jeans, une veste chaude, une casquette à rabat, des gants et des chemises en flanelle. Le tout de couleur sombre, évidemment. Histoire de passer inaperçu. La vague de froid qui frappait le New Jersey en ce début d'hiver l'arrangeait bien.

Il lui faudrait prévoir plusieurs costumes de ville au cas où il en aurait besoin. Il ne s'inscrirait nulle part sous le nom de George Hawkins.

Que se passerait-il si Sylvie le dénonçait ? On rechercherait un certain George Hawkins. Mieux valait ne plus utiliser ce nom. Quand il arriverait à Miami, il essaierait de se procurer une autre fausse identité. Restait aussi la question du passeport. Pourrait-il s'en faire établir un nouveau au nom de Joseph Bennett, celui qui figurait sur son acte de naissance, sachant que tout le monde chercherait Parker Bennett ?

Puis ce fut Thanksgiving. Il avait reçu plusieurs invitations et ne pouvait plus prétexter une quelconque maladie. Il expliqua donc qu'il était déjà pris. Sa domestique lui avait préparé de la dinde. Il repensa aux repas de fête à Greenwich avec Anne et Eric. Il était rare qu'ils invitent des amis à se joindre à eux.

Anne n'aimait pas recevoir, cela la mettait dans l'embarras, même si elle s'efforçait vaillamment de paraître à son aise lorsqu'il organisait des dîners avec des dirigeants d'entreprise.

À Thanksgiving, elle insistait toujours pour qu'ils restent en famille tous les trois. Après la mort des parents d'Anne, bien sûr. Avant, il devait régulièrement supporter leur présence. Or son beau-père ne se laissait pas berner par le personnage sophistiqué qu'il s'était inventé, ce qui l'agaçait beaucoup. De temps à autre, le père d'Anne l'appelait « par erreur » Joseph. À l'époque, Parker trouvait qu'il avait les mains qui sentaient vaguement la saucisse de foie et la mortadelle, et ce souvenir l'amusa.

Sa belle-mère était exactement comme Anne : intimidée dès qu'elle se trouvait en présence d'une personne qu'elle jugeait supérieure à elle. À l'opposé de Sylvie qui s'était extirpée avec joie des copieux plats de pâtes dominicaux dans la cuisine de sa grand-mère en compagnie d'une ribambelle de cousins, de tantes et d'oncles. Dès la fin du lycée, à l'âge de dix-huit ans, elle avait tiré un trait sur eux une bonne fois pour toutes.

Parker y repensait en dînant en tête à tête avec lui-même, ravi d'être seul.

Le lendemain, il commença à faire sa valise. D'ici quelques jours, j'aurai filé d'ici, se dit-il. Durant les vingt-quatre heures qui suivirent, il réussit à éviter Len Stacey, puis le samedi, à sa grande consternation, il reçut un coup de fil. À la seconde où il entendit la voix tonitruante lui lancer « Bonjour George », ses paumes devinrent moites et son estomac se noua.

« Mais où étiez-vous passé, mon vieux ? poursuivit Stacey. Les autres espéraient vous voir ce matin.

— Oh, je profite juste des derniers jours de bateau. Vous me connaissez, j'adore la voile. »

Il espérait avoir un ton suffisamment désinvolte.

« Eh bien j'ai une surprise pour vous. Avec Dewayne et Bruce, nous avons été ravis de jouer au golf avec vous et du coup, nous avons décidé de vous inviter lundi. Nous ferons un dernier parcours à neuf heures, puis nous déjeunerons au club. Ne dites pas non, j'ai déjà réservé. »

Je l'étranglerais volontiers, se dit Parker. Évidemment, il pouvait toujours prétendre qu'il était pris par ses préparatifs de départ, mais il avait le pressentiment qu'il valait mieux être prudent et accepter ce repas d'adieu dont il se serait volontiers passé.

Il navigua toute la journée de dimanche par un temps de rêve, mais il était incapable d'apprécier les embruns qui lui fouettaient le visage, la sensation de filer sur l'eau, le ciel bleu dégagé où flottait à peine un nuage ici et là. Il était obnubilé par la perspective de cette dernière rencontre avec Len. Il avait espéré qu'il y aurait de la pluie le lundi, une pluie battante, ininterrompue, mais la journée se révéla idyllique.

À neuf heures, le *foursome* prit le départ. Parker aimait bien les deux golfeurs qui accompagnaient Len. Bruce Groom était un cadre retraité d'un laboratoire pharmaceutique ; discret, concentré sur son jeu, il parlait peu. Parker avait l'impression que cela ne le passionnait guère d'entendre Stacey comparer George Hawkins au célèbre courtier.

Dewayne Lamparcelo complétait leur formation. Il avait beau avoir le handicap le plus élevé des quatre, cela ne suffisait pas à améliorer son score. Il était tout bonnement nul, et ce qui l'intéressait n'était pas d'écouter des inepties, mais de s'assurer que sa prochaine balle n'atterrisse pas une fois de plus dans un bunker.

Len ne mentionna pas une seule fois le nom de Parker Bennett. Celui-ci commençait à se détendre et lorsqu'ils se mirent à table, il était sûr de n'avoir plus aucune raison de s'inquiéter.

Comme il fallait s'y attendre, Len dirigea la conversation. Il avait été cadre moyen chez un fabricant de céréales. « Je disais toujours que mon surnom, c'était Cric-Crac-Croc », plaisanta-t-il, faisant allusion à la publicité pour les Rice Krispies.

Eh bien boucle-la, Cric-Crac, songea Parker qui cependant préférait de loin l'entendre débiter ce genre de niaiseries plutôt que relancer la discussion sur lui.

Mais lorsque ses partenaires de golf commandèrent un autre café, il décida que le moment était venu de s'éclipser discrètement.

« Il faut que j'y aille maintenant, annonça-t-il. C'était vraiment très agréable, Len, merci. Vous comprenez, j'ai encore un tas de choses à faire avant de partir.

— Vous comptez louer la maison ? demanda Len. Parce que je connais quelqu'un qui recherche quelque chose de bien sur l'île.

— Non, répondit Parker. Je veux pouvoir y venir dès que j'aurai un moment pour m'échapper.

— Vous pourriez la louer à la semaine, insista Len. Vous gagneriez pas mal d'argent.

— Là encore, j'y ai bien réfléchi, mais c'est non », répliqua fermement Parker.

Il se leva avec un sourire chaleureux.

« Merci infiniment, Len. Bruce, Dewayne, j'ai été ravi de faire plus ample connaissance. J'espère vous revoir sur les links. Len, la prochaine fois, c'est moi qui invite. »

S'efforçant de ne pas avoir l'air trop pressé, Parker pivota sur ses talons et se dirigea vers la sortie. Il était devant la porte quand Len cria :

« Hé, Parker ! »

Il fit volte-face et s'aperçut trop tard qu'il s'était laissé piéger. Il essaya aussitôt de rattraper le coup. Il éclata d'un rire jovial et lança à son tour :

« Vous et vos blagues, Len ! »

Les autres clients avaient levé la tête. Combien d'entre eux feraient-ils le lien ? Parker passa le reste de l'après-midi à essayer de se calmer, s'attendant à chaque instant à entendre frapper à la porte et à voir la police débarquer. Mais personne ne vint et à huit heures le lendemain matin, il prit le chemin de l'aéroport.

L'avion pour Miami était à l'heure. En montrant sa carte d'embarquement à l'hôtesse, il songea avec regret que c'était sans doute la dernière fois qu'il utilisait le nom de George Hawkins. Il ne remettrait probablement jamais les pieds à Saint-Thomas.

46

Ses cousins ayant insisté pour les inviter au repas de Thanksgiving, Eleanor Becker fit avec Frank les quarante minutes de trajet de Yonkers à New City, dans le comté de Rockland. Sa cousine Joan avait le même âge qu'elle. Son mari, Eddie, était un inspecteur à la retraite. Avec leurs deux enfants accompagnés de leurs conjoints et leurs quatre petits-enfants, l'ambiance promettait d'être festive.

Aller chez ses cousins au lieu de fêter une fois de plus Thanksgiving seuls dans leur coin leur ferait du bien, s'était dit Eleanor. Elle appréciait beaucoup la famille de Joan et fut touchée par leur accueil chaleureux.

Durant le repas, ils évitèrent soigneusement d'évoquer la situation dans laquelle elle se trouvait. Ce ne fut que lorsque les enfants se levèrent de table que les adultes abordèrent le sujet autour d'un café.

Ce fut Eleanor qui commença.

« Je sais que vous ne me posez pas de questions par politesse, mais j'ai une anecdote qui pourrait vous intéresser. »

Elle leur raconta sa séance d'hypnose et ses efforts pour essayer de retrouver le nom qu'elle avait vu sur le permis de conduire britannique de son patron.

« Le prénom, c'était George, dit-elle avec fermeté. Mais je suis incapable de me rappeler le nom de famille.

— Ça pourrait tout changer, fit remarquer Eddie. Je le sais par expérience. Bien sûr, ce n'était pas mon domaine. Je participais à des opérations d'infiltration sur le terrain.

— Quel effet cela fait-il d'être hypnotisé ? demanda Joan.

— Ce n'était pas si désagréable que ça. En fait, c'était très reposant et crois-moi, au train où vont les choses, je me dis parfois que j'aimerais bien être constamment sous hypnose.

— Tu finirais par en avoir marre de monter et descendre dans l'ascenseur ! » blagua Frank.

C'était la première fois depuis des mois qu'Eleanor l'entendait plaisanter. Si seulement je pouvais ne pas être aussi tendue en permanence, se dit-elle. Peut-être que cela m'aiderait à me souvenir.

« Je sais ce que tu dois ressentir, Eleanor, intervint Eddie d'un ton rassurant. J'ai vu des innocents en butte aux soupçons des autorités vivre continuellement dans la peur. Quand comptes-tu retourner chez l'hypnotiseur ?

— Je ne sais pas trop, dit-elle. Je crois que je les ai déçus. J'ai peut-être raconté n'importe quoi, histoire de leur dire quelque chose. Tu te rappelles, Frank, quand tu t'es fait arrêter en voiture parce que tu avais grillé un feu rouge à Manhattan ?

— Je m'en souviens très bien, répliqua Frank, agacé. Je n'avais pas grillé le feu. Il était à l'orange. Si je me suis fait arrêter, c'est que ce flic avait un quota à remplir.

— Je connais la chanson, Frank, observa Eddie.

— Ce que je veux dire, reprit Eleanor, c'est que lorsque le policier lui a demandé son permis, Frank s'est trompé et lui a tendu sa carte de crédit. L'agent a cru que Frank essayait de le soudoyer.

— Ça devait être un bleu, dit Eddie. Personne n'essaie de soudoyer un flic avec une carte de crédit.

— Si j'en parle, poursuivit Eleanor, c'est que je mélange peut-être la scène où Frank s'est trompé de carte en voulant donner son permis au policier avec ce qui s'est passé dans le bureau de M. Bennett. Toujours est-il qu'à mon avis retourner chez l'hypnotiseur ne servira à rien. Ce n'est pas qu'être hypnotisée soit pénible. Ma seule crainte, c'est de me ridiculiser. Quand j'y repense, je crois que je déteste ne pas maîtriser la situation. C'est effrayant de savoir que quelqu'un explore ce que vous avez dans la tête et que vous donnez des réponses qui ne sont peut-être que le fruit de votre imagination.

« — Tu te trompes, Eleanor, la reprit Eddie avec douceur. On ne te demande pas de te souvenir de tout. Ce serait totalement irréaliste. Pourquoi ne pas retourner chez ce médecin ? Tu n'as rien à perdre et certainement rien à craindre. »

En voyant la sollicitude chaleureuse qu'il lui manifestait, Eleanor se dit qu'elle avait été bête de se couper du cercle de ses amis et de ses proches. Elle était convaincue jusque-là que sous leur air compatissant ils la pensaient complice de l'arnaque de Bennett. Au cours des deux années précédentes, les journaux avaient laissé entendre qu'elle était impliquée dans l'escroquerie, publiant parfois des éditoriaux particulièrement convaincants. « L'escroc n'a pas pu agir seul ! » martelaient les journalistes à longueur de colonnes. Elle en parla à Joan et Eddie.

« Tous ceux qui me connaissent suffisamment savent bien que je suis incapable d'une telle chose, dit-elle tristement.

— Et Eric ? »

L'inévitable question.

« Je n'ai absolument rien vu qui puisse indiquer qu'il était complice, répondit lentement Eleanor. On n'a jamais pu prouver qu'il possédait un seul cent qu'il n'ait pas honnêtement gagné. Je sais qu'il était très proche de son père, mais quand le scandale a éclaté, Eric a été incroyablement choqué et bouleversé. Il a fondu en larmes devant moi, et croyez-moi, son émotion était sincère. Personne ne peut jouer la comédie à ce point. »

Un peu plus tard, alors que tous les invités enfilaient leur manteau et s'apprêtaient à partir, Eddie lui glissa gentiment :

« Eleanor, permets-moi de te donner un conseil. Retourne chez cet hypnotiseur. S'il te plaît. Je te le répète, tu n'as rien à perdre. Je sais de quoi je parle. Fais-le pour toi. Fais-le pour Frank. S'il te plaît.

— Peut-être, dit-elle d'un ton hésitant. Je vais y réfléchir. »

47

Le mardi matin, en arrivant au bureau, Lane trouva Glady d'une humeur de chien.

« Je commence à me demander si la grande Chichi n'est pas à court d'argent, lança-t-elle à son assistante en guise d'accueil. Elle me doit encore deux millions de dollars et j'ai eu la bêtise de déposer les tableaux et les sculptures chez elle avant qu'elle ne les paie. Moi je vous le dis, Lane, la dame est fauchée.

— En ce cas, pourquoi se serait-elle lancée dans des travaux de rénovation de cinq millions de dollars ? demanda Lane, incrédule.

— À mon avis, elle était habituée à disposer d'une source d'argent inépuisable, répondit Glady. Et il est possible qu'elle se soit tarie.

— Mais en admettant que Bennet l'entretienne, il s'est enfui avec plus de cinq milliards de dollars. Cinq millions, pour lui, c'est une paille, objecta Lane.

— Eh bien deux millions, pour moi, ce n'est pas une paille », répliqua sèchement Glady avant de baisser les yeux sur son bureau, lui signifiant ainsi qu'elle devait quitter la pièce.

Ça promet, se dit Lane. Dès que sa patronne était contrariée, elle s'en prenait à tous ceux qui étaient dans les parages.

Une heure plus tard, Glady fonça à l'accueil et hurla à Vivian Hall, leur secrétaire, qu'il y avait un tel fatras sur son bureau que c'était à croire qu'elle campait dessus.

Rien d'étonnant à ce que sa table soit encombrée, songea Lane. Vivian avait en effet pour mission de découper des photos de maisons et d'appartements de célébrités pour que Glady puisse se tenir informée des réalisations des autres décorateurs.

Heureusement pour Lane, Glady la chargea d'un de leurs projets secondaires et l'envoya superviser l'installation de stores et de mobilier dans le bureau du P-DG d'une chaîne de restauration qui venait d'être rénové.

Le temps était à nouveau froid et venteux, et, tout en surveillant le travail des ouvriers, elle ne cessait de penser à Ken.

La semaine suivante, ce serait l'anniversaire de sa mort. Sans doute était-ce pour cela que les souvenirs lui revenaient avec autant de force. Elle revoyait leur mariage à Saint-Malachy, la « chapelle des acteurs », dans la 49e Rue, en plein quartier des théâtres, à Manhattan. Elle se revoyait comme si c'était hier prêter serment au pied de l'autel. Sa mère aurait pourtant

voulu qu'elle se marie dans leur église de Georgetown.

J'ai refusé net, se rappela Lane. Il était hors de
question que Dwight me conduise à l'autel. Et pour
la faire enrager encore plus, elle portait une robe
blanche toute simple. Ken était en costume de ville,
ils avaient simplement invité trente amis pour le
repas de mariage. Sa mère était venue seule. Dwight
était en déplacement, ça tombait bien.

L'autre pensée qui agitait son esprit, c'était l'évolution de ses rapports avec sa mère. Elles avaient été
très proches durant les dix années qui avaient suivi
la mort de son père. Du jour où Dwight était entré
dans leur vie, tout avait changé. Elle aurait voulu ne
pas s'appesantir sur ce triste constat. Et elle imaginait
son chagrin si Katie la rejetait quand elle grandirait.
Le voyage à Washington avait entrouvert une porte
qu'elle n'avait guère envie de franchir. Et maintenant
ces pensées l'obsédaient.

À six heures ce soir-là, Lane confia Katie à Wilma
et, pleine d'impatience, se mit en route pour le New
Jersey. Cette fois, elle devait retrouver Eric au Bella
Gente, à Verona, la ville voisine de Montclair. Il lui
avait demandé lors de leur premier rendez-vous si elle
aimait la cuisine italienne. C'était le cas. Quand elles
devaient inviter un client à déjeuner, Glady choisis-
sait toujours un grand restaurant new-yorkais. Lane
n'aurait jamais osé lui dire qu'elle aurait infiniment
préféré – et ledit client aussi, peut-être – des pâtes à
la sauce tomate et au basilic aux plats signatures qui

figuraient au menu de ces établissements. Elle détestait les truffes, dont raffolait souvent la clientèle chic. Mais elle n'avait eu aucun mal à l'avouer à Eric, qui avait acquiescé en riant. Il était du même avis.

Quand elle arriva, Eric était déjà attablé devant une fenêtre. Il se leva d'un bond en la voyant, lui prit les deux mains et déposa un léger baiser sur sa joue.

« Vous m'avez manqué, dit-il. Alors, c'était bien, Washington ? »

Lane voulait à tout prix éviter de parler de Dwight.

« Très bien, oui, répondit-elle. Ça m'a amusée de faire visiter Washington à Katie. Il faut dire que j'y ai passé les dix-sept premières années de ma vie.

— J'ai souvent fait des allers-retours là-bas. Quand j'étais chez Morgan Stanley, nous avions une liste considérable de clients qui y étaient basés. J'ai passé dix ans au service conformité, et puis je suis devenu trader. » Il la regardait dans les yeux. « Vous êtes ravissante, Lane. Vous m'avez vraiment manqué et je vous aime tendrement. Je n'en dirai pas plus. Comment va Katie ? »

L'agent du FBI Jonathan Pierce, alias Tony Russo, qui était posté dans la maison attenante à celle d'Anne Bennett, avait entendu celle-ci parler au téléphone avec son fils. Il savait que ce dernier avait l'intention de dîner au Bella Gente ce soir-là, mais il ne pouvait pas débarquer dans le même restaurant, la coïncidence aurait paru étrange.

Jack Keane, un autre agent du FBI, était installé à la table voisine de celle de Lane et Eric, un micro dirigé vers eux. Il entendit Eric dire à la jeune femme que sa mère n'avait pas l'air en forme, mais refusait de se faire soigner.

« Je me fais du souci pour elle, expliquait-il. Je ne réussis pas à la convaincre d'aller voir un médecin. Elle est très têtue, parfois. »

Lorsque Keane fit son rapport à Pierce à la fin de la soirée, il se montra très laconique : « Conversation de table habituelle, rien de spécial. Il en pince pour elle, il lui a même dit qu'il était amoureux. Visiblement, elle était ravie d'être avec lui. Après le dîner, chacun a repris sa voiture. Elle a dû rentrer chez elle. »

S'il était soulagé qu'ils soient repartis chacun de leur côté, Pierce fut attristé d'apprendre que, de toute évidence, Lane se plaisait beaucoup en compagnie d'Eric.

48

Sylvie de la Marco avait glané toutes les informations possibles sur les activités de Barclay Cameron depuis l'époque où ils avaient eu une aventure, près de dix ans auparavant.

Elle savait qu'il avait investi dans un grand nombre de films qui avaient tous fait un flop. Elle n'était pas sûre de devoir aborder ce sujet avec lui.

À six heures et demie, Robert lui annonça que Cameron était arrivé. Sylvie ne l'avait pas croisé depuis des années et avait appris qu'il avait passé beaucoup de temps en Californie.

Lorsque le majordome le fit entrer, Sylvie eut un choc en mesurant à quel point il avait vieilli. Il avait la main légèrement tremblante et se servait d'une canne. Cependant, ce fut avec sa courtoisie habituelle qu'il lui fit le baisemain et, d'un ton toujours aussi distingué, il lui déclara : « Sylvie, vous êtes absolument divine. »

Avant de l'emmener dîner au Daniel, Barclay passa une demi-heure à lui raconter d'un ton spirituel des anecdotes sur sa vie à Hollywood et certaines indiscrétions sur les producteurs et les acteurs qu'il avait pu rencontrer.

« Là-bas, c'est le règne de l'artifice, mais qu'importe le coût, c'était stimulant. Et pourtant, ajouta-t-il, je me sentais bien seul et je repensais souvent à notre petite idylle, il y a de cela quelques années. Vous êtes de loin la femme la plus intéressante que je connaisse et, pour être franc, vous m'avez beaucoup manqué. Naturellement, je sais bien que vous avez eu une liaison avec Parker Bennett. Mais à présent qu'il est mort, ou du moins qu'il a disparu, j'aimerais raviver la flamme entre nous. »

Pendant le dîner, Barclay lui confia des souvenirs qu'elle connaissait déjà. Il était né dans le Lower East Side bien avant que cela ne devienne un quartier recherché, et il avait suivi des cours du soir tout en vendant des chaussures à talonnettes Atlas dans la journée.

« Elles permettaient aux hommes un peu petits de gagner cinq centimètres, expliqua-t-il. La fabrique a fait faillite depuis longtemps. Je détestais tellement ce poste qu'encore maintenant, je ne supporte pas de voir une publicité pour des chaussures. »

Sylvie jeta un coup d'œil sous la table et constata que ses élégants richelieus italiens étaient aux antipodes des souliers qu'il venait de décrire.

Elle s'était toujours appliquée à suivre les cours de la Bourse. Lorsqu'elle changea de sujet pour en parler, elle vit que Barclay était dans son élément.

Elle n'eut aucun mal à alimenter la conversation en lui posant des questions. De toute évidence, il était toujours aussi clairvoyant et averti sur la question. Et manifestement, il prenait plaisir à en parler.

Au moment du café, il lui demanda de but en blanc :

« Seriez-vous prête à renouer avec moi ? »

Elle fit mine d'hésiter.

« Êtes-vous toujours amoureuse de Parker Bennett ? lui demanda Cameron, dépité.

— Absolument pas ! »

Elle secoua la tête avec véhémence.

« Bien, répondit-il. Il ne m'a jamais inspiré confiance, quoique, je l'avoue, j'aie cru que c'était un homme d'affaires intègre. Je suis tout simplement atterré qu'il ait pu berner des gens aux revenus aussi modestes.

— Quand je pense à ce qu'il a fait, j'ai envie de pleurer, renchérit Sylvie. Vous n'êtes pas sans savoir que moi-même je ne suis pas issue d'un milieu privilégié. Je n'ose même pas imaginer ma réaction si ma famille avait été abusée de la sorte.

— Voilà ce que j'aime en vous, dit Cameron. C'est rafraîchissant. Je constate trop souvent que certains de mes amis qui eux sont issus de milieux privilégiés se croient naturellement tout permis. Chez eux, c'est une seconde nature. » Il hésita, avant d'ajouter : « Vous ne m'avez pas répondu, Sylvie. Je revois encore les moments délicieux que nous avons partagés.

— Barclay, dit-elle à mi-voix. Je serais enchantée de tout recommencer. »

« Je vous appelle demain après-midi, lui dit Barclay après avoir décliné un dernier verre chez elle. Le matin, j'ai une réunion de conseil d'administration. » Il déposa un long baiser sur ses lèvres. « Ma future femme », dit-il. Puis il partit.

De retour chez elle, Sylvie alla dans son bureau et se servit un martini dry bien tassé. Elle resta un long moment assise, le regard perdu dans le vague, à siroter son cocktail. Non seulement Barclay voulait renouer avec elle, mais il était prêt à l'épouser.

Barclay avait été marié pendant cinquante ans avec la même femme et le couple n'avait jamais eu d'enfants. La brève aventure avec Sylvie avait eu lieu après le décès de son épouse. Si je l'épousais, je serais largement à l'abri jusqu'à la fin de mes jours, se dit-elle.

Mais si jamais Barclay apprenait qu'elle était entretenue depuis deux ans grâce à l'argent que Parker avait détourné, il mettrait aussitôt un terme à leur relation. Qu'arriverait-il si Parker finissait par lui verser les deux millions qu'elle lui avait réclamés ? Elle avait rendez-vous avec l'avocat, Derek Landry, vendredi. Elle appellerait son cabinet dès le lendemain matin pour tenter de le voir plus rapidement.

49

Le cabinet de Derek Landry était situé dans un nouveau gratte-ciel à l'est de Times Square. Il avait accepté d'avancer son rendez-vous avec la comtesse de la Marco, même si cela l'obligeait à bouleverser son agenda, comme il le lui avait précisé.

Autant dire qu'il va me prendre plus cher, songea-t-elle.

Le cabinet d'avocats occupait trois étages de la tour. Le hall d'accueil était au quarantième. Il était vaste, garni de canapés et de fauteuils en cuir confortables. Une pile de journaux était soigneusement disposée sur une table basse. Je me demande bien qui peut les lire, se dit-elle. Les murs peints en gris pâle contrastaient agréablement avec la moquette anthracite.

La jeune femme à la réception accueillit Sylvie avec un sourire.

« Me Landry vous attend. On va vous accompagner à son cabinet. »

Aussitôt surgit un jeune homme qui semblait fraîchement émoulu de la fac de droit et qui la fit monter dans l'ascenseur privé qui desservait les cabinets des avocats associés, deux étages plus haut.

Il la conduisit au fond du couloir dans une salle de réunion meublée d'une longue table entourée de quatre chaises de chaque côté et de deux autres aux extrémités.

Sylvie laissa tomber sa veste de zibeline sombre sur la chaise à côté d'elle. Une assistante fit son entrée, la cinquantaine, vêtue d'un tailleur-pantalon bleu marine classique. Elle lui demanda si elle désirait un thé ou un café. « Juste de l'eau », répondit Sylvie, la bouche soudain sèche. Quelques minutes plus tard, Derek Landry apparut dans l'embrasure de la porte et, l'instant d'après, il était près d'elle et lui prenait la main.

« Ma chère comtesse, quel plaisir de vous revoir. Nous nous sommes croisés à divers galas de bienfaisance ces dernières années, il me semble. »

C'était un homme grand et bâti comme une armoire à glace. Le cheveu clairsemé, il avait un visage presque angélique. Malgré son ton affable et chaleureux, Sylvie savait qu'il avait la réputation d'être un avocat pugnace qui obtenait ce qu'il voulait pour ses clients.

Durant la nuit, elle avait soigneusement réfléchi à la manière dont elle allait présenter les choses.

« Vous avez entendu parler du syndrome de Stockholm, n'est-ce pas, Derek ?

— Naturellement, répondit-il d'un ton évasif.

— Disons que durant les huit ans qui ont précédé sa disparition, j'ai été très liée à Parker Bennett.

— Je comprends.

— Quand il a disparu dans la nature, j'ai été horrifiée d'apprendre que c'était un traître et un fourbe, et non l'homme que j'avais cru aimer, dit Sylvie à mi-voix. Comme la plupart des gens, je le croyais mort. Je ne pouvais l'imaginer dans une cellule de prison. » Elle détourna la tête et battit des paupières, feignant de contenir ses larmes. Puis, avec un soupir, elle le regarda droit dans les yeux. « Vous imaginez ma surprise et ma terreur quand j'ai reçu un coup de téléphone de lui.

— Vous avez eu un coup de téléphone de Parker Bennett ? »

Le ton de Landry était incrédule.

« Oui. Il m'a dit qu'il vivait sous une fausse identité. Il m'a prévenue qu'il était hors de question que je me sépare de lui. Que je n'appartiendrais jamais à un autre. Il m'a affirmé qu'il continuerait à m'envoyer de l'argent et des cadeaux de valeur, et que j'étais obligée de les accepter. La dernière fois qu'il est venu chez moi, juste avant de disparaître, il a laissé un téléphone portable dans le tiroir de la table de chevet, avec un mot : "Ne pas oublier de recharger."

— En avez-vous parlé à la police ? demanda Derek.

— Non, répondit Sylvie.

— Et pourquoi donc ?

— J'étais désemparée. Je ne savais pas quoi faire.

— Vous avez rechargé le téléphone ?

— Oui. Il me l'avait ordonné.

— Si je comprends bien, vous êtes en train de me dire que Parker Bennett a été en contact avec vous ces deux dernières années ? insista Derek.

— Oui.

— Et vous a-t-il envoyé de l'argent et des cadeaux ?

— Oui.

— Je vois mal en quoi je peux vous aider, comtesse, dit sèchement Derek.

— Vous n'imaginez pas comme j'ai peur depuis deux ans, implora-t-elle. Parker m'a bien dit qu'aucun autre homme ne pourrait m'approcher. Il me menaçait de mort. J'avais l'impression que dès que je mettais le pied hors de chez moi, j'étais en danger. »

Elle avait des trémolos dans la voix.

« Qu'attendez-vous de moi, comtesse ?

— Je veux que vous négociiez avec le FBI. Je peux leur donner la nouvelle identité de Bennett et son adresse actuelle. J'exige en échange de recevoir la récompense de deux millions de dollars, d'avoir la garantie de l'anonymat et d'obtenir l'immunité contre d'éventuelles poursuites. Je ne peux plus vivre ainsi. »

Le tremblement de sa voix avait cédé la place à une froide détermination.

« Le défi est de taille, comtesse, lui fit observer Derek. Vous vivez depuis deux ans des profits de son escroquerie et vous avez protégé son identité.

— Et j'ai toujours eu l'impression d'être surveillée par un sniper, répliqua-t-elle, agacée.

— De toute évidence, les négociations seront très délicates. Il est possible que le FBI soit en passe d'appréhender Parker Bennett. Et si jamais il est arrêté, il se peut qu'il vous dénonce.

— J'en suis bien consciente, dit Sylvie. C'est pourquoi il est nécessaire d'agir rapidement.

— Et dans ce cas, vous persisteriez à réclamer l'argent de la récompense ?

— Je me doute que vos honoraires seront élevés, Derek. Je serai à court d'argent. Je veux être certaine de pouvoir vous régler.

— C'est tout à votre honneur, comtesse », dit Landry d'un ton suave.

Sylvie avait toujours su déceler la moindre trace de sarcasme. L'ironie de l'avocat ne lui avait pas échappé.

« Derek, vous avez la réputation d'obtenir pour vos clients des résultats extrêmement favorables, et ce, de façon parfois indue, ajouterais-je. Or c'est bien pour cela que je suis ici. C'est clair ? »

Derek Landry sourit.

« Parfaitement clair, comtesse. Je fais préparer le contrat. Mes honoraires sont de deux cent mille dollars. »

50

Ranger Cole se trouvait dans le salon du Dr Sean Cunningham. Sean l'avait appelé en lui disant qu'il réunissait plusieurs victimes de l'escroquerie pour former une sorte de groupe de soutien. Afin de permettre à chacun de s'exprimer, avait-il ajouté.

S'il y avait bien quelque chose qui lui répugnait, c'était d'aller chez le psychiatre pour échanger des histoires tristes avec d'autres gens. La seule histoire qui l'intéressait, c'était la sienne, mais il sentait que le Dr Cunningham s'inquiétait pour lui.

Si seulement il savait, songea Ranger. Si seulement il savait.

Il ne voulait pas que Cunningham puisse se douter une seconde de ses intentions. Il est psychiatre, il est capable de me faire interner, se dit Ranger. De prétendre que je suis un danger pour la société. Il avait entendu parler de cas de ce genre. Je ne suis pas un danger pour la société, se dit-il. Juste pour quelques individus.

Il écouta les autres parler. Un couple de près de quatre-vingt-dix ans raconta qu'ils avaient dû aller s'installer chez leur fils après avoir tout perdu. C'était la femme qui avait pris la parole.

« Je m'étais toujours bien entendue avec ma belle-fille. Mais c'est différent maintenant. Nous sommes un peu durs d'oreille, mon mari et moi. Nous mettons la télévision trop fort, paraît-il. Il leur arrive de sortir le soir uniquement pour avoir la paix. Nous n'y pouvons rien. » Sa voix se brisa. « Nous n'y pouvons rien. »

Au moins, vous pouvez toujours compter l'un sur l'autre, songea amèrement Ranger.

Il se revit avec Judy dans le bureau de Parker Bennett. Les fauteuils étaient confortables, pas trop luxueux ni rien. Parker demandait à sa secrétaire d'apporter du café et un assortiment de petits gâteaux. Tout en mangeant, ils l'écoutaient se vanter d'être l'intermédiaire idéal des gens qui ne comprenaient rien au monde de la finance. Il veillerait à ce qu'ils puissent bénéficier d'une retraite confortable, bien plus confortable que ce que leurs économies pourraient leur rapporter à la banque, avec un maigre taux d'intérêt de un ou deux pour cent.

Ranger revoyait Judy sourire à Parker avec gratitude, flattée qu'il les ait acceptés comme clients. Elle avait osé rêver d'un avenir sûr et prospère avec Ranger, peut-être même agrémenté de quelques petits extras.

Après avoir signé le contrat, se rappela-t-il, nous avons placé de plus en plus d'économies dans le fonds Bennett. On mettait de l'argent de côté. On épargnait pour lui en redonner. C'était un petit sacrifice qui nous permettrait un jour de toucher le jackpot. Du moins, c'est ce qu'on croyait. Il nous en avait convaincus.

Les voix étaient de retour. Des voix tantôt apaisantes, tantôt terrifiantes. Il se rappelait les avoir entendues pour la première fois quand il était adolescent. Parfois, elles lui rugissaient aux oreilles comme une bête hurlante sortie des enfers. Et puis Judy était arrivée dans sa vie. Sa Judy bien-aimée. Les voix s'étaient estompées puis elles s'étaient tues. Il les croyait disparues à jamais, mais elles étaient revenues. Il se demandait ce que penserait le Dr Cunningham s'il savait qu'il avait un pistolet chargé chez lui.

Il s'était accoutumé à le sentir dans sa main. Il s'était exercé à le charger et le décharger. Depuis une semaine, il allait s'entraîner sur un champ de tir. Il était sûr d'être aussi bon tireur que n'importe quel policier.

Quand ce fut son tour de parler, Ranger s'efforça de contenir son amertume. Il évoqua devant le groupe l'attaque cérébrale dont Judy avait été victime.

« C'est arrivé quelques jours après que nous avions appris que nous étions ruinés. Je la portais dans mes bras jusqu'aux toilettes, murmura-t-il après une pause. Ça ne me dérangeait pas. Je l'aimais. J'aurais tout fait pour elle. Mon seul souhait, c'était qu'elle reste avec moi. Et puis, il y a deux semaines, elle a eu une nouvelle attaque et elle est morte.

— Elle ne pouvait pas rester avec vous, Ranger, intervint Cunningham avec douceur. Elle était trop malade.

— Je voulais rester proche de Judy, alors j'ai mis ses cendres dans un flacon que je pouvais porter autour du cou, poursuivit-il en lisant dans le regard de ses interlocuteurs une pitié dont il ne voulait pas. Mais je ne le mets plus que la nuit. Comme ça, je me sens moins seul. »

Cunningham hochait la tête d'un air approbateur.

Si seulement vous saviez, docteur. Ranger pinça les lèvres pour réprimer le rire qui le gagnait.

Le dernier membre du groupe terminait son histoire barbante. Un vieux, tellement fauché que les services sociaux lui faisaient livrer ses repas deux fois par jour.

Au moment de partir, Ranger remercia le Dr Cunningham et lui assura encore une fois qu'il allait bien. Il était cinq heures moins dix. Dans dix minutes, Eric Bennett quitterait son bureau. Ranger l'avait déjà espionné à plusieurs reprises du bout de la rue et l'avait vu arriver le matin et repartir en fin d'après-midi. L'appartement de Bennett était situé non loin de son bureau. Il faisait généralement le trajet à pied.

Je pourrais le buter quand je veux, se dit Ranger. Mais ce serait une erreur. Je n'aurais plus aucune chance de descendre sa mère. En ce moment, ils vivent grâce à mon argent. Le mien et celui de Judy. Une fois de plus, il enrageait intérieurement.

Quand il sortit, la neige tombait en flocons légers. C'était agréable de la sentir crisser sous ses pas. Indifférent aux gens qui se hâtaient de rentrer chez eux après leur journée de travail, il se dirigeait vers le bureau d'Eric Bennett. Il se posta devant. Un quart d'heure plus tard, Bennett franchit la porte à tambour. Ranger lui laissa une quarantaine de mètres d'avance puis lui emboîta le pas.

Cette fois, Bennett ne rentra pas directement chez lui. Il s'arrêta dans un bar de la 13ᵉ Rue Ouest, où deux hommes de son âge le retrouvèrent. Ranger, qui l'épiait à travers la vitrine, les vit rire ensemble.

Alors, on s'amuse ? fulmina-t-il. Plus pour longtemps, je t'assure. Plus pour longtemps. Ranger parcourut à pied les trois kilomètres qui le séparaient de son appartement. Il s'assit sur le canapé sans même ôter son manteau. Bennett va passer la nuit en ville, se dit-il. Ça veut dire qu'il ira voir sa mère demain soir. Je rangerai ma voiture à côté de son garage et je le suivrai jusqu'au New Jersey.

C'est excitant de le filer, murmura une voix. Son père a mis la main sur toi et sur le moindre dollar que tu as économisé, mais maintenant il est à ta merci. À n'importe quel moment, tu peux lui tirer dessus et le regarder mourir.

Ranger s'aperçut qu'il n'avait pas encore ôté son manteau trempé. Il se leva, s'en débarrassa et le laissa tomber sur le canapé.

Il n'avait pas déjeuné, mais il n'avait pas faim. Judy ne buvait jamais. De son vivant, il ne prenait qu'une bière ou un scotch de temps en temps. Ce jour-là, il alla se chercher un verre dans la cuisine et déboucha la bouteille de scotch. Il remplit le verre à ras bord, en renversant une partie sur la table. Il se mit à boire.

Deux heures plus tard, la bouteille vide, il s'endormit sur le canapé, son manteau encore mouillé en guise de couverture.

51

Le mardi soir, Ranger Cole suivit Eric Bennett en voiture jusqu'au New Jersey. À son grand étonnement, Bennett ne se rendit pas chez sa mère, mais sortit de la voie express à Verona et s'arrêta dans un restaurant.

Il ne me connaît pas, se dit-il. Je peux dîner là. Je suis relativement bien habillé.

Il entra dans l'établissement à son tour et repéra la table de Bennett. Il demanda à la serveuse qu'on le place dans un coin. Ainsi, il serait à même de surveiller son homme, tout en sachant que, s'il le voulait, il pourrait le descendre sur place.

Quelques minutes plus tard, une belle fille rejoignit Bennett. Ranger le regarda avec dégoût se lever pour l'embrasser.

Était-ce celle qu'il avait vue le jour où il était passé en voiture devant la maison de la mère d'Eric Bennett ? Ils s'assirent tous les deux et se mirent à bavarder en souriant, alors que lui était seul dans son coin. Il remarqua un autre homme également attablé seul à une table voisine de la leur. La salle se remplit peu à peu de couples et de petits groupes. Ils semblaient tous ravis d'être ensemble et de passer un bon moment. Plus les clients arrivaient, plus il se sentait isolé et furieux. Il ne toucha pas à son assiette ; il avait les yeux rivés sur Eric Bennett et sa petite amie.

Lorsque le fils Bennett demanda l'addition, Ranger fit de même. Il avait stationné sa voiture de l'autre côté de la rue. Il n'avait pas osé demander au voiturier de garer sa vieille guimbarde. Une fois au volant, il regarda ce dernier amener d'abord la voiture de la fille, puis celle de Bennett. Ranger s'étonna de les voir repartir chacun de leur côté.

Il suivit la petite amie jusqu'à Manhattan et la regarda entrer dans un parking.

Il allait redémarrer quand il la vit remonter la rampe à pied. Où allait-elle ? Il s'apprêtait à la suivre, mais elle entra dans l'immeuble voisin où le portier lui ouvrit.

Beau standing. Il n'avait jamais eu de portier, lui. Mais elle, oui. Peut-être que c'est ce type qui te paie ton appartement, se dit-il. Il t'a invitée à dîner dans un restaurant chic, et c'est moi qui ai payé l'addition.

La colère de Ranger s'était trouvé une nouvelle cible : la jolie jeune femme aux longs cheveux auburn qui souriait gaiement à Eric Bennett.

52

Rudy Schell reçut un coup de téléphone intéressant d'un avocat qu'il connaissait de réputation et n'aimait guère. Il estimait que Derek Landry était le genre d'homme qui nuisait à l'image de la profession. Landry avait défendu beaucoup de gens haut placés poursuivis en justice pour avoir donné ou reçu des pots-de-vin. Il était étonnamment doué pour obtenir des arrangements exceptionnels en faveur de ses clients.

Cet appel était une surprise dont Rudy se serait volontiers passé. Landry demandait à le voir pour une affaire urgente – une affaire qui l'intéresserait au plus haut point, prétendait-il.

« C'est au sujet de Parker Bennett. »

Rudy eut du mal à ne pas trahir son impatience.

« Je vais tâcher de trouver un moment pour vous recevoir, maître. Quand voulez-vous venir ?

— Cet après-midi.

— Trois heures ?

— Parfait. À tout à l'heure. »

Quand Derek Landry arriva au rendez-vous, à trois heures précises, Rudy l'emmena dans un des bureaux prévus pour les entretiens en tête à tête.

Il referma la porte et fit signe à Landry de s'asseoir.

« Que puis-je faire pour vous, maître ? demanda-t-il.

— C'est très délicat, répondit Landry en baissant la voix. J'ai une cliente de toute confiance qui assure que Parker Bennett est en vie et qui est en mesure de vous aider à le localiser.

— De toute confiance ?

— Absolument. Mais nous exigeons que son anonymat soit préservé. Je ne suis pas autorisé à donner davantage de détails avant que vous nous assuriez de l'intérêt que vous portez à notre proposition. Ma cliente réclame également la récompense et la garantie d'obtenir l'immunité contre d'éventuelles poursuites. Je vous certifie qu'elle n'a joué aucun rôle dans l'escroquerie de Parker Bennett. Elle a été contrainte et forcée par ce dernier d'accepter un infime pourcentage des produits de la fraude après la disparition de ce dernier.

— Vos exigences sont considérables, maître. En temps normal, je me verrais dans l'obligation de vous demander le nom de votre cliente avant d'étudier de plus près votre proposition. Si son rôle se borne à celui que vous décrivez, alors oui, je suis prêt à y réfléchir. Vous n'êtes pas sans savoir que pour ce type de décision, je dois d'abord en référer au plus haut niveau. Ensuite seulement je pourrai vous donner une réponse.

— Naturellement. » Derek Landry sourit. « J'attends votre appel, monsieur Schell. Inutile de me raccompagner. »

53

Le mercredi matin, Lane partit travailler en songeant à ce qu'Eric lui avait dit la veille. Une fois encore, elle avait passé un moment délicieux. Elle ne pouvait nier que leur complicité était de plus en plus grande. En l'espace d'une semaine à peine, leur attirance s'était encore renforcée. Elle la ressentait et savait qu'elle était réciproque. Il lui avait exprimé à nouveau ce qu'il éprouvait pour elle. Cependant, beaucoup de gens restaient persuadés qu'il était impliqué dans l'escroquerie de son père.

Dwight vouait à Eric une véritable haine. Mais pourquoi donc ? Il n'avait jamais donné aucune raison à cela, c'était injuste.

Je ne peux pas prendre le risque d'aimer et de souffrir encore, songea Lane en se rappelant la douleur d'avoir perdu son père, puis Ken. Et je ne veux pas non plus que Katie souffre. Le matin même, la fillette lui avait parlé d'Eric, alors qu'elle ne l'avait pas vu depuis des semaines.

Fort heureusement, aujourd'hui, l'humeur de Glady s'était considérablement adoucie.

« Je peux faire enlever les tableaux et les sculptures chez la grande Chichi si elle ne paie pas, lui annonça-t-elle. D'habitude, la Greer Company ne reprend jamais les marchandises facturées, c'est contraire à la politique de la maison. Mais comme je me fournis chez eux depuis des années…

— Je suis ravie. C'est vraiment gentil de leur part, répondit Lane avec enthousiasme.

— Ils peuvent bien m'accorder cette faveur. Ils ont fait fortune grâce aux clients que je leur ai amenés, dit Glady. Et je n'aurai pas volé mon argent. Avant que je ne m'y attaque, cet appartement était un véritable dépotoir, le summum du mauvais goût. »

Je connais la rengaine, se dit Lane. Cependant, elle acquiesça et renchérit comme il se devait.

« C'est un de vos plus beaux projets, Glady. L'appartement est agréable et magnifique. »

Plus tard ce jour-là, elles se trouvaient au bureau quand l'agent du FBI Rudy Schell appela en les priant de venir toutes les deux le voir le plus tôt possible. Le téléphone à la main, Glady alla trouver son assistante.

« Un agent du FBI veut nous voir, dit-elle. Vous avez des rendez-vous, demain ?

— Je pourrai toujours m'arranger.

— Voilà qui promet d'être intéressant. Je parie ma prochaine commission qu'il s'agit de notre Précieuse ridicule, et je parie aussi que ce n'est pas sans rapport avec Parker Bennett.

— Cela ne m'étonnerait pas, répondit Lane, tout en craignant qu'il soit également question d'Eric.

— Je vous avais bien dit qu'elle était peut-être toujours en contact avec lui, poursuivit la décoratrice. N'est-ce pas que je vous l'avais dit ?

— Oui, Glady, vous me l'avez dit. »

Ce soir-là, au dîner, Katie raconta à sa mère que son professeur de dessin lui avait dit qu'elle serait une grande artiste un jour.

« C'est bien ce que je te répète, Katie ! s'exclama Lane en espérant que sa fille ne s'apercevrait pas qu'elle était soucieuse.

— Et j'ai une surprise pour toi, je veux te la montrer tout de suite, lança la fillette, tout excitée. Je peux, dis ?

— Bien sûr. »

Lane sourit avec indulgence. Elle entendit Katie courir jusqu'à sa chambre au bout du couloir. Quand elle revint, elle tenait une toile de la taille d'une grande enveloppe.

« Montre-moi », lui dit Lane, attendrie.

Elle ressemble tellement à Ken, songea-t-elle en regardant sa fille serrer la toile contre elle d'un air radieux. Elle a hérité de moi ses cheveux auburn, mais elle a exactement les mêmes yeux et la même forme de visage que lui. Dans quelques jours à peine, ce serait l'anniversaire de sa mort. Elle était toujours hantée par les souvenirs de leur brève vie commune et se demandait souvent ce qui serait advenu s'il avait vécu.

Lentement, Katie retourna la toile d'un geste théâtral et la lui montra.

« Ça ressemble à papa ? demanda-t-elle avec fébrilité. J'ai pris la photo sur ta table de chevet et je l'ai apportée tous les jours à l'atelier de dessin la semaine dernière, mais chaque fois je la remettais bien à sa place. C'est pas une bêtise, hein ? »

Lane écarquilla les yeux, la gorge nouée, incapable de parler. Évidemment, c'était un tableau d'enfant, mais c'était tout de même Ken.

« C'est magnifique, murmura-t-elle. C'est exactement lui. Il serait tellement fier de toi.

— Je lui ressemble ? demanda sa fille, soudain mélancolique.

— Oui, mon cœur. »

Lane se leva et la serra dans ses bras en veillant à ne pas abîmer la précieuse toile. Puis elle la prit et la posa avec précaution au bout de la table.

« Ton papa me racontait toujours qu'à ton âge, il adorait peindre et dessiner. J'ai encore des dessins qu'il a faits quand il était au cours préparatoire. Je les retrouverai et je te les montrerai », dit Lane quand elles se furent rassises.

Lorsque Katie fut couchée, elle s'installa au salon sans avoir envie d'allumer la télévision. Elle avait une impression pénible : ce portrait tombait juste avant l'anniversaire de la mort de Ken et coïncidait avec ses efforts pour y voir plus clair dans ses sentiments à l'égard d'Eric. Comment tout cela allait-il finir ? Qu'aurait pensé Ken de sa relation avec Eric ? Aurait-il vu d'un bon œil qu'il devienne le beau-père de Katie ? Si elle continuait à fréquenter Eric, il était inévitable que leur amitié passe au stade supérieur. La veille au soir, encore, elle en avait eu la preuve. À la fin du dîner, Eric lui avait redit à quel point il l'aimait. « J'ai trente-sept ans, Lane, avait-il déclaré. J'ai eu pas mal d'aventures. Mais à chaque fois, j'éprouvais un manque. J'ai toujours su qu'il y avait autre chose qui m'attendait. Et avec vous, je l'ai trouvé. »

54

Une fois encore, Lane dormit mal cette nuit-là. Dans l'après-midi, à trois heures, Glady et elle se présentèrent au bureau de Rudy Schell.

Il les fit entrer dans une des salles de réunion et, après leur avoir proposé un café, en vint directement au fait.

« Madame Harper, dit-il à Glady, pendant combien de temps encore comptez-vous travailler dans l'appartement de la comtesse de la Marco ?

— Il faudra quelques semaines avant que les derniers aménagements soient terminés.

— Vous a-t-elle payée régulièrement ?

— Oui. Mais à présent elle me doit deux millions de dollars. Je m'aperçois qu'elle cherche à gagner du temps. Si elle ne me règle pas rapidement, je ferai reprendre certaines œuvres d'art, ce qui naturellement diminuera ma commission. »

L'agacement était perceptible dans le ton de Glady. Schell hocha la tête.

« Elle est donc à court d'argent, c'est exactement ce que je m'attendais à entendre, dit-il, une note de satisfaction dans la voix.

— Et pourquoi donc ? demanda la décoratrice. Vous lisez dans les pensées ? »

Toujours cette touche sarcastique chez Glady, constata Lane.

« J'aimerais en être capable. J'aurais pu résoudre bien des affaires sans me donner de mal. Madame Harper, madame Harmon, poursuivit Schell d'un ton plus grave, avez-vous entendu dire que la comtesse était la maîtresse de Parker Bennett ?

— Entendu dire ! s'esclaffa Glady. Bien sûr qu'elle l'était. Tout le monde est au courant.

— Le corps de Parker Bennett n'a jamais été retrouvé et il nous paraît probable qu'il a simulé sa disparition. Vous êtes allées régulièrement dans l'appartement de la comtesse ces temps-ci. Pensez-vous qu'elle ait été en contact avec Parker Bennett ?

— Cela ne me surprendrait pas, répondit aussitôt Glady. La première fois que j'ai évoqué le prix demandé pour décorer l'appartement, elle s'est excusée et elle est sortie de la pièce pour passer un coup de téléphone. À son retour elle nous a donné le feu vert. Je pense qu'elle venait de parler à son Père Noël.

— Bien vu, fit observer Schell. À votre avis, c'est donc possible ?

— Possible, sûrement. Et même probable, répondit Glady.

— Récemment, en page six du *Post*, j'ai lu un écho selon lequel la comtesse avait été vue dînant avec Barclay Cameron.

— Vous lisez le *Post* ? s'étonna Glady. Je vous aurais cru trop occupé pour perdre votre temps à éplucher la page six. J'ai lu moi aussi cet article. La comtesse et Barclay Cameron, c'est de l'histoire ancienne. Je suppose qu'elle essaie de ranimer la flamme parce qu'elle a des difficultés de trésorerie.

— Madame Harper, vous semblez très au courant des affaires de la comtesse, dit Schell d'un ton flegmatique.

— Quand vous êtes décoratrice pour ce type de clientèle, vous entendez quantité de potins. »

Schell se tourna vers Lane.

« Madame Harmon, vous avez rencontré Eric Bennett à plusieurs reprises, n'est-ce pas ? »

Stupéfaite, Lane répondit :

« J'ai dîné avec lui quelques fois. En quoi cela vous regarde-t-il ?

— C'est mon rôle d'être au courant des activités de Bennett, et maintenant, laissez-moi vous expliquer à toutes les deux pourquoi je vous ai demandé de venir ici aujourd'hui. Il semblerait que la possibilité d'appréhender Parker Bennett se précise. Nous pensons que la comtesse est en contact avec lui. Et nous avons toujours cru qu'Eric Bennett était impliqué dans l'escroquerie de son père.

— Comme la plupart des gens, monsieur Schell, répliqua Lane. Cela a été un terrible poids pour lui.

— Peut-être est-il coupable, peut-être pas, répondit Rudy Schell. Le fait est que vous pouvez, l'une comme l'autre, apporter une grande aide au FBI. Disons-le autrement. Si nous appréhendons Parker Bennett, nous pensons être à même de récupérer au moins une partie, sinon la quasi-totalité de l'argent qu'il a volé. Comme je vous l'ai dit, nous croyons que la comtesse est en contact avec lui. J'aimerais que vous continuiez à vous rendre dans cet appartement aussi souvent que possible sans aller jusqu'à éveiller les soupçons et que vous nous informiez de ce que vous entendrez. Visiblement, la comtesse commence à s'inquiéter du montant de ses dépenses de décoration, selon vous.

— C'est le moins qu'on puisse dire, rétorqua Glady. D'ailleurs, comme je viens de vous l'expliquer, j'ai l'intention de retirer de l'appartement quelques-unes des œuvres d'art, à moins que les deux millions de dollars qu'elle me doit ne soient réglés cette semaine.

— Cela mettrait fin à vos relations avec la comtesse, n'est-ce pas ? demanda Schell, soucieux.

— Oui, car j'ai quasiment fini le reste des travaux.

— Madame Harper, dit lentement l'agent du FBI, dans ce cas je vous demanderai de laisser les tableaux en place afin de pouvoir continuer à vous rendre sur place un peu plus longtemps. J'aimerais que vous mettiez un micro dans sa chambre. J'ai une autorisation judiciaire. En dehors de cette pièce, où

Mme de la Marco passe-t-elle la majeure partie de son temps ?

— Dans la bibliothèque, répondit Glady. Elle s'y fait habituellement servir son déjeuner et c'est là qu'elle répond au téléphone.

— Alors il faudra aussi y placer un micro, déclara Schell. Quant à vous, madame Harmon, j'aimerais que vous encouragiez les sentiments qu'Eric Bennett éprouve à votre égard.

— Comment savez-vous qu'il éprouve des sentiments pour moi ? se rebiffa Lane, furieuse.

— Nous l'avons surveillé, madame Harmon, répondit Schell. Je voudrais que vous gagniez sa confiance. Dites-lui que vous n'attachez aucune importance au fait qu'il ait pu collaborer avec son père. Glissez une allusion, tout au moins.

— Je ne ferai certainement pas une chose pareille, protesta Lane. Eric est un homme honnête et respectable, qui a terriblement souffert de cette épreuve. Il m'a dit avoir soldé la totalité de son compte en banque et en avoir versé jusqu'au dernier dollar au fonds de réparation pour les victimes. »

La voix de Schell devint glaciale.

« Madame Harmon, Eric Bennett n'a pas versé un cent à ce fonds. S'il vous a dit cela, c'est un mensonge éhonté. Et s'il vous a menti sur ce point, je crains qu'il ne vous ait menti aussi sur d'autres sujets. Mais, je le répète, si vous semblez sensible à ses avances, si vous lui faites comprendre que vous vous souciez peu qu'il ait participé à l'escroquerie, il se sentira peut-être suffisamment en confiance pour vous faire certaines confidences. Nous vous montrerons comment utiliser un micro. Je vous demanderai aussi de dîner avec lui plus fréquemment. »

Lane était abasourdie. Il ne dit pas la vérité, pensa-t-elle. Il me manipule pour que j'espionne Eric, ni plus ni moins. L'idée de porter un micro caché pour enregistrer chaque parole d'Eric lui faisait horreur.

« Je refuse absolument de coopérer, s'emporta-t-elle. Je crois en l'innocence d'Eric Bennett. Je suis scandalisée que vous me demandiez de faire cela.

— Vous croyez vraiment qu'Eric Bennett a vidé son compte et vendu ses actions pour aider les victimes ? demanda l'agent du FBI d'un ton dédaigneux.

— Oui, je le crois, monsieur Schell, et je crois que vous voulez me tendre un piège en me montant contre un ami qui me fait confiance.

— Vous êtes stupide, Lane, intervint sèchement Glady. Quant à moi, je poserai volontiers ces micros dans l'appartement de la comtesse, monsieur Schell. Comme je vous l'ai dit, je pense que c'est l'argent de Parker Bennett qui sert à payer mes factures, et ça ne me plaît pas. Si vous pouvez prouver que la dame est impliquée dans cette histoire, vous serez en droit de saisir cet appartement et le produit de la vente ira au fonds des victimes, c'est bien ça ?

— En effet.

— Eh bien vous en tirerez encore plus d'argent après ma rénovation. Ce sera ma contribution.

— Glady, vous semblez oublier que c'est la succession de la Marco qui est propriétaire de l'appartement, et non la comtesse, fit remarquer Lane.

— Je ne l'ai pas oublié, rétorqua sa patronne. Mais si elle va en prison, je vous fiche mon billet que s'ils peuvent récupérer cet appartement, ils seront trop heureux de trouver un arrangement. »

Rudy Schell avait entendu dire que Glady Harper était une femme d'affaires remarquable ; il en avait la preuve. Il se tourna vers elle.

« Madame Harper, je vous remercie. Avec votre aide nous arriverons peut-être à traduire Bennett en justice. » Puis, s'adressant à Lane : « Madame Harmon, je vous serais infiniment reconnaissant si vous acceptiez de coopérer avec nous. J'espère que vous changerez d'avis.

— C'est hors de question », lui lança Lane.

Elle regarda en silence un agent du FBI montrer à Glady comment porter un micro sur elle et lui décrire les endroits où elle devrait en poser chez la comtesse de la Marco. Comme elle s'y attendait, Glady n'avait pas besoin de beaucoup d'explications. Quand l'agent entreprit de récapituler, elle lui dit froidement :

« Je ne suis pas totalement idiote. Un enfant saurait comment s'y prendre. »

Alors qu'elles s'apprêtaient à partir, Rudy Schell arrêta Lane.

« J'espère que vous y réfléchirez et accepterez de coopérer avec nous. Il est de mon devoir de vous informer que si vous divulguez à quiconque l'existence du mandat qui nous autorise à placer des écoutes, vous serez accusée d'obstruction à la justice.

— Je ne dirai rien et n'y ferai pas la moindre allusion. »

Lane tourna les talons et quitta la pièce. Glady la suivit en silence.

Pour une fois, elle fait montre d'un certain tact, pensa Lane tandis qu'elles descendaient dans l'ascenseur. Elle se garde bien de faire une remarque déplacée sur mes relations avec Eric. Sinon, elle ferait mieux de se trouver une autre assistante. Et elle aurait du mal à me remplacer.

Après les avoir reconduites jusqu'à la porte de la salle de réunion, Rudy Schell s'était rassis. Il était absolument certain que Derek Landry était l'avocat de la comtesse de la Marco, et l'idée que cette femme touche la prime doublée d'une garantie d'immunité et d'anonymat le mettait hors de lui. Pour coincer Parker Bennett, ils devraient peut-être s'en accommoder mais ils pouvaient au moins gagner du temps.

Rudy sentait qu'ils approchaient du but. Il éprouvait cette excitation qui s'emparait toujours de lui au moment de porter le coup final. Il savourait à l'avance la satisfaction de frapper à la porte de la planque de Parker Bennett et de lui passer les menottes.

55

Sur la route qui le ramenait à Montpelier, Joel Weber embrassa du regard le paysage alentour. Le ciel était plus bleu qu'à Manhattan. Normal, pensa-t-il. Il y a à New York plus de voitures, d'immeubles et de gens que n'importe où ailleurs.

Il était presque trois heures quand il s'arrêta dans le parking du lycée. Il faisait très froid à Hanover, mais ici, on gelait carrément.

Hâtant le pas, il se dirigea vers le bâtiment et sonna. Une femme élancée qui devait avoir dans les soixante-dix ans vint aussitôt lui ouvrir.

« Bonjour monsieur Weber. Je suis Kay Madonna, la secrétaire du proviseur. Je vous accompagne. Il vous attend. »

Joel la suivit le long du couloir, puis traversa une antichambre avant de pénétrer dans le bureau de Glenn Callow. La soixantaine, de taille moyenne, le cheveu dru poivre et sel, le proviseur se leva, tendit la main et invita son visiteur à s'asseoir avant de demander directement :

« En quoi puis-je vous aider, monsieur Weber ? De quoi s'agit-il ?

— Je tiens tout d'abord à vous informer que je suis un ancien agent du FBI, et que je travaille à présent pour l'Agence d'investigation Adams. Nous nous intéressons au passé d'Eric Bennett. Nous avons appris qu'il y a dix-sept ans, une jeune fille de votre lycée sortait avec lui avant qu'il ne quitte brusquement Magna Carta College. Étiez-vous déjà là à cette époque ? demanda Joel.

— Oui.

— J'ai cru comprendre que la jeune fille en question s'appelait Regina Crowley. Vous souvenez-vous d'elle ?

— Oui, très bien », répondit Callow. Un sourire éclaira son visage. « Regina était une élève remarquable, aussi brillante dans les classes de débat que sur les courts de tennis.

— Lui est-il arrivé quelque chose de particulier quand elle était au lycée ?

— Non, pas vraiment. »

Joel Weber sentit que ses questions commençaient à mettre son interlocuteur mal à l'aise.

« Monsieur Callow, précisa-t-il, comprenez bien que je m'intéresse à Regina Crowley uniquement dans la mesure où elle peut avoir un lien avec Eric Bennett.

294

— J'ai bien compris, mais à part le fait qu'elle ait quitté prématurément le lycée durant sa deuxième année à cause d'une grave mononucléose, je ne vois rien de particulier.

— Savez-vous ce qu'elle est devenue par la suite ? insista Weber.

— Oui. Elle a réintégré le lycée l'année suivante. Elle a obtenu son diplôme avec mention très bien avant d'entrer à Boston College puis de faire son droit.

— Êtes-vous resté en contact avec elle ?

— À ma connaissance, elle n'est jamais revenue ici, dit Callow à mi-voix. Mais elle fait tous les ans une donation au fonds des étudiants.

— Pouvez-vous me communiquer son adresse ? » Callow hésita un instant.

« Je ne vois aucune raison qui m'en empêche. Elle s'est mariée et s'appelle maintenant Fitzsimmons, elle habite Hartford. J'ajoute qu'elle est avocate spécialisée dans l'immobilier et travaille dans le cabinet juridique Manley & Fusaro. Leurs bureaux sont aussi situés à Hartford. »

Joel Weber se leva. Il n'avait pas d'autres questions. Il avait obtenu toutes les informations nécessaires durant cet entretien.

« Monsieur Callow, dit-il, vous m'avez été d'une grande aide et je vous suis reconnaissant d'avoir pris le temps de me recevoir. »

Les deux hommes se serrèrent la main et Joel Weber sortit puis regagna le parking.

Une fois dans sa voiture, il ouvrit son portable et demanda aux renseignements le numéro et l'adresse de Manley & Fusaro. Un instant plus tard il recevait un SMS avec les indications qu'il désirait.

Il appela aussitôt le cabinet et demanda à la standardiste de lui passer Regina Fitzsimmons.

« Un moment, je vous prie. Je vais voir si elle est là. »

Quelqu'un décrocha le téléphone dès la première sonnerie. « Regina Fitzsimmons, fit une voix.

— Madame Fitzsimmons, je me présente, Joel Weber. Je suis détective privé et ancien agent du FBI. J'aimerais vous rencontrer. Je fais une enquête sur le passé d'Eric Bennett et je pense que vous détenez des informations qui pourraient se révéler très utiles. Accepteriez-vous de me recevoir ? »

Long silence au bout du fil.

« Au fond, après tant d'années, j'imagine que je ne risque rien. Oui, monsieur Weber, je vous verrais volontiers.

— Je quitte Montpelier à l'instant. Je crois qu'il y a environ trois heures de voiture jusqu'à Hartford, n'est-ce pas ? Je pourrais être à votre bureau vers six heures et demie. Cela vous convient-il ?

— Entendu, dit Regina Fitzsimmons. J'ai l'intention de travailler tard, je vous attendrai. Avez-vous notre adresse ?

— Oui, je vous remercie. »

Weber rangea son portable, satisfait. Jusque-là, son après-midi avait été particulièrement fructueux.

Une neige légère commençait à tomber mais il atteignit Hartford avant qu'elle ne devienne plus abondante et se transforme en une vraie tempête hivernale.

Le cabinet juridique Manley & Fusaro était situé sur Main Street, dans un immeuble cossu de brique rouge.

Weber gara sa voiture, monta quatre à quatre les marches du perron et sonna à la porte.

D'après ses calculs, Regina Fitzsimmons devait avoir à peu près trente-quatre ans. La jeune femme qui vint lui ouvrir était une petite blonde qui paraissait même plus jeune qu'il ne le pensait. Elle l'accueillit cordialement.

« Entrez, je vous en prie, monsieur Weber. Je suis Regina Fitzsimmons. J'ai fait du café. Je suis sûre qu'une tasse vous fera du bien après une aussi longue route. »

Elle le conduisit jusqu'à son bureau. La réceptionniste était absente pour la journée mais Weber entendait d'autres voix plus loin dans le couloir.

Elle referma la porte, l'invita à s'asseoir et prit place en face de lui.

« Je me doutais que ce jour arriverait, dit-elle. Et peut-être en suis-je soulagée. Je sais qu'après avoir aidé son père à détourner tout cet argent, Eric s'en est tiré et ça me rend malade. »

Le récit qu'elle fit alors à Joel était horrifiant.

« Nous assistions tous aux matchs de football de Magna Carta. Eric était en deuxième année. Il a commencé à s'intéresser à moi. Il s'asseyait à mes côtés pendant les matchs et, à la mi-temps, il m'achetait toujours mon snack favori, un bretzel et un chocolat chaud. Il était beau et charmant. J'étais flattée et j'avais sans doute le béguin pour lui. Un samedi où il faisait particulièrement mauvais, froid, pluvieux, une espèce de pluie glacée, Eric n'a pas attendu que le match commence et m'a dit : "Partons d'ici et allons au cinéma." En chemin, il s'est arrêté devant une cafétéria et m'a demandé d'attendre dans la voiture. "Ils n'ont peut-être pas de bretzels mais je peux t'apporter un chocolat chaud." Il est revenu avec le chocolat et m'a encouragée à le boire en disant : "Tu es toute pâle. Ça va ?" »

Regina s'interrompit et détourna la tête. Weber vit qu'elle avait les yeux pleins de larmes.

« Je me souviens ensuite de m'être réveillée, poursuivit-elle. Nous sortions du cinéma en plein air. Trois heures s'étaient écoulées. Il a dit que j'avais dormi pendant la plus grande partie du film. Il a ajouté : "Je crois que tu couves quelque chose." Je ne me sentais pas bien, en effet. J'ai pensé que j'allais avoir mes règles car ensuite, j'ai vu un peu de sang sur mes sous-vêtements. Je n'ai jamais imaginé qu'il avait pu me violer. Six semaines plus tard, je me suis mise à saigner abondamment. Ma mère m'a emmenée d'urgence à l'hôpital et on lui a annoncé que j'avais fait une fausse couche.

— Quelle a été sa réaction ? demanda Weber à mi-voix.

— Elle a été horrifiée, murmura Regina.

— A-t-elle déposé plainte ?

— Le médecin a demandé si j'avais été consentante, et ma mère a répondu oui. Elle m'a lancé un regard noir, comme si elle voulait me tuer, mais j'ai compris. Si elle avait déclaré qu'il s'agissait d'un viol, elle savait bien qu'on aurait beau tout faire pour garder le secret, cela finirait par se savoir. Elle ne voulait pas que cette histoire me poursuive toute ma vie. Mais ensuite j'ai fait une dépression nerveuse. Je pleurais tout le temps. Je ne pouvais rien manger, je n'arrivais pas à dormir. » Regina respira profondément et continua. « Mon père nous a abandonnées quand j'avais deux ans. J'ignore où il se trouve aujourd'hui. En voyant mon état, ma mère a craint d'avoir fait une erreur en ne portant pas plainte. Elle a appelé son seul parent, son cousin Dwight Crowley, le chroniqueur. Il est venu nous voir et s'est montré absolument merveilleux. Il m'a amenée chez un psychiatre qui a été formidable avec moi. Dwight a pris à sa charge toutes les dépenses. J'ai déclaré au médecin que le seul moment où j'avais pu tomber enceinte était le jour où Eric Bennett m'avait emmenée au cinéma. Aujourd'hui encore, je ne me souviens toujours pas de ce qui s'est passé après que je suis montée dans la voiture. Le psychiatre m'a crue, il a été convaincu que je disais la stricte vérité et que je ne tentais pas de dissimuler une idylle secrète. Ni lui ni Dwight n'étaient d'avis d'étouffer l'affaire, comme le souhaitait ma mère, mais elle était affolée en pensant à ma réputation. Le psychiatre était naturellement tenu par le secret médical, mais ma mère a fait jurer à Dwight de ne jamais en dire un mot à personne. L'histoire officielle était que j'avais contracté une mononucléose qui m'avait fait perdre mon année scolaire.

— Et tout le monde vous a crue ? » demanda Weber d'un ton apaisant.

— Oui, je le pense. Mais plus tard, une étudiante de Magna Carta a rapporté au doyen qu'Eric Bennett avait tenté de la violer et qu'elle était parvenue à lui échapper. C'est à la suite de cette histoire qu'il a été prié de quitter l'université. Son père a fait un don de dix millions de dollars pour que son dossier reste vierge. On a raconté qu'Eric était parti de son plein gré, alors qu'il avait été renvoyé.

— On m'a dit qu'Eric Bennett avait été agressé à l'époque. »

Regina sourit à travers ses larmes.

« Je ne sais toujours pas et ne saurai sans doute jamais si Dwight avait quelque chose à y voir. C'était peut-être un ami de la fille qu'il avait tenté de violer.

— M'autorisez-vous à faire part de ces informations à mon bureau ? Vous avez ma parole qu'elles n'en sortiront pas.

— À partir du moment où vous me jurez qu'elles resteront confidentielles, oui. J'ajouterai seulement, mais vous le savez peut-être déjà, que sous une façade charmante, Eric Bennett est un homme pervers et dangereux, dit Regina avec de la colère dans la voix.

— Croyez-moi, madame Fitzsimmons, je ne l'oublierai pas. Maintenant, si vous le permettez, j'aimerais vous poser une dernière question. Savez-vous si Eric était proche de son père ?

— Proche est un euphémisme, s'emporta Regina. Eric ne cessait de parler de lui, de chanter ses louanges, il vantait son intelligence, sa réussite, sa générosité. Parker Bennett le comblait de cadeaux. Il roulait en Maserati, offerte par papa pour son anniversaire. » Elle s'interrompit un instant avant de poursuivre. « Monsieur Weber, d'après ce que j'ai lu dans les journaux et mes propres souvenirs d'Eric, je parie que tous les deux ont eu partie liée pour escroquer ces pauvres gens. Si vous arrivez à prouver qu'Eric est impliqué, je vous jure que je sable le champagne. »

56

Parker Bennett descendit de l'avion à Miami et quitta le terminal en tirant ses deux valises. Il avait trouvé sur Internet un motel Night & Day proche de l'aéroport. Dans un quartier malfamé de la ville où il savait qu'on ne lui poserait aucune question. Il s'inscrirait sous un nom d'emprunt pour ne pas se faire repérer et paierait à l'avance.

Dans les toilettes de l'aéroport, il troqua son habituel trench-coat contre un blouson léger en synthétique. Il avait également acheté une casquette trop grande qui lui descendait sur le front et cachait ses yeux. Il héla un taxi et donna l'adresse du motel.

À la réception, il plaça un billet de cent dollars sur le comptoir. « Pour vous », dit-il à l'employé. Celui-ci, un type chauve au teint cireux, l'air désabusé, empocha le billet. « La chambre est à cinquante dollars la nuit, payables d'avance en liquide. »

Celle-ci était exactement telle qu'il l'avait imaginée. Une odeur de vieux tabac. Un dessus-de-lit crasseux et couvert de taches sur lesquelles il valait mieux ne pas s'interroger. Dégoûté, il se promit de ne pas traîner longtemps dans le coin.

Il prit la serviette élimée de la salle de bain, la mouilla avec l'eau du robinet et nettoya le dessus de la commode et des tables de nuit. La serviette en ressortit noire de crasse. Une image lui traversa soudain l'esprit, le souvenir de la propriété de Greenwich, de sa chambre dont l'imposant mobilier d'acajou était toujours étincelant, briqué par les nombreux domestiques.

Au moins, il n'aurait aucun mal à rester caché dans un endroit de ce genre, pensa-t-il amèrement. Puis il se rappela qu'une fois en possession de ce fichu numéro de compte en Suisse, et donc en mesure d'accéder à l'argent, le reste de son existence se déroulerait comme sur des roulettes.

Il jeta la serviette sale dans la corbeille et s'assit dans ce qui était censé être un fauteuil de bureau. Après s'être levé à l'aube, avoir dû boucler sa valise en vitesse, sur le qui-vive, assailli par la crainte d'être arrêté d'un instant à l'autre, il était éreinté. Il alla dîner dans un snack voisin, regagna le motel et dormit dix heures d'affilée.

Le lendemain matin, revigoré, il chercha l'adresse du bureau des passeports le plus proche. Il avait en poche son acte de naissance au nom de Joseph Bennett. Comme tout le monde recherchait Parker Bennett, il espérait que le nom de Joseph Bennett n'éveillerait aucun soupçon. Mais dès l'instant où il s'adressa à un employé, on l'informa que même avec son acte de naissance, il avait besoin de trois documents différents prouvant son identité pour obtenir un passeport, dont son permis de conduire s'il en avait un et sa carte d'assurance maladie. Il prit ostensiblement les formulaires pour les remplir chez lui. Dès qu'il aperçut une poubelle, il les déchira d'un geste furieux et les jeta. À ce stade, il ne savait pas quelle serait la suite des événements.

Si Sylvie l'avait dénoncé, il n'y avait plus d'issue. Tous les flics des aéroports seraient sur le pont, à la recherche de George Hawkins. Soudain, il partit d'un rire hystérique. Sylvie n'avait vu que la facture du bateau. Elle ne savait pas qu'il avait un passeport britannique. Les fédéraux chercheraient un passeport américain, un passeport américain au nom de George Hawkins.

Maintenant il ne lui restait plus qu'à traîner dans le coin pendant un certain temps. Il achèterait une perruque grise ou blanche, ou peut-être les deux. Il avait toujours eu des problèmes de poids. En surveillant son régime et en faisant régulièrement de l'exercice, il avait réussi à ne pas dépasser quatre-vingt-dix kilos. Pendant les semaines à venir, il n'allait plus se priver. Il reprendrait une partie des kilos contre lesquels il avait bataillé pendant quarante ans en se régalant de tous les aliments bien gras qu'il adorait.

À moi, les gaufres et le bacon frit et craquant au petit déjeuner, les épais cheeseburgers, les frites à midi. Tout ce qui fait grossir, je vais en profiter à fond.

Réjoui à la perspective des merveilleux repas qui l'attendaient, Parker Bennett donna un pourboire au chauffeur de taxi qui le déposa devant le motel.

Ah, la douceur du foyer, se dit-il en souriant. Il ne me faudra que quelques semaines pour me laisser pousser la barbe, grossir et changer d'apparence physique. Tout va s'arranger. Il le faut.

Restait une dernière chose à faire. Il avait besoin d'une arme. Il n'avait pas l'intention de l'utiliser. Il ne projetait certainement pas de tuer qui que ce soit, mais quand il arriverait chez Anne, il devait être préparé. Si elle montrait la moindre velléité de le dénoncer, la vue d'un pistolet la terrifierait et garantirait son silence.

Sylvie de la Marco – Sally Chico, songea-t-il avec dédain. Elle l'avait mis à sec ces deux dernières années et elle allait s'en tirer.

Évidemment, s'il se faisait arrêter, il aurait une consolation. Elle atterrirait aussi derrière les barreaux et il n'irait pas débourser des millions de dollars pour redécorer la cellule.

57

Eleanor Becker ne fut pas étonnée de recevoir un coup de téléphone de Sean Cunningham. Il lui proposait de les emmener déjeuner en ville, Frank et elle.

« Je présume que vous sortez peu de chez vous ces temps-ci, Eleanor, dit-il.

— Pas beaucoup, en effet », reconnut-elle.

Deux semaines à peine s'étaient écoulées depuis, pourtant l'impression chaleureuse qu'elle avait ressentie durant le repas de Thanksgiving en compagnie de ses cousins n'était plus qu'un lointain souvenir. Elle se réveillait le matin avec une sensation d'extrême lassitude. Ses rêves étaient agités, parfois effrayants. On la poussait dans une pièce obscure, elle comprenait que c'était une cellule de prison. Elle voyait des barreaux tout autour d'elle. Elle s'y agrippait. Elle pleurait et criait : « Non, je vous en prie, laissez-moi sortir d'ici, laissez-moi sortir ! Je n'ai rien fait, je vous le jure, je n'ai rien fait ! »

Ces cauchemars conjugués à l'inquiétude que lui inspirait constamment le diabète de Frank la laissaient exténuée. Les seules fois où elle sortait de chez elle, c'était le dimanche pour aller à la messe. Assise au fond de l'église, elle regardait de tous les côtés pour voir si personne ne l'observait. Même là, elle n'était pas en paix.

Elle répondit simplement à l'invitation de Sean :

« Non, je n'y tiens pas, merci.

— Moi si, insista-t-il. Eleanor, il faut que vous sortiez de chez vous. Nous irons au Xaviar's. Il donne sur l'Hudson. La cuisine y est délicieuse. Cela vous fera beaucoup de bien. Je viendrai vous prendre tous les deux demain à midi et demi. »

Après avoir raccroché, Eleanor se tourna vers Frank.

« Il semble que nous ayons rendez-vous pour déjeuner avec Sean Cunningham, dit-elle avec anxiété.

— J'aime beaucoup ce type, dit Frank. Peut-être te convaincra-t-il de retourner chez l'hypnotiseur. Je l'espère. »

Le lendemain matin, Eleanor alla chez le coiffeur. Depuis le début de tous ces ennuis, elle se coiffait chez elle, sauf quand elle avait besoin d'une coupe. Elle shampouinait ses cheveux naturellement ondulés, les séchait puis les laissait retomber autour de son visage, encadrant son front. Mais le résultat n'était jamais parfait.

Aujourd'hui, assise dans le fauteuil du salon de coiffure, elle avait l'impression de retrouver celle qu'elle était autrefois. La secrétaire qui offrait du café et des doughnuts aux malheureux qui apportaient innocemment les économies de toute une vie à Parker Bennett, pensa-t-elle tristement.

Sean Cunningham avait réservé une table près de la fenêtre. Comme il l'avait promis, ils avaient vue sur l'Hudson, qui semblait charrier une eau glaciale, moutonneuse, offrant un contraste saisissant avec le spectacle qu'on pouvait observer l'été, lorsqu'il était couvert de bateaux de plaisance.

Sean les accueillit et leur désigna la vue.

« C'est le signe de ce qui nous attend, dit-il. On prévoit un hiver froid et neigeux, on dirait qu'il commence tôt. »

Eleanor buvait rarement du vin au déjeuner, mais, encouragée par les deux hommes, elle en commanda un verre. Pendant qu'ils choisissaient leur plat, elle se sentit soudain réconfortée et éprouva de nouveau l'impression de bien-être qui l'avait envahie le jour de Thanksgiving. Sean et Frank avaient eu raison de la pousser à sortir.

Pendant qu'ils mangeaient leurs pâtes, Sean lui demanda :

« Eleanor, vous souvenez-vous de Ranger Cole ? Vous étiez aux funérailles de sa femme.

— Je me souviens de lui, le pauvre homme. Il avait l'air complètement perdu. Il m'a fait de la peine.

— Je crains qu'il ne soit toujours aussi perdu, dit Sean. Il a essayé de faire bonne figure à la réunion de la semaine dernière, mais je ne me fais pas d'illusions. »

Au moment du café, Sean aborda le sujet de l'hypnose.

« Eleanor, je sais que vous êtes réticente à l'idée de revoir ce psychiatre. Je vous comprends, croyez-moi. Mais vous avez fourni la seule piste qui permettrait d'arrêter Parker Bennett : le fait qu'il a un permis de conduire britannique. Le FBI m'a confirmé que cette information était d'une importance capitale et ils la détiennent grâce à vous. Si, sous hypnose, vous arrivez à vous rappeler son nom de famille, on aura de grandes chances de le coincer. Ce qui signifierait que tous ces gens dont l'existence a été dévastée pourraient récupérer une bonne partie de l'argent qu'ils ont perdu. Eleanor, il faut que vous reveniez sur votre décision, plaida Sean. Et cela vous sera utile pour votre procès.

— Je sais, répondit Eleanor. C'est juste… » Elle se tut, prit une profonde inspiration avant de continuer. « J'ai bien vu comme tout le monde était déçu la dernière fois. Et puis j'ai réfléchi. Et si j'avais tout inventé ? Peut-être n'ai-je pas vu de permis de conduire britannique, peut-être que ma mémoire me joue des tours. Et si je me trompais, Sean ? »

La voix d'Eleanor se mit à trembler.

« Laissez le FBI s'en occuper, répondit Sean d'un ton ferme. C'est à eux de vérifier si votre mémoire est fiable, et il vaut mieux qu'ils suivent une fausse piste plutôt que de n'avoir rien à se mettre sous la dent.

— Eleanor, c'est ce que je te répète depuis le début, intervint Frank. Sean a raison. Laissons le FBI décider de ce qui est vrai ou non. Vas-y, chérie. »

Eleanor eut un sourire hésitant.

« Et ils ne vont pas croire que je me moque d'eux si je dis des choses qui se révèlent inexactes ? demanda-t-elle.

— Eleanor, les personnes sous hypnose sont capables de reconstituer un souvenir partiel. Le témoin d'un crime qui a vu une voiture prendre la fuite et ne se rappelle qu'une partie du numéro minéralogique, sans se souvenir de la plaque en entier, alors qu'il l'a réellement vue, retrouvera le reste sous hypnose. La mémoire n'enregistre pas tout de manière consciente. Sous hypnose, votre esprit pourra retrouver la totalité du nom que vous avez vu. C'est une énorme pièce du puzzle qui manque pour appréhender Parker Bennett, dit Sean avec conviction.

— Vas-y, chérie, l'encouragea à nouveau Frank. Décide-toi.

— Je vous en prie, Eleanor, insista Sean. Le Dr Papetti assiste à un congrès médical et sera absent pour les dix jours qui viennent. Permettez-moi de prendre un rendez-vous pour jeudi en huit. S'il vous plaît. »

Eleanor se détourna et contempla les eaux froides de l'Hudson. Puis elle regarda Sean.

« Prenez rendez-vous », dit-elle à mi-voix.

58

Comme son chef Rudy Schell, Jonathan Pierce traquait le moindre indice pouvant conduire à Parker Bennett et prouver l'implication du fils dans les malversations de son père. Tout comme Schell, l'agent du FBI avait appris à rester patiemment à l'affût quand il était chargé de surveiller quelqu'un. Comme Schell, Pierce était grand, près d'un mètre quatre-vingt-dix. Il avait une masse de cheveux châtain clair et se maintenait sans effort en bonne forme physique. Il avait été champion de course à pied à Villanova University, ce qui signifiait qu'il pouvait se déplacer plus vite que la majorité de ses collègues. Il avait grandi à Oyster Bay, Long Island, et vivait aujourd'hui à Manhattan, dans Greenwich Village. Il voyait avec inquiétude le quartier perdre le côté pittoresque qui faisait sa singularité. Nous n'avons pas besoin de toutes ces célébrités qui font main basse sur l'immobilier, se disait-il souvent.

Aujourd'hui, Jonathan Pierce était content d'occuper la maison voisine de celle d'Anne Bennett.

Il aimait Montclair et s'entendait bien avec les gens dont il avait fait la connaissance grâce à sa prétendue acquisition du nouveau restaurant de Main Street.

Cependant, il était de plus en plus inquiet d'entendre Eric Bennett répéter à sa mère tous les deux jours qu'il fréquentait régulièrement Lane Harmon et s'apprêtait à la demander en mariage.

Jon Pierce avait cherché sur Internet tout ce qu'il pouvait apprendre sur elle. Il avait vu la maison de Georgetown où elle avait grandi. Il avait vu des photos d'elle petite à l'enterrement de son père, le représentant du Congrès Gregory Harmon. La pitié l'avait saisi devant la photo de l'enfant la main sur le cercueil, les yeux emplis de larmes, debout sur le trottoir devant l'église.

Il savait quelles écoles elle avait fréquentées. Il avait vu des photos d'elle avec son mari, Kenneth Kurner. Elle semblait si heureuse alors.

Elle avait perdu son père dans un accident d'avion quand elle avait sept ans et son mari dans un accident de la route quand elle en avait vingt-cinq et était enceinte. Deux drames terribles. Lui avait encore ses deux parents en bonne santé qui vivaient à Long Island. Deux frères aînés mariés, et six neveux et nièces.

Lane était décoratrice d'intérieur aujourd'hui, assistante de la célèbre Glady Harper. Elle avait une petite fille de quatre ans, Katie. Deux semaines plus tôt, Lane avait posté sur Facebook une photo où Katie tenait entre ses mains un petit tableau, un portrait qu'elle avait fait de son père qu'elle n'avait pas connu.

Jon se souvint de la première fois où il avait rencontré Lane : quand elle était venue chez Anne Bennett, six semaines auparavant. Il avait vu sa voiture s'engager dans l'allée et s'était précipité pour la saluer. Il avait été frappé par ses yeux magnifiques et ses cheveux auburn, qu'un léger vent faisait danser autour de ses épaules.

On ne peut pas tomber amoureux d'une femme en épiant ses conversations, se dit-il, puis il se demanda si ce n'était pas ce qui était en train de lui arriver. Il tenta de se raisonner. Peut-être était-ce parce que deux amis de son âge venaient de se fiancer. On se remet tous en question quand on a trente ans. Tu parles, trente-deux le mois prochain, oui.

La veille, Rudy Schell lui avait appris que quelqu'un se disait prêt à livrer des informations décisives pour localiser Parker Bennett. « Ça vient d'un avocat, Derek Landry, un vrai fumier, avait dit son chef, et je te parie tout ce que tu veux qu'il représente la comtesse Sylvie de la Marco. On va le faire traîner. Ça me ferait mal qu'elle s'en tire aussi facilement et touche une prime de deux millions de dollars. Mais j'ai le sentiment qu'on tient le bon bout », avait-il conclu.

Jonathan partageait ce sentiment. Si la comtesse les mettait sur la piste de Parker Bennett, cela les mènerait aussi à Eric. Et Lane se retrouverait au cœur de la mêlée.

Quand Eric Bennett et la jeune femme dînaient ensemble, ils étaient filés par deux agents du FBI, chaque fois différents, un micro posé discrètement sur leur table. Mais leurs conversations n'avaient rien livré jusque-là. Lane avait assuré à Eric qu'elle était certaine de son innocence et qu'elle faisait taire tous ceux qui prétendaient le contraire. Elle ne lui avait jamais révélé qu'elle avait été approchée par le FBI.

Débarrassez-vous de lui, Lane, pensait Jonathan. Je m'inquiète pour vous. Vous vous mettez en danger.

59

Sylvie de la Marco n'en croyait pas sa chance. Les deux millions de dollars de Parker avaient fini par arriver et elle avait rendez-vous avec Barclay Cameron chez Cartier. « Je veux vous acheter une bague de fiançailles de votre choix, lui avait-il dit. Ainsi qu'une alliance. Pour être franc, excepté notre petite idylle à l'époque où j'étais déjà veuf, je n'ai jamais eu de relations sexuelles avec une autre femme que mon épouse. Je lui ai été fidèle pendant plus de cinquante ans. Je ne me vois pas être autre chose que votre mari. »

La première réaction de Sylvie fut de le trouver délicieusement naïf, puis des larmes sincères lui montèrent aux yeux. « Oh ! Barclay, oui, oui, oui. »

La seconde fut de prendre rendez-vous avec un autre cabinet d'avocats, Burke & Edwards, qui représentait les intérêts de la famille de la Marco. Elle demanda ensuite à son majordome de photographier toutes les pièces de l'appartement récemment décorées et de faire agrandir les clichés.

Le vendredi matin, Robert la conduisit jusqu'au célèbre cabinet, à l'angle de Park Avenue et de la 80e Rue. Elle était prête en toutes circonstances à affronter l'objectif des photographes, mais ce jour-là elle était plus élégante que jamais. N'était-elle pas la comtesse de la Marco ? Elle voulait le faire savoir à tous ceux qui travaillaient pour Burke & Edwards.

L'importance de la visiteuse n'échappa à personne dès l'instant où elle franchit le seuil du cabinet. La réceptionniste la traita avec une chaleur démonstrative et la conduisit immédiatement à une salle de réunion où l'attendaient les trois associés principaux du cabinet.

Ils se levèrent à son arrivée. Elle portait un de ses manteaux de zibeline, ainsi qu'un manchon de fourrure assorti et un petit fourre-tout. Elle posa le manchon sur la table de manière que tout le monde le remarque. Elle estimait qu'il ajoutait une touche de distinction à sa tenue. Les comtesses du dix-neuvième siècle en portaient toutes.

Puis elle sortit un document de son sac et alla droit au but :

« Selon le contrat de mariage que vous avez préparé et signé avec mon bien-aimé mari, Eduardo, outre la somme d'argent qui m'a été versée au moment de son décès, j'ai la jouissance à vie de mon appartement tous frais payés à moins que je ne me remarie.

— C'est exact, comtesse, confirma l'associé Clinton Chambers.

— Je vais jouer cartes sur table, continua Sylvie. J'ai dans mon entourage un gentleman dont le nom ne vous est sans doute pas inconnu et qui tient beaucoup à moi. Il songe à m'épouser ou simplement à vivre avec moi. C'est à moi de choisir. Si je décide de vivre avec lui, vous paierez l'entretien de l'appartement mais aucun membre de la famille ne pourra en disposer avant ma mort. Et je vous garantis que je suis en excellente santé. Mes parents sont toujours en vie et mes deux grands-mères ont vécu jusqu'à plus de quatre-vingt-quinze ans. » Elle se tut et sourit. « Je sais que l'appartement a été acheté il y a cinquante ans pour deux cent cinquante mille dollars, un chiffre incroyable par rapport aux prix actuels. Il vaut maintenant près de vingt millions, en raison de sa taille et de son emplacement. » Elle ouvrit le fourre-tout. « J'ai récemment entrepris un vaste programme de redécoration ainsi que quelques rénovations mineures dont j'ai chargé la célèbre architecte d'intérieur Glady Harper. J'aimerais que vous regardiez ces photos. Comme vous pouvez le constater, l'appartement est à l'état neuf et merveilleusement décoré. »

Elle attendit qu'ils aient tous examiné les clichés. « Vous avez raison, comtesse, l'appartement est

318

superbe. Qu'attendez-vous de nous ? demanda Clinton Chambers.

— Je veux que vous me l'achetiez au prix particulièrement avantageux de dix millions de dollars, plus les cinq millions que j'ai dépensés pour sa rénovation. Vous savez très bien que les acheteurs vont se précipiter pour vous en offrir beaucoup plus, ou que vous pourrez le louer pour une somme exorbitante.

— Cela ne correspond pas aux clauses de votre contrat de mariage, comtesse, dit froidement Chambers.

— Peut-être pas, répondit Sylvie, mais la famille de la Marco rêve de récupérer cet appartement, et vous le savez fort bien. Eduardo a trois fils et deux filles. Je ne les connais pas vraiment mais je suis convaincue que tous les cinq se l'arracheraient. » Elle se leva. « Il me faut une réponse d'ici quarante-huit heures. Quand je l'aurai, je libérerai l'appartement dans les vingt-quatre heures, mais avec un chèque certifié de quinze millions de dollars en main. »

Elle regarda les trois hommes se lever à sa suite avec réticence.

« N'oubliez pas, ajouta-t-elle, je ne vois aucun inconvénient à rester fiancée jusqu'à ce que la mort nous sépare. »

Quand le portier referma la porte derrière elle, Robert, qui l'attendait devant l'entrée de l'immeuble, lui demanda : « J'espère que votre réunion a été agréable, madame la comtesse. »

Sylvie sourit.

« Oh, plutôt agréable, Robert. Pour moi, en tout cas. »

60

Après la réunion dans le bureau de Rudy Schell, Lane et Glady furent en froid pendant deux jours. Ce fut Glady qui rompit la glace :

« Lane, je vais faire une chose que je déteste, m'excuser. Inutile de revenir sur nos divergences, mais je vous promets que je ne ferai plus de remarques désobligeantes sur Eric Bennett en votre présence. Marché conclu ?

— Marché conclu, Glady. Merci. »

Certes, les relations s'étaient apaisées avec Glady, mais Lane n'était pas en paix avec elle-même. Elle se rendait compte qu'elle ne savait plus trop quoi penser d'Eric. Il ne s'agissait pas tant de sa culpabilité ou de son innocence, elle savait qu'il était innocent. Mais de ses sentiments envers lui.

Comme elle s'y attendait, Eric ne se satisfaisait plus de ne la voir qu'une fois par semaine. « Nous pourrions aller dîner en ville quand Katie dort, Lane, fit-il remarquer. Votre baby-sitter ne serait-elle pas heureuse de gagner quelques dollars de plus ? Elle habite dans votre immeuble, n'est-ce pas ? Si nous dînions à neuf heures, vous seriez rentrée à onze heures. »

Il demanda à revoir Katie. « J'aimerais passer un samedi ou un dimanche avec vous deux, dit-il. Le spectacle de Noël de Radio City va débuter. Vous me dites que Katie est bonne patineuse. L'avez-vous déjà emmenée à la patinoire de Rockefeller Plaza ? »

Durant une de leurs conversations, elle lui avait raconté que lorsqu'elle était enfant elle allait patiner avec son père. « Mon père était très doué et Katie l'est aussi. »

Eric lui avait également assuré que sa mère aimerait qu'elle lui rende visite. « Peut-être que samedi, au lieu de me rejoindre au restaurant, vous pourriez arriver un peu plus tôt et passer un peu de temps avec elle ? »

Eric était persuasif et charmant. Il avait commencé à lui faire de petits cadeaux – pas trop coûteux mais pleins d'attention, amicaux, bien choisis.

Le dernier en date était un stylo Montblanc gravé à ses initiales. « Je n'arrive pas à croire que je vous ai vue sortir de votre sac ce stylo jetable quand vous cherchiez votre portable ! avait-il dit en le lui offrant.

— J'en avais un, mais je l'ai perdu je ne sais où et je n'ai jamais pris la peine de le remplacer, dit Lane. C'est gentil de votre part de l'avoir remarqué. »

Mais ne pas savoir pourquoi Dwight le haïssait tant la hantait. Elle avait conscience que ses sentiments envers son beau-père avaient évolué pendant le week-end de Thanksgiving, quand un nouveau potin avait paru dans la chronique de Cindy Adams, dans le *Post*, rapportant cette fois qu'Eric et elle avaient été vus en tête à tête chez Primola, sur la Deuxième Avenue.

Mais au moins l'appartement de la comtesse Sylvie de la Marco était terminé, il ne manquait plus que quelques coussins, divers bibelots sans grande valeur et les nouveaux dessus-de-lit dans les chambres d'amis.

Bien qu'elle n'en ait jamais parlé avec Glady, Lane était mal à l'aise à la pensée que l'appartement de la comtesse était truffé de micros.

Elle en était venue à la trouver sympathique. Elle s'amusait de la voir abandonner son vernis aristocratique pour revenir à ses origines modestes.

Lorsque Glady était dans les parages, la comtesse restait dans la bibliothèque, mais quand Lane était seule, elle venait souvent bavarder avec elle. Observant certaines des œuvres d'art que Glady avait commandées, elle disait : « Lane, si ces machins valent un jour dix fois le prix que je les ai payés, c'est que le monde débloque. Pour moi, on dirait de la peinture au doigt. »

Lane jugea préférable de ne pas lui dire qu'elle partageait son avis.

Ce soir-là, elle retrouva Eric pour dîner à Manhattan, comme souvent le mardi.

« Lane, dit-il, c'est l'anniversaire de ma mère jeudi. Elle ne veut pas sortir mais serait ravie que vous veniez de nouveau la voir. Nous trinquerons avec elle, avant d'aller dîner de notre côté. Qu'en pensez-vous ? »

Lane avait rendu visite à la mère d'Eric les deux samedis précédents. Elle aimait bien Anne, mais celle-ci avait insisté pour qu'elle revienne avec Katie. Mardi et samedi à dîner, et maintenant jeudi ? C'était trop, pensa-t-elle. Beaucoup trop.

Pourtant c'était l'anniversaire d'Anne et elle ne pouvait pas refuser. Quand elle eut accepté, elle sut qu'elle voulait en avoir le cœur net : elle allait appeler Dwight et le supplier de lui dire pourquoi il méprisait à ce point Eric Bennett.

61

Le mercredi après-midi, Parker Bennett quitta définitivement le motel Night & Day en traînant ses bagages.

Il héla un taxi et se fit conduire à la gare Amtrak de Miami. Il avait suffisamment de temps devant lui pour prendre le train de seize heures à destination de Newark, mais il redoutait d'être bloqué dans des embouteillages. Et la perspective d'un voyage de plus de vingt-six heures le rendait malade.

En route, il passa en revue les événements des dernières semaines. Il n'avait pas répondu aux appels de Sylvie mais elle avait laissé un message. « Parker, tu disposes de cinq milliards de dollars. Tu m'as fait de jolis cadeaux durant ces deux années, mais c'est une goutte dans l'océan comparé à la fortune sur laquelle tu es assis. Je dois absolument payer ma décoratrice. »

La dernière phrase était visiblement une menace.

Dans l'espoir de gagner du temps, il lui avait envoyé les deux millions de dollars qu'elle réclamait, mais si elle pensait qu'il était sur le point de se faire épingler, cela ne suffirait pas à acheter son silence. Il n'avait pas osé refuser, mais après avoir acheté la villa en Suisse, il ne lui restait plus que cinq mille dollars en poche. Et il allait encore devoir régler son voyage en train et le billet de Swissair.

Après ces deux semaines au motel, une chose le rassurait quand même : il était devenu méconnaissable et personne ne pouvait l'identifier comme étant Parker Bennett ou le dénommé George Hawkins.

Se faisant passer pour un acteur, il était allé dans un magasin d'accessoires de théâtre. Craignant que le vendeur ne le reconnaisse quand il enlèverait sa perruque brune, il en avait acheté deux autres sans les essayer, une grise avec un catogan et une poivre et sel assez longue pour lui couvrir les oreilles. Sa barbe avait poussé. Elle était naturellement grise striée de blanc. Il avait pris cinq kilos, qui accentuaient son double menton.

Mais il était aux abois. Il n'avait plus qu'à espérer que si cette grande gueule de Len Stacey avait décidé de le dénoncer, ce n'était pas encore fait.

« Hé, monsieur, vous descendez ? »

Surpris, Parker leva les yeux et se rendit compte que le taxi était arrivé devant la gare de Miami.

« Oh, bien sûr, j'étais dans la lune. »

Après avoir payé la course, il fila vers l'entrée de la gare. Tirant ses valises, il se rendit aux guichets.

« Un aller simple pour Newark par le train de seize heures. Une couchette, s'il vous plaît.

— Oui monsieur. L'arrivée à Newark est prévue demain à dix-huit heures trente. Comment souhaitez-vous payer ?

— En espèces.

— Pouvez-vous me montrer une pièce d'iden-tité ? »

Il vit que l'employée l'examinait attentivement.

« Comme vous pouvez le constater, je ne triche plus avec mes cheveux. J'ai cessé de les teindre », dit-il avec un rire forcé.

Elle lui sourit poliment.

« Ça fera neuf cent soixante-quinze dollars. »

Jusqu'ici, tout roule, pensa-t-il en se dirigeant vers son quai. Elle n'avait eu aucune réaction devant le permis de conduire au nom de George Hawkins. Et le train présentait un autre avantage. Il savait qu'il aurait risqué gros en transportant en avion le pisto-let qu'il avait acheté. Mais Amtrak ne vérifiait pas le contenu des valises et des bagages à main.

Je n'aurai plus à utiliser l'identité de George Haw-kins que deux fois, se dit-il. Pour la voiture de loca-tion et le vol à destination de Genève. Son contact en Suisse, Adolph, lui avait assuré qu'à son arrivée là-bas il obtiendrait une nouvelle identité, en échange d'une somme exorbitante.

Trois heures avant d'arriver à Newark, il téléphona à Swissair et demanda s'il restait des places sur le vol du soir pour Genève.

« L'avion n'est pas complet, monsieur. Voulez-vous une réservation ?

— Non merci. J'achèterai mon billet sur place. »

Sur son iPhone, il trouva une agence de location de voitures Enterprise près de la gare de Newark. Il réserva une voiture par téléphone. Il la prendrait à dix-neuf heures trente. Cela lui permettrait d'être chez Anne vers vingt heures. Son itinéraire était soigneusement établi. Il avait regardé sur Internet la rue où était située la maison. On y voyait des voitures en stationnement, mais il restait des emplacements libres.

C'était l'anniversaire d'Anne. Cela signifiait qu'elle serait chez elle. Avec une étrange obstination, elle refusait de célébrer son anniversaire ou toute autre fête ailleurs qu'à la maison.

Il espérait qu'elle détenait toujours la boîte à musique. Si pour une raison quelconque elle s'en était séparée, tout son plan s'écroulait. Mais il savait que des nombreux cadeaux qu'il lui avait faits, c'était son préféré. Il pariait sur le fait qu'elle l'avait gardée.

Et si Eric était avec elle ? C'était une éventualité à envisager ; d'une façon ou d'une autre, il faudrait y faire face.

Il y avait un vol à onze heures du soir de Newark à Genève. Il devait le prendre.

Quand il aurait récupéré le numéro de compte dans la boîte à musique, il trouverait une excuse pour quitter Anne pendant quelques heures, irait à l'aéroport et achèterait le billet pour Genève, qu'il paierait en liquide.

Il n'avait renouvelé le passeport britannique au nom de George Hawkins qu'une seule fois en quinze ans. Il y avait peu de chances que le service de sécurité attache de l'importance au fait que ses cheveux n'étaient plus bruns, mais gris, et qu'il les portait un peu plus longs.

En revanche, si Sylvie ou Len Stacey l'avaient dénoncé, un certain Parker Bennett /George Hawkins serait recherché dans tous les aéroports.

62

Le jeudi après-midi, Len Stacey regardait avec morosité par la fenêtre de sa maison de Saint-Thomas. Il pleuvait à nouveau, autant dire qu'il ne jouerait pas au golf ce jour-là, ni sans doute le lendemain.

N'ayant jamais montré d'intérêt pour la lecture, il s'ennuyait ferme. Désœuvré, il repensa à son ami George Hawkins, qui ressemblait tellement aux photos de Parker Bennett dans les journaux, ce financier de Wall Street qui avait mis les voiles avec un paquet de fric. « Et quand j'ai crié "Parker", il s'est retourné », raconta-t-il à sa femme pour la énième fois.

Elle finit par perdre patience. « Len, cette histoire te prend la tête. J'en ai marre de te répéter d'appeler le FBI à New York. Tu n'as qu'à leur dire que tu te goures peut-être mais que ce type, comment s'appelle-t-il déjà, George Hawkins, ressemble étrangement à l'escroc qu'ils recherchent. Il y a une récompense pour celui qui le découvrira, non ?

— Deux millions de dollars, mais suppose que je me trompe et que George l'apprenne. J'aurais trop honte. »

Ce n'était pas la première fois en quarante ans que son mari la poussait à bout et que Barbara avait envie de hurler : « La ferme. »

« Len, je veux que tu appelles le FBI, dit-elle en serrant les dents. Et ensuite, que tu reçoives une récompense ou qu'ils te disent d'aller te faire voir ailleurs, je ne veux plus jamais entendre le nom de George Hawkins ! Tu comprends ce que je te dis, Len ? Tu comprends ? » ajouta-t-elle, haussant le ton en le regardant bien en face.

Len Stacey baissa les yeux sous son regard méprisant.

« Je vais peut-être téléphoner. Laisse-moi réfléchir », murmura-t-il.

Le jeudi après-midi, Sylvie de la Marco et Barclay Cameron furent introduits dans un salon particulier de la maison Cartier et invités à s'asseoir à une table d'acajou.

Barclay lui annonça qu'il avait fait mettre de côté trois bagues de fiançailles différentes et trois alliances, pour qu'elle puisse faire son choix.

Il rayonnait de bonheur. Quand je pense que je me suis embarquée avec Parker plutôt que de miser sur lui, pensa Sylvie. Qu'avais-je donc dans la tête ?

La satisfaction qui avait suivi sa réunion avec les avocats de la famille de la Marco commençait à se dissiper. À quoi bon tout cela si on retrouvait Parker et qu'il la dénonçait ?

Le directeur revint avec un plateau recouvert de velours noir sur lequel étaient présentés les bijoux choisis par Barclay. L'une des bagues de fiançailles était ornée d'un gros diamant carré serti d'émeraudes. La deuxième était un diamant ovale de la même taille entouré de saphirs. Ces deux diamants étaient d'un blanc pur. Le troisième, un diamant jaune d'une taille exceptionnelle, n'était pas encore monté.

Le bijoutier souligna la perfection des deux premiers et la rareté du jaune, très gros et sans défaut. Les alliances étaient des anneaux de diamants de trois largeurs différentes.

Sylvie savait que le diamant jaune était probablement celui qui avait le plus de valeur.

« Ces bagues sont-elles trop voyantes ? Peut-être préfères-tu des pierres plus petites ? » dit Barclay.

Sylvie comprit qu'il la taquinait.

« Devine quelles sont mes préférées, le défia-t-elle.

— Le diamant jaune et l'alliance la plus large, dit Barclay sans hésiter.

— Alors soit.

— Excellent choix », dit le directeur de Cartier, s'efforçant de dissimuler son excitation.

Plus tard, dans son appartement, Sylvie était en proie à des émotions contradictoires, oscillant entre la jubilation et la terreur. Et si le FBI n'acceptait pas son offre ? Et s'ils arrêtaient Parker ? S'il leur disait que c'était elle qui lui réclamait de l'argent ? Malade d'inquiétude, elle appela Derek Landry.

« Je voudrais modifier ma proposition au FBI, dit-elle. Dans le cas où mes informations permettraient de mettre la main sur Parker Bennett, je n'accepterais pas la récompense. Si on le trouve et que je suis assurée qu'il ne peut pas me nuire, je rembourserai chaque cent qu'il m'a forcée à accepter. Je veux seulement l'anonymat et la garantie de ne pas être poursuivie.

— Cela change tout, répondit Landry d'une voix suave. Je vous rappellerai, comtesse. »

64

Le jeudi à quatre heures de l'après-midi, Eleanor et Frank Becker se rendirent à nouveau chez le
Dr Papetti. Rudy Schell et Sean Cunningham étaient
déjà dans la salle d'attente quand ils arrivèrent. Tous
deux les accueillirent chaleureusement.

Comme toujours, Sean se montra rassurant.

« Rappelez-vous, Eleanor, que vous ai-je dit ?

— Que je ne dois pas être nerveuse, que je ne dois
pas craindre de vous décevoir si je ne me souviens
pas du nom de famille de George Machinchose. »

Cramponnée à la main de Frank, elle parvint tout
de même à sourire.

Quand on les introduisit dans son cabinet, le
Dr Papetti vint à la rencontre d'Eleanor.

« Je suis heureux de vous revoir, Eleanor, dit-il. Je
comprends que cela n'ait pas été une décision facile
pour vous.

— En effet, mais si je peux vous aider, je suis
prête à remonter dans l'ascenseur. »

Sans plus attendre, elle se dirigea vers le fauteuil inclinable, s'y allongea et ferma les yeux.

Le Dr Papetti prit une chaise et s'approcha d'elle.

« Eleanor, commença-t-il, vous vous apprêtez à faire un agréable voyage. Vous montez dans un ascenseur. Il va s'arrêter à tous les étages… »

Les observant depuis l'autre côté de la pièce, Rudy Schell sentit son flegme habituel le déserter.

Si Eleanor Becker n'arrivait pas à se rappeler ce fameux nom, ils étaient dans l'impasse : deux années d'enquête inutiles, et toujours pas de piste intéressante.

Et même si elle s'en souvenait, où cela les mènerait-il ? Ils auraient un nom d'emprunt sur un hypothétique permis de conduire britannique. Un point de départ, certes, mais il était à craindre que Bennett ait encore d'autres identités.

Son téléphone vibra et il sortit dans le couloir pour prendre l'appel.

C'était Derek Landry. « Maître Landry, lui répondit sèchement Rudy Schell, nous étudions votre proposition mais… »

L'avocat lui coupa la parole. Tandis qu'il l'écoutait, Rudy sentit ses cheveux se hérisser sur sa nuque. Il parvint néanmoins à garder un ton détaché.

« Récapitulons. La personne que vous représentez est prête à nous dévoiler le nom d'emprunt de Parker Bennett, son adresse actuelle et son numéro de téléphone. Elle renonce à la récompense et promet de rembourser la valeur de tous les dons que Bennett

336

l'a forcée à accepter. En échange nous lui garantissons l'immunité contre d'éventuelles poursuites ainsi que l'anonymat.

— C'est exactement ce que je propose, dit Landry.

— Et je présume que votre cliente est la comtesse de la Marco ?

— Puisque vous l'avez deviné, je vous répondrai par l'affirmative.

— Maître Landry, j'ai votre numéro. Je vous rappelle dans un instant. »

Sur la liste des contacts de son téléphone, Rudy chercha le numéro de Milton Harsh, l'assistant du procureur des États-Unis chargé de l'affaire.

Moins d'une minute plus tard, Harsh disait : « Rudy, acceptez l'offre ! »

Schell rappela Landry.

« Maître, nous acceptons les conditions de votre cliente.

— Excellent ! s'exclama Landry. Quand serez-vous de retour à votre bureau, monsieur Schell ?

— Dans une demi-heure. »

Rudy pénétra à nouveau dans le cabinet du Dr Papetti, au moment précis où Eleanor disait :

« Il s'appelle George Hawkins. »

Trente minutes plus tard, Rudy Schell était de retour dans son bureau. Derek Landry arriva peu après.

« J'ai un protocole d'accord à vous faire signer exposant dans les grandes lignes les conditions dont nous sommes convenus, et j'ai également les informations promises concernant Parker Bennett, annonça Landry en souriant. Ma cliente se réjouit de pouvoir vous aider. Comme je vous l'ai dit, la comtesse de la Marco est en mesure de vous fournir le nom d'emprunt de Parker Bennett, son adresse et son numéro de téléphone. »

Landry continua : « Ma cliente remboursera la valeur de tous les cadeaux qu'elle a été forcée d'accepter.

— Maître Landry, donnez-moi les informations sur Parker Bennett », l'interrompit Rudy.

Il lui arracha presque la feuille des mains, la lut attentivement et reporta son regard sur l'avocat.

« Il y a aussi notre protocole d'accord à signer »,
dit Landry en poussant le document vers lui.

Rudy le parcourut rapidement puis y griffonna
sa signature. Il le tendit à l'avocat, songeant avec
amertume que c'était tout ce qu'il détestait, que la
comtesse méritait la prison, mais qu'il n'avait pas
d'autre choix que de signer.

Grâce à Eleanor, ils pensaient connaître la nouvelle identité de Bennett et ils savaient qu'il possédait sans doute un passeport britannique, mais
c'était tout. George Hawkins était un nom répandu en
Angleterre. Maintenant nous avons toutes les cartes
en main, se dit Rudy.

66

À peine Derek Landry eut-il quitté les lieux que le FBI réagit avec sa rapidité habituelle. Quand Rudy Schell eut transmis le numéro de téléphone de Parker Bennett, alias George Hawkins, il fallut aux agents trente minutes à peine pour déterminer sa position exacte à bord du train. Ils l'écoutèrent réserver une Honda Accord blanche à Newark Penn Station. Deux heures plus tard, lorsque Bennett descendit du wagon, une nuée d'agents le vit prendre livraison du véhicule.

Ils avaient deux voitures prêtes à le suivre et deux autres positionnées un peu plus loin. Un hélicoptère tournait dans le ciel pour plus de sûreté.

Rudy Schell, l'homme chargé de diriger l'enquête sur l'affaire Bennett depuis deux ans, se trouvait dans une des voitures.

« Je pense qu'il va chez sa femme, dit-il aux autres. Sinon, pourquoi serait-il venu dans le New Jersey ? Jon Pierce enregistre depuis le début chaque mot prononcé chez Anne Bennett. Nous allons savoir tout ce que Parker va lui dire. On découvrira peut-être si son fils et elle sont de mèche. Si jamais il fait mine de partir, nous lui tomberons dessus. »

Puis une idée lui traversa l'esprit : se pourrait-il qu'il soit plus malin que nous ? Bennett n'ignorait certainement pas qu'il s'exposait dangereusement en venant dans la région et en entrant en contact avec sa femme et son fils. La question était : pour quelle raison prenait-il ce risque ?

C'était son anniversaire. Anne était ravie que Lane ait accepté de passer la voir avec Eric avant d'aller dîner dehors. Son fils avait tenté en vain de la persuader de les accompagner, mais il aurait dû s'y attendre, rien ne la ferait changer d'avis.

Anniversaires et fêtes sont faits pour être célébrés à la maison, pensait-elle, et en outre, je ne me sens pas très en forme.

Le sentiment de bien-être que lui avait procuré au début sa nouvelle maison s'était estompé. Elle lui plaisait toujours autant, bien sûr. Elle était charmante et d'une dimension qui lui convenait. Anne aimait en particulier le salon et revoyait Lane décrétant qu'il y manquait encore quelque chose. La semaine suivante, les coussins que la jeune femme avait commandés étaient arrivés et de fait, leurs teintes chaudes complétaient à merveille le canapé et la bergère. L'aspect final de la pièce avait enchanté Anne.

Lane est délicieuse, songea-t-elle. C'est vraiment attentionné de sa part de me rendre visite le samedi depuis un certain temps. Mais ce qu'elle n'avouerait jamais à Lane, et encore moins à Eric, c'était que son mari lui manquait. Quand elle avait épousé Parker, elle avait tout de suite compris qu'il ne serait jamais un mari fidèle. Elle n'avait que vingt-deux ans à l'époque, mais elle se souvenait d'avoir entendu les autres femmes du bureau parler avec adoration de Parker, dire à quel point il pouvait être charmant. Anne savait très bien ce qu'elles entendaient par là.

Mais elle avait toujours pensé qu'il avait foncièrement besoin qu'elle lui accorde une confiance absolue. Elle voulait désespérément croire qu'il n'avait pas eu conscience de ce qu'il faisait quand il avait escroqué tous ces pauvres gens.

Et elle s'inquiétait tellement pour Eric. Elle essayait de se convaincre qu'il n'avait pris aucune part dans cette affaire, mais elle n'en était pas sûre. Par-dessus le marché, elle ne se sentait vraiment pas bien. Le sapin de Noël qu'Eric avait apporté deux jours plus tôt – un arbre avec de grandes branches, comme elle l'avait demandé – n'était pas encore décoré. La veille au soir, Eric avait disposé les éclairages et descendu du grenier les boîtes de boules et de guirlandes encore en état. Anne avait eu l'intention de décorer l'arbre ce soir, mais maintenant, avec cette douleur lancinante dans le bras gauche, elle préférait attendre le lendemain.

À sept heures, Eric gara sa voiture dans l'allée. Dix minutes plus tard, celle de Lane vint se ranger derrière. La jeune femme avait acheté une couronne de Noël pour la porte d'entrée ; une senteur de pin et de houx embaumait l'air.

« Vous êtes ravissante ! » s'exclama Anne tandis que Lane l'embrassait.

Elle était vêtue d'un chemisier de soie vert émeraude à manches longues sur un pantalon noir ajusté et arborait un simple rang de perles autour du cou. Elle portait ce même collier lors de sa dernière visite ; elle avait expliqué à Anne que c'était le cadeau de fiançailles offert par sa mère et qu'il avait appartenu à sa grand-mère.

« Ce vert émeraude s'accorde à ravir avec vos cheveux auburn », dit Anne.

Elle ne se rendait pas compte que Lane la regardait avec une inquiétude grandissante. Anne était d'une pâleur mortelle. De minuscules gouttes de transpiration apparaissaient sur son front et elle se déplaçait avec lenteur. Son équilibre semblait incertain.

Quand Lane avait appelé Dwight pour lui demander les raisons de son animosité envers Eric, il avait répondu : « Je te le dirai, mais je dois d'abord être relevé d'une promesse que j'ai faite. Je te rappellerai. » À présent, en voyant combien Anne semblait heureuse de sa présence, elle avait l'impression d'être déloyale. La vue du sapin de Noël lui donna l'occasion d'éviter toute conversation susceptible de prendre un tour trop personnel.

« Oh, Anne, dit-elle, est-ce que je peux vous aider à décorer votre arbre ? Sans me vanter, c'est une chose que je sais très bien faire. Et vous n'arriverez jamais à atteindre les branches les plus hautes. Je demanderai à Eric de me prêter main-forte. Je peux lui indiquer où disposer les décorations.

— Ma mère a toujours voulu grimper sur l'escabeau et tout faire elle-même, dit Eric. Je pense que c'est une excellente idée, Lane. Qu'en penses-tu, maman ?

— Ce serait merveilleux, répondit Anne, aux anges. Je mourais d'envie de voir mon sapin décoré mais je n'avais pas le courage de m'y mettre. Tu es sûr que je ne vous retarde pas, Eric ? Je sais que tu as fait une réservation pour le dîner.

— Je t'ai aidée à installer le sapin de Noël pratiquement depuis ma naissance, dit-il en riant. Lane, dites-moi ce que je dois faire en premier. »

Anne les regarda s'affairer, ravie, et en moins d'une demi-heure l'arbre resplendissait grâce à toutes les boules, les lumières multicolores et les guirlandes argentées accrochées dans ses branches.

Puis Lane sortit la crèche du dernier carton.

« Qu'elle est belle ! s'exclama-t-elle.

— C'est mon père qui l'a fabriquée, dit Anne. Il en a sculpté toutes les pièces. Le berceau, l'enfant Jésus, Marie et Joseph, les bergers, les anges, le bœuf et l'âne. Chacune de ces figurines. »

Elle se tourna vers Eric.

« Ton père n'a jamais reconnu l'habileté manuelle de ton grand-père. Toi non plus d'ailleurs. »

Eric sourit sans répondre.

Quelques minutes plus tard, Lane remit en pile les cartons vides et demanda à Eric de les ranger. Quand il fut sorti de la pièce, Anne se leva pour prendre la boîte à musique qui était posée sur la cheminée.

« Lane, dit-elle doucement, la première année de notre mariage mon mari m'a offert cette boîte à musique pour mon anniversaire. Quand on la remonte, elle joue *The Song Is Ended, But the Melody Lingers On*. Je l'écoute souvent mais elle a une signification toute particulière le jour de mon anniversaire. »

Au moment où elle la soulevait, la boîte lui glissa des mains et alla se briser sur les briques du foyer. Les danseurs et leur coussin de velours s'en échappèrent au moment où Eric revenait en courant dans la pièce.

« Qu'est-il arrivé ? » demanda-t-il, inquiet.

Avant qu'Anne puisse répondre, le regard d'Eric tomba sur la boîte à musique disloquée.

« Je t'en achèterai une autre, maman », dit-il avec douceur. Il n'eut même pas le temps de faire un geste, Anne l'avait déjà ramassée.

Une petite bande de papier était collée à l'intérieur de la boîte. Intriguée, Anne l'examina.

« Il y a un numéro inscrit sur ce papier, dit-elle. Sans doute celui du modèle. »

D'un geste un peu trop rapide, Eric lui ôta la boîte à musique des mains.

« Montre-moi. »

Lane vit apparaître sur son visage une expression indéfinissable. Il décolla soigneusement le papier de l'intérieur de la boîte, ouvrit son portefeuille et le glissa à l'intérieur.

« Tu as raison, maman. C'est le numéro de série. Et, que tu le veuilles ou non, je vais t'acheter une nouvelle boîte à musique. »

Ce n'est pas le numéro de série, pensa Lane. On ne le colle jamais à l'intérieur. S'il y en a un, il est gravé au fond de la boîte.

Le cylindre n'était pas endommagé. Anne remonta la manivelle et attendit. La chanson résonna dans la pièce.

« Tant qu'elle joue notre air, dit-elle, peu importe qu'elle soit cassée. » Les yeux emplis de larmes, Anne Bennett se mit à chantonner. « *But the melody lingers on…* »

68

Le jeudi à cinq heures de l'après-midi, Ranger Cole patientait devant le building où étaient installés les bureaux d'Eric Bennett. L'heure était venue. Il ne pouvait attendre plus longtemps. Peut-être ne tuerait-il pas la mère. Il l'avait à nouveau suivie le dimanche précédent à la messe et s'était ému de la voir si fragile. Peut-être tuerait-il seulement le fils, puis il en aurait fini. Il agirait au moment où Bennett passerait la porte de l'immeuble où il habitait.

Mais ce soir-là, Eric se rendit directement à son garage. Ranger le fila alors en voiture jusqu'à la maison d'Anne Bennett.

La vue des sapins de Noël décorés de guirlandes lumineuses sur toutes les pelouses de Montclair acheva de le déprimer.

Chaque être au monde avait quelqu'un dans sa vie, et lui était seul.

Seul, seul, seul...

Judy, Judy, Judy...

Les voix clamaient dans sa tête : « Tue-les, tue-les, tue-les… »

Le chauffage de la voiture ne fonctionnait plus et il faisait aussi froid à l'intérieur qu'à l'extérieur. Il avait les mains gelées. Il se souvenait de Judy enlaçant ses doigts quand il avait fini de la baigner et de la nourrir, le remerciant d'être aussi bon avec elle, lui disant combien elle l'aimait.

Puis une voiture le dépassa et s'arrêta derrière celle d'Eric dans l'allée de la maison. La petite amie. C'était l'occasion ou jamais. Ils étaient tous les trois à l'intérieur. Mais, pris d'une anxiété soudaine, Ranger ne parvint pas à s'extraire de son siège. Il recommençait à entendre la voix de Judy.

Environ une demi-heure plus tard, Eric et sa copine ressortirent de la maison et montèrent dans leurs voitures. Ils allaient probablement au restaurant.

Comme à son habitude, Ranger les suivit.

Il y était presque. La gorge douloureusement sèche, Parker Bennett roulait vers la maison de sa femme. La circulation était fluide. Il était rarement allé dans le New Jersey, mais le système de navigation lui facilitait la tâche. Quand il quitta l'autoroute et pénétra dans Montclair, il fut frappé par le charme des guirlandes de Noël qui illuminaient les pelouses.

Avant, lors des fêtes de Noël, des artistes décorateurs se chargeaient de parer l'intérieur et l'extérieur de la propriété de Greenwich. Une file de voitures passait devant la maison pour admirer le décor. Tous les ans, Anne dressait un sapin dans le salon et le garnissait des lumières et des décorations qu'elle avait rapportées de chez ses parents après leur mort. Elle disposait aussi une crèche sous l'arbre. Elle n'y avait jamais manqué, pas une seule fois.

Parker était certain qu'elle n'avait pas dérogé à la coutume cet hiver.

Il réfléchit aux événements survenus ces deux dernières années. Le fonds avait cessé de se développer. Il était devenu impossible de tenir à distance les commissaires aux comptes. L'Autorité des marchés financiers resserrait son étau. Il était temps de filer. Grand temps.

Il s'était toujours senti en sécurité, sachant qu'à n'importe quel moment il pourrait entamer une nouvelle vie sous l'identité de George Hawkins. Néanmoins, il commençait à se méfier d'Eric. Il était presque sûr que son fils projetait de le doubler. Voilà pourquoi il avait transféré la plus grande partie de l'argent sur le deuxième compte.

Il avait soigneusement planifié sa fuite. Il avait rangé le canot pneumatique et le moteur hors-bord achetés par George Hawkins dans la cale de son voilier à Saint-John. Sa stratégie était de laisser le bateau à la dérive et de rejoindre Saint-Thomas avec le canot pneumatique. Il s'était longtemps entraîné à suivre la route la plus favorable. Toutes ces précautions avaient payé.

La traversée avait été longue et difficile dans des eaux agitées. Six heures après avoir abandonné son bateau au large de Tortola, Parker Bennett alias George Hawkins abordait le ponton devant sa petite villa de Saint-Thomas.

« Dans cent cinquante mètres à droite, vous arriverez à destination », annonça la voix électronique du système de navigation.

Ignorant qu'il était observé par une douzaine d'agents du FBI, Parker sortit de sa voiture, se dirigea vers la porte d'entrée de la maison, prit son portable et composa le numéro de sa femme.

Il n'avait pas entendu sa voix depuis deux ans mais perçut aussitôt à quel point elle était différente – basse et fatiguée.

« Anne, dit-il, c'est moi. Je suis devant ta porte. Je n'ai pas pu rester plus longtemps loin de toi. Je vais me rendre mais je veux d'abord que nous passions quelques heures ensemble. »

Anne eut le souffle coupé :

« Oh, Parker, c'est vraiment toi ? Ce n'est pas un rêve ?

— Anne, ouvre-moi. » La communication fut interrompue.

Moins de vingt secondes plus tard, le verrou tourna et la porte s'ouvrit. Il entra, referma, prit Anne dans ses bras et la serra étroitement contre lui. Elle pleurait.

« Je savais que tu reviendrais. Je le savais. »

Son bras passé autour d'elle, il entra dans le salon.

« Je m'attendais presque à entendre ta boîte à musique. Où est-elle ? » demanda-t-il, dissimulant avec peine son impatience.

Puis il l'aperçut sur la table basse, ouverte, les figurines brisées posées à côté.

« Je l'ai laissée tomber, dit Anne, mais elle joue toujours notre chanson. C'est un miracle, non ? » Elle le dévisagea. « Oh, Parker, tu as beaucoup changé, mais tu as été obligé de te cacher, bien sûr.

— Anne, il y avait un bout de papier dans la boîte. Où est-il ? »

Il ne restait plus une once de tendresse dans sa voix.

« Eric l'a pris.

— Eric l'a pris ? Où est-il ? »

Soudain effrayée, Anne Bennett regarda son mari, stupéfaite.

« Il est sorti dîner.

— Il a prévu de rentrer directement chez lui ?

— Non, il m'a dit qu'il ferait un saut ici avant de regagner New York. Oh, Parker, il est furieux contre toi. C'est compréhensible, n'est-ce pas ? »

Parker Bennett hocha la tête.

« Je le comprends. Et je veux aussi faire la paix avec lui, si c'est possible. Maintenant, Anne, asseyons-nous jusqu'à ce qu'il arrive…

— Oh, oui, oui.

— Et écoutons notre chanson. »

Il prit la boîte à musique, remonta le mécanisme, et écouta Anne chanter d'une jolie voix tremblante :

« *The song is ended, but the melody lingers on…* »

70

Eric a changé, songea Lane. Il semblait si absorbé par ses pensées qu'elle ne réussissait pas à engager la conversation. À croire qu'il n'écoutait pas ce qu'elle disait.

Pendant qu'ils attendaient qu'on leur serve l'entrée, il avala son vin d'un trait au lieu de le déguster et se mit même à pianoter sur la table. Il donnait la nette impression d'être totalement ailleurs et d'avoir hâte que le dîner s'achève. Il n'avait plus rien de l'homme charmant avec lequel elle sortait depuis quelque temps. Il avait menti à sa mère en lui disant que le numéro scotché à l'intérieur de la boîte à musique était un numéro de série. Pour quelle raison avait-il agi ainsi ?

Mais Lane s'inquiétait surtout pour Anne Bennett. Eric ne se rendait-il pas compte que sa mère était très malade ?

« Votre mère a-t-elle déjà eu des problèmes cardiaques ? demanda-t-elle.

— Quoi ? Oh, quelques-uns. Elle fait un peu d'arythmie, mais la dernière fois, c'était juste après la disparition de mon père. »

Lane sentit vibrer le portable qu'elle gardait toujours dans sa poche en mode silencieux, au cas où la baby-sitter l'appellerait au sujet de Katie.

« Excusez-moi », dit-elle.

Elle jeta un coup d'œil à l'écran du téléphone et vit le nom du correspondant. Dwight Crowley, son beau-père. Elle rejeta aussitôt l'appel.

« C'était qui ? » demanda Eric.

Lane se ressaisit rapidement.

« Oh ! ma chère patronne, Glady Harper, répondit-elle d'un ton léger. Elle n'hésite pas à m'appeler de sept heures à minuit dès qu'elle a quelque chose à me dire. »

Eric hocha la tête, non pas comme s'il compatissait, mais l'air indifférent, ou simplement ailleurs.

« Eric, vous ne m'avez même pas écoutée, dit Lane. Vous avez l'air rongé par l'inquiétude et je pense que vous avez toutes les raisons de vous faire du souci pour votre mère. Vous ne voulez pas l'appeler ? »

Le visage d'Eric trahit un léger agacement.

« J'apprécie la sollicitude que vous manifestez envers ma mère, Lane, mais elle a toujours été plus ou moins comme ça. Cela dit, si ça peut vous faire plaisir… »

Il prit son téléphone et l'appela. Au bout de cinq sonneries, le message électronique du répondeur se déclencha.

« Elle est peut-être allée se coucher, suggéra-t-il.

— Ou pas, répliqua Lane d'un ton sec. Votre mère est malade, Eric. Il faut y aller tout de suite. »

Il hésita, puis se leva.

« Vous avez peut-être raison. Restez ici. Je reviens dans un quart d'heure, dit-il.

— Je vous accompagne », déclara Lane avec fermeté.

Eric jeta un billet de cent dollars sur la table en haussant les épaules.

« Si vous insistez », répondit-il devant le serveur qui les regardait, étonné, son plateau à la main.

Ranger Cole les avait pris en filature. Il les avait vus entrer dans un restaurant. C'était celui, tout proche, où ils étaient allés la première fois. Il gara sa voiture et choisit de nouveau une table à l'autre bout de la salle. Mais au moment même où ils allaient être servis, Eric jeta de l'argent sur la table et ils partirent tous les deux précipitamment.

Ranger fit mine d'aller aux toilettes et, sans même payer son café, quitta discrètement le restaurant et leur emboîta le pas.

Tandis qu'Eric et Lane donnaient leurs tickets au voiturier, Ranger se hâta de rejoindre son véhicule de l'autre côté de la rue. Il les suivit de nouveau jusqu'à la maison de Mme Bennett. Il avait dû arriver quelque chose pour qu'ils soient si pressés.

Il regarda Eric descendre en hâte de sa voiture, sa petite amie sur ses talons.

C'était peut-être une occasion qui ne se représenterait pas. Tous les trois. Pourquoi pas ? Les voix lui hurlaient : « Vas-y, fonce ! »

Ranger Cole prit sur le siège arrière le paquet qui lui servirait de prétexte pour sonner à la porte et s'introduire dans la maison.

Puis ce serait terminé.

72

Quand il entendit le téléphone du salon sonner, Parker regarda le nom du correspondant et ne décrocha pas. Sur le répondeur, la voix de son fils demanda d'un ton inquiet : « Ça va, maman ? Maman, je sais que tu es là. Décroche. »

Lorsque Anne voulut lui prendre le combiné des mains, Parker le tint hors de sa portée jusqu'à ce qu'Eric raccroche.

« Écoute, Anne, dit-il. Avant de me livrer à la police, je veux faire la paix avec mon fils. Il est dans un tel état d'esprit que s'il sait que je suis là, il risque d'appeler le FBI.

— Oh, Parker. Je n'y avais pas pensé. Avant de mourir, je veux vous voir réconciliés, tous les deux. »

Pour la première fois, Parker regarda attentivement sa femme et remarqua sa pâleur extrême et les gouttes de sueur qui perlaient sur son front.

Pris d'une sollicitude sincère, il lui demanda :

« Tu es allée voir le cardiologue, récemment ? Tu n'as pas l'air bien. »

Anne fit signe que non et se rapprocha de son mari sur le canapé.

« Je prends mon traitement pour le cœur, mais il y a certains jours comme aujourd'hui où je ne suis pas très en forme. » Elle leva les yeux vers lui. « Laisse-moi te regarder. Ça doit être une perruque. Enlève-la. Attends demain pour te livrer. Je veux passer une dernière nuit avec toi. » Elle posa la tête sur son épaule. « Je t'aime, lui dit-elle. Je suis tellement triste pour tous ces gens que tu as dépossédés de leur argent, mais il doit bien en rester une partie. Tu pourrais le laisser là où il est pour que la police le découvre, et nous irions nous cacher quelque part. Tout ce que je veux, c'est passer le restant de mes jours avec toi. »

L'espace d'un instant, Parker Bennett regretta amèrement la vie qu'il s'était choisie. Puis il imagina la villa en Suisse et l'existence luxueuse qui l'attendrait, une fois qu'il aurait embarqué dans l'avion.

Jonathan Pierce tenait informés minute par minute de l'évolution des événements les douze agents du FBI qui encerclaient à présent la maison.

Pierce vit Lane et Eric se précipiter dans la demeure où se trouvait déjà Parker Bennett. Il savait que la situation était explosive et avait confié ses craintes à Rudy Schell. Mais son chef lui avait répondu sèchement : « Ils sont peut-être impliqués tous les deux, nous n'en savons rien. Il faut écouter ce qu'ils se disent.

— Il y a aussi une berline noire garée en bas de la rue avec un type au volant, un Blanc, pas tout jeune. On dirait qu'il les a pris en filature. C'est peut-être le même que vous avez vu suivre Anne Bennett. On le surveille. »

74

Quand Lane et Eric se précipitèrent dans le salon, Anne était affaissée sur le canapé, les yeux clos. Lane tomba à genoux près d'elle, lui saisit le poignet, puis s'écria :

« Eric, je ne sens plus son pouls. Elle ne respire pas. Appelez le 911. » Mais elle avait déjà compris qu'Anne était morte.

Eric sortit son téléphone. Depuis le seuil de la pièce, une voix lança : « Ça peut attendre. Salut, Eric. »

Lane lâcha le poignet d'Anne Bennett et se releva. Elle avait vu une quantité de photos de Parker Bennett dans les journaux. Elle ne pouvait pas se tromper. C'était lui. Et ce qu'elle entendit ensuite la glaça.

« C'est toi qui as le numéro, Eric. Donne-le-moi. »

Celui qui était collé dans la boîte à musique ! pensa Lane. Qu'est-ce que ça veut dire ?

« Je ne pense pas que ce soit possible, papa, dit Eric d'une voix blanche. Maintenant, par égard pour maman, sors d'ici, je te prie. Je n'ai pas envie que tu sois arrêté. Tu dois avoir un plan de secours pour aller te planquer quelque part. Alors file, et ensuite, je ne veux plus entendre parler de toi. »

Vous ne pouvez pas faire ça, Eric, pensa Lane. Vous devez le dénoncer à la police.

Puis, horrifiée, elle vit Parker Bennett sortir la main de sa poche et braquer un pistolet sur son fils.

« Qu'est-ce que tu veux, papa ? demanda Eric en regardant l'arme.

— Ce que je veux, c'est que tu me lances ton portefeuille. Ta mère a dit que tu as pris le numéro dont j'ai besoin. » Devant le silence de son fils, Parker insista : « Eric, je sais ce que tu penses, mais je ne t'ai pas roulé. J'avais l'intention de partager l'argent avec toi.

— Tu t'imagines que je vais croire ces salades ? répliqua Eric. Tu t'es enfui sans me prévenir. J'ai fait tout ce que tu m'as demandé pendant treize ans. Tu aurais été arrêté immédiatement si je n'avais pas mis en place le système qui donnait accès aux relevés des clients. Tu as sorti de notre compte presque tout l'argent que nous étions censés partager. Je n'ai pas osé toucher au peu qui restait. Ils me surveillaient de trop près.

— Le portefeuille, Eric ! » hurla Parker.

Eric le sortit de sa poche et le lança en direction de son père. Au moment où celui-ci tendait le bras pour l'attraper, il se jeta sur lui.

Deux coups furent tirés, blessant Eric au bras et à l'épaule droits. Sous le regard ahuri de Lane, Eric saisit la main de son père et retourna l'arme contre lui. Parker Bennett hurla :

« Non, je t'en prie, non !

— Bye bye, papa ! » lança Eric.

Et il appuya sur la détente.

La balle atteignit Bennett pile entre les deux yeux. Son sang vint se mêler à celui de son fils et il mourut dans un dernier râle.

Eric se releva péniblement, fixa Lane et sourit. Son visage avait totalement changé. Ses yeux n'étaient plus que deux fentes noires. Son sourire, un rictus mauvais. Soutenant son bras droit blessé de sa main gauche, il pointa l'arme sur Lane.

« Pardon, Lane. Je commençais à m'attacher à vous. Mais sachez-le, je suis content que ce fumier m'ait tiré dessus. Désormais, tout le monde croira que je suis innocent et j'aurai enfin les cinq milliards de dollars que j'ai gagnés en treize ans. Le pistolet porte les empreintes digitales de mon père en plus des miennes. Je leur dirai qu'il m'a tiré dessus et qu'il vous a tuée avant de se suicider. Ils me croiront. »

Il commença à presser la détente.

« Je vous promets que j'irai voir Katie. Je sècherai ses larmes. Elle me refera peut-être des cookies. »

À l'instant où il entendit la détonation, Jonathan Pierce sortit de chez lui, franchit l'allée au pas de course et grimpa d'un bond les marches du perron d'Anne Bennett, craignant d'arriver trop tard pour sauver Lane. Il tira dans la serrure et d'un coup d'épaule fit irruption dans la maison ; il se rua vers le salon. Dans la rue, les agents du FBI s'élancèrent hors de leurs voitures et coururent derrière lui.

Katie, Katie. Je ne peux pas l'abandonner, pensa Lane. Instinctivement, elle se jeta sur le côté, puis sentit une douleur fulgurante au niveau de son front. Du sang dégoulinait sur son visage. Elle regarda autour d'elle, affolée.

Avant qu'Eric puisse tirer à nouveau, elle saisit la boîte à musique sur la table basse et la jeta dans sa direction, atteignant son épaule blessée.

Avec un hurlement, il lâcha le pistolet. Mais il se baissa aussitôt, ramassa l'arme, se redressa et la braqua de nouveau sur Lane.

Jonathan se rua dans le salon, terrifié à l'idée qu'il arrivait trop tard. Eric pointait un pistolet sur Lane. Jon ne pouvait pas tirer, par peur de la blesser. Il se jeta de tout son poids en avant et envoya valdinguer Eric à terre. L'ironie du sort voulut que la balle destinée à Lane aille finir sa course dans ce qui restait de la boîte à musique.

Les autres agents du FBI envahirent la pièce, Rudy à leur tête. Tandis qu'ils encerclaient Eric Bennett, Jon regarda le cœur serré Lane recroquevillée au sol. « Lane, Lane », s'écria-t-il, tombant à genoux à côté d'elle et l'entourant de ses bras.

Rudy Schell s'était approché de lui. « Je ne pense pas que la balle ait pénétré dans le crâne. Je l'ai vue. Je crois qu'elle l'a esquivée de justesse », dit Jon hébété, en essuyant le sang sur le front de Lane.

Lane l'entendait comme s'il était au loin. Merci mon Dieu, je ne vais pas mourir, songea-t-elle. Je ne vais pas mourir. Elle éprouva une profonde gratitude. Puis plus rien. Lorsqu'elle se réveilla à l'hôpital, elle plongea le regard dans les yeux de celui qui lui avait sauvé la vie.

Ranger Cole perçut les coups de feu et se demanda s'ils étaient réels ou s'il les entendait dans sa tête. Il était assis dans sa voiture, le regard dans le vague, hébété. Le paquet qu'il avait l'intention d'utiliser comme prétexte pour être admis chez Anne Bennett était sur le siège passager. Le pistolet posé au sol.

Quelqu'un hurla :

« Mettez les mains sur le volant. Et maintenant, sortez, les bras en l'air ! »

Mais Ranger comprit à peine la consigne car une autre voix résonnait dans sa tête. Les portières de la voiture s'ouvrirent violemment.

« C'est bon, dit-il en levant les yeux. Judy ne m'aurait pas laissé les tuer. »

Le vendredi matin, Len Stacey appela le FBI. Quand il eut un interlocuteur en ligne, il toussota et dit :

« J'ai peut-être des informations importantes concernant Parker Bennett. Sauf erreur de ma part, je peux vous dire où il résidait ces derniers temps, où il est parti, et vous donner son numéro de portable. Je crois savoir qu'il y a une récompense de deux millions de dollars si mes indications conduisent à son arrestation.

— J'ai peur que vous n'arriviez vingt-quatre heures trop tard, monsieur Stacey, lui répondit-on. Lisez les journaux. Parker Bennett est mort hier soir.

— Dites-moi si j'avais raison : utilisait-il bien le nom de George Hawkins ?

— Oui, c'est cela. Merci, monsieur Stacey. Au revoir. »

Len entendit le déclic. Je ne m'étais pas trompé, pensa-t-il. Et si j'avais appelé dès l'instant où je l'ai soupçonné, j'aurais touché deux millions de dollars.

Il décida de ne rien dire à sa femme. Elle lui avait ordonné de ne plus jamais parler devant elle de Parker Bennett /George Hawkins.

79

Une semaine plus tard, ils étaient tous réunis dans le bureau de Rudy Schell. Lane, Glady, Eleanor et Frank Becker, Sean Cunningham et Jonathan Pierce.

« Je veux vous informer des derniers développements, annonça Rudy Schell. Commençons par vous, madame Becker. Eric Bennett a déclaré que vous n'étiez aucunement mêlée à l'escroquerie. Il a reconnu que son père et lui se moquaient de votre naïveté et que votre gentillesse et votre hospitalité représentaient un atout considérable pour gagner la confiance des clients. Il a confirmé que vous ignoriez tout des irrégularités du fonds d'investissement Bennett. Je vous promets qu'étant donné les informations que nous avons transmises au procureur fédéral, toutes les charges contre vous seront abandonnées. »

Le souffle coupé, Eleanor se tourna vers son mari.

« Je ne vais pas aller en prison, Frank. Je ne vais pas aller en prison. »

Rudy pivota vers Glady.

« Madame Harper, je tiens à vous remercier tout particulièrement pour votre coopération.

— Et la comtesse, vous avez pu la coincer ? répliqua-t-elle avec sa causticité habituelle. Nous savons tous qu'elle est impliquée.

— Nous ne comptons pas engager de poursuites contre la comtesse, répondit Rudy, diplomate. Je ne peux pas vous en dire plus.

— Dommage. J'aurais juré qu'elle était de mèche avec lui et, maintenant que tous les travaux de l'appartement sont finis, il est probable qu'elle ne va pas tarder à lever le camp.

— Que va-t-il arriver à Ranger Cole ? demanda à mi-voix Sean Cunningham.

— Il a accepté d'être hospitalisé dans un service psychiatrique, répondit Rudy.

— Sera-t-il poursuivi pour détention illicite d'arme ?

— Sans doute, mais au vu des circonstances, il est probable qu'il obtiendra la liberté conditionnelle. »

Lane écoutait sans dire un mot. Depuis la semaine précédente, la blessure qu'elle avait au front s'était refermée, même si le médecin l'avait prévenue qu'elle garderait toujours une petite cicatrice. Pendant les deux jours qu'elle avait passés à l'hôpital, sa mère et Dwight étaient venus de Washington pour lui rendre visite et s'occuper de Katie. Si Dwight avait essayé de lui téléphoner alors qu'elle dînait avec Eric, c'était pour lui dire que sa petite cousine Regina Crowley Fitzsimmons l'avait délié de la

promesse faite à sa mère de ne jamais révéler à quiconque ce qu'Eric lui avait fait.

Tout le monde me répétait que je me trompais
sur le compte d'Eric, songeait-elle. Comment ai-je
pu m'obstiner à ce point ? Il n'est pire aveugle que
celui qui ne veut pas voir. Le vieil adage lui revenait
sans cesse à l'esprit.

Rudy Schell se tourna alors vers elle.

« Madame Harmon, vous êtes le seul témoin ocu-
laire des événements qui se sont déroulés chez Anne
Bennett. Si vous n'aviez pas été là, nous aurions pu
arrêter Eric, mais nous n'aurions jamais pu prouver
qu'il avait tué son père. Il devrait sans nul doute éco-
per d'une lourde peine pour escroquerie, et je peux
vous assurer qu'elle s'alourdira quand il sera également reconnu coupable de meurtre et de tentative de
meurtre sur vous. Il est probable qu'il passera le reste
de sa vie en prison.

« Et maintenant, passons aux bonnes nouvelles
– Parker Bennett arnaquait ses clients mais, en paral-
lèle, il gagnait aussi de l'argent en toute légalité. Il
a dilapidé une partie de l'argent de ses clients pour
mener grand train, cependant la majeure partie des
cinq milliards a été retrouvée et sera restituée à ses
victimes. »

Jonathan Pierce restait assis sans rien dire. Rudy
poursuivit :

« Vous le savez peut-être, madame Harmon, c'est
l'agent Pierce qui vous a sauvé la vie.

— Je le sais, oui, dit-elle. Mais sur le moment je n'ai pensé qu'à la douleur de ma fille si je devais mourir. »

Elle sourit à Jonathan, qui lui rendit son sourire. Des bribes de souvenirs lui étaient revenues. Il était monté avec elle dans l'ambulance. C'était le premier visage qu'elle avait vu à son réveil à l'hôpital. Elle avait appris qu'il avait téléphoné chez elle et qu'il avait demandé à Mme Potters de passer la nuit avec Katie. Il avait contacté sa mère et Dwight et leur avait dit ce qui était arrivé. Ils avaient pris le premier avion pour New York.

Quand il lui avait annoncé qu'il s'appelait en réalité Jon Pierce et non Tony Russo, elle avait répliqué en riant que, pour elle, il serait toujours Tony. Son second prénom était Anthony, lui avait-il alors répondu, et certains de ses amis l'appelaient Tony.

Il était venu la voir pendant les deux jours où elle était hospitalisée et avait insisté pour la raccompagner chez elle.

Quand elle lui avait demandé comment elle pouvait le remercier, il lui avait simplement répondu : « Et si nous dînions ensemble samedi soir ? »

Elle avait hâte d'y être.

REMERCIEMENTS

Une fois de plus, l'histoire a été dite. Et dans ce cas, la chanson s'achève.

Comme toujours, le voyage m'a plu. Et si j'aime écrire le mot « fin », c'est toujours un moment émouvant. Je me suis beaucoup attachée aux personnages de ce roman. Je vous laisse le soin de deviner ceux qui me sont le moins sympathiques.

Comme à chaque fois, j'ai eu des compagnons de route. Qu'ils soient ici remerciés, ils ont toute ma gratitude.

Tout d'abord, mon éditeur depuis cinquante ans, Michael Korda. C'est une grande chance pour moi de faire équipe avec lui depuis si longtemps.

Marysue Rucci, éditrice en chef chez Simon & Schuster, dont la contribution et les conseils m'ont été précieux.

Elisabeth Breeden, pour sa patience et son application dans les corrections qu'elle a apportées au texte.

La directrice artistique Jackie Seow pour sa magnifique illustration de couverture.

Ed Boran, ancien agent du FBI et actuel président de la fondation du Marine Corps Law Enforcement qui m'a aidée à mieux comprendre comment le bureau fédéral enquêterait sur ce type de crime.

L'architecte d'intérieur Eve Ardia, grâce à qui j'ai appris comment on pouvait dépenser cinq millions de dollars pour redécorer un appartement.

Nadine Petry, mon assistante et mon bras droit depuis dix-sept ans.

Rick Kimball, pour ses conseils concernant les transferts de grosses sommes d'argent – à l'abri des regards indiscrets.

Et enfin l'équipe maison – mon merveilleux mari John Conheeney pour son indéfectible soutien ; mes enfants, qui sont toujours à l'écoute et prêts à m'offrir leurs commentaires quand je leur soumets des chapitres. J'apprécie particulièrement leur aide quand ils me signalent une expression incompréhensible pour la génération actuelle.

Tempus fugit !

Bonne lecture à tous.

TU M'APPARTIENS
UNE SI LONGUE NUIT
ET NOUS NOUS REVERRONS
AVANT DE TE DIRE ADIEU
DANS LA RUE OÙ VIT CELLE QUE J'AIME
TOI QUE J'AIMAIS TANT
LE BILLET GAGNANT
UNE SECONDE CHANCE
ENTRE HIER ET DEMAIN
LA NUIT EST MON ROYAUME
RIEN NE VAUT LA DOUCEUR DU FOYER
DEUX PETITES FILLES EN BLEU
CETTE CHANSON QUE JE N'OUBLIERAI JAMAIS
LE ROMAN DE GEORGE ET MARTHA
OÙ ES-TU MAINTENANT ?
JE T'AI DONNÉ MON CŒUR
L'OMBRE DE TON SOURIRE
QUAND REVIENDRAS-TU ?
LES ANNÉES PERDUES
UNE CHANSON DOUCE
LE BLEU DE TES YEUX
LE TEMPS DES REGRETS

En collaboration avec Carol Higgins Clark

TROIS JOURS AVANT NOËL
CE SOIR JE VEILLERAI SUR TOI
LE VOLEUR DE NOËL
LA CROISIÈRE DE NOËL
LE MYSTÈRE DE NOËL